禁獵童話

海德薇 著　　幽零 繪

歿世聖戰 IV

目次

故事人物表 -族譜-

家族 Families	成員 Members
花衣魔笛手	梅蘭妮 > 阿娣麗娜
金斧頭	朱利安 > 尼可拉斯
糖果屋	李歐
傑克與豌豆	克勞德 > 潔絲敏
睡美人	卡莉 > 賽門
白雪公主	伊莎貝 > 海柔、凱特琳
美人魚	希妲 > 玫芮迪絲

人物關係圖

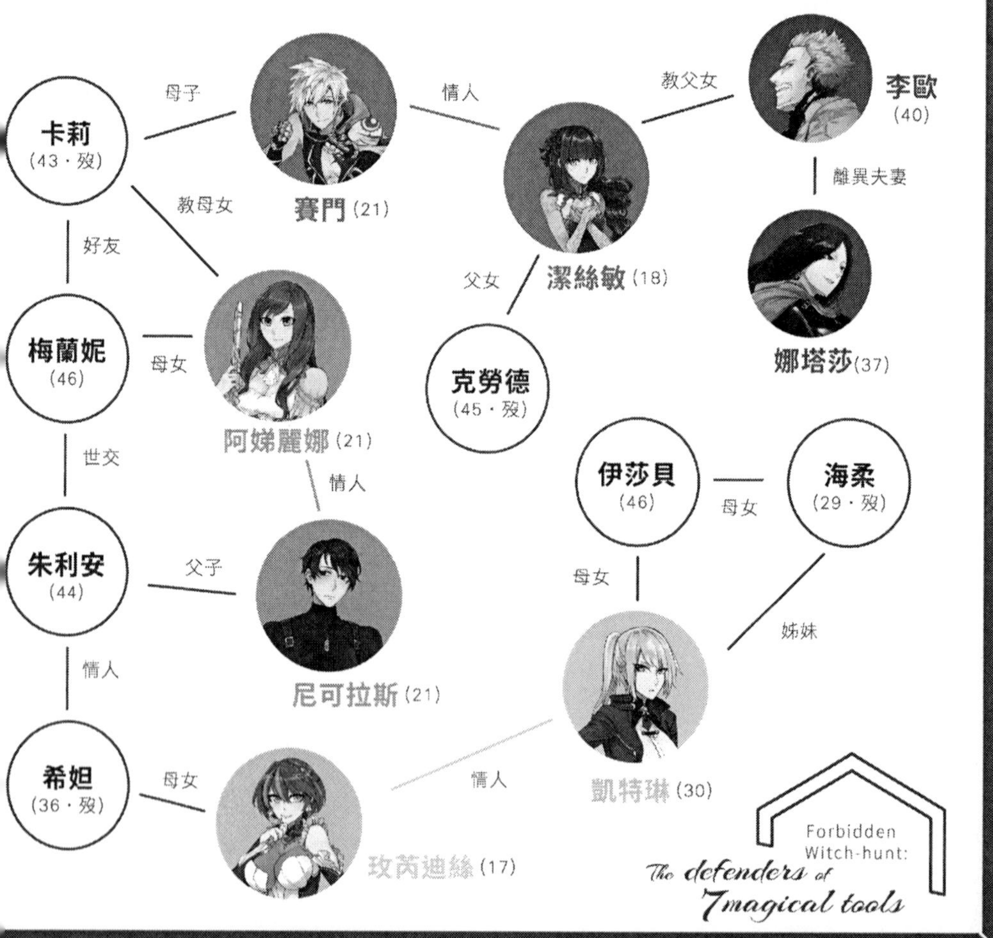

《禁獵童話》小說 ╳ 《罪惡童話》遊戲

抽　獎　活　動

顛覆童話世界的想像！
原罪傳人的冒險在遊戲中將持續展開！

剪下本頁截角，寄回**114台北市內湖區瑞光路76巷65號1樓秀威資訊喬先生**，信中附上您的**真實姓名、電子信箱、行動電話、收件地址（含郵遞區號）**，即有機會獲得**《罪惡童話：集體崩壞的公主》遊戲特製甜美抱枕**：**「小紅帽」款**與**「拇指公主」款**。

限量兩款各五個，總計十個，敬請讀者把握機會！

正面圖案共兩款

背面圖案

▶ **第一波抽獎「小紅帽」款**

收件截止：2020年4月5日(日)；4月6日(一)公佈得獎名單

▶ **第二波抽獎「拇指公主」款**

收件截止：2020年6月28日(日)；6月29日(一)公佈得獎名單

《禁獵童話》小說 ╳ 《罪惡童話》遊戲
抽獎回函
(影印無效)

Extinction War
Forbidden Witch-hunt:
殁世聖戰

【前情提要】

在女巫鎮塞林的七角樓一役之後，「傑克與豌豆」童話傳人潔絲敏、「睡美人」傳人賽門」與「金銀斧頭」傳人尼可拉斯、「花衣魔笛手」傳人阿娣麗娜兩邊的對立陣營暫時放下仇恨，彼此避不見面風平浪靜了好一陣子。

然而，卻有人出賣了身為童話故事化身的原罪後代們，家族與法器秘密引起第三世界恐怖分子的眼紅緝捕。「美人魚」的後代玫芮迪絲首當其衝，差點落入敵方精心設計的陷阱，幸好即時被凱特琳找到，至此，七大家族傳人終於聚首。

當代的阿娣麗娜、尼可拉斯、潔絲敏、賽門、李歐和凱特琳，加上玫兒一共七人，在對抗基督教廷與追查《索亞之書》原罪起源秘密等大事上無法取得共識。加上玫兒是希妲的女兒，希妲一手促成了「獵巫」血案，害死多位傳人，背負母親犯下的過錯，玫兒只能默默承受大家的偏見與敵意。

童話傳人們背腹受敵，決定冒險潛入教廷大本營梵蒂岡，請求和凱特琳有過一段情的莎拉修女協助翻譯《索亞之書》，卻接連遭受恐怖分子穆薩，以及想為七角樓之戰中喪生的「血腥瑪麗」復仇之女巫姊妹的襲擊。在部分同伴落入她們手中後，玟兒等人被迫赴監獄劫囚以交換人質。

綽號「麻煩精」的玟兒年紀雖小，卻屢屢在危機中以淘氣、豪爽的個性化解其他人心中的芥蒂，成為童話傳人們團結在一起的凝聚力，甚至平息了女巫的怒氣，得到魔法的祝福。最後，七人在黑海中央的艦艇上與恐怖分子爆發衝突，孰料正面迎戰，僅是毀滅世界的戰爭開端……

序曲

西元一四八四年　羅馬

教宗英諾森八世以睥睨之姿望著眼前來人，銳利目光掠過同樣尖刻的鼻樑，漠然的神情微微透著不耐，像是正盤算何時該差人把這不識相的傢伙給轟出去。

「閣下，聰慧如您想必能夠同意我的看法，若要弘揚主的榮光，就必須嚴格禁止異教徒的信仰，就像農人要讓作物長得好，非得定期拔除雜草一樣。絕對不能姑息邪惡的魔鬼崇拜，任由百姓繼續愚昧下去，否則定會動搖教會根基。」對方口沫橫飛地說道。

英諾森八世一動也不動，唯獨目光緩緩由上而下再次掃視對方。這名自稱是修道院院長的男子不請自來，從頭到腳沒有一處上得了檯面，簡直污衊了聖堂的光輝和自己的雙眼。

倒不是說他不守清規，那人的聖彼得式削髮剃得乾乾淨淨，光裸的圓形頭皮猶如明亮的滿月，是獻身天主的最佳證明。也不是說他服裝暴露，一三九零年康斯坦茨地方市議會頒佈告示，規定「僅穿短上衣出入舞會或街上的人要格外留意，需將身體前後遮蓋好，不要露出恥部」，這傢伙的長袍幾乎遮蔽了全身，要不是帽兜落在肩頭，恐怕連那對淡藍色的惱人小眼睛都看不見了。

問題在於，他的衣著實在太過破爛，袍子不知是磨破還是被蟲子蛀出了幾個小洞，腰間繫帶上的流蘇也七零八落，活像脫毛的癩痢狗，一看就是個土包子。

最近這種哭哭啼啼愛告狀的傢伙特別多，個個都聲稱是上帝的僕人，卻全都是來討好處的，要嘛是想套交情拉關係，要嘛是替自己的教區申請補助，照教宗看來，既然連要求信徒贊助全新長袍都有困難了，還會有什麼能耐呢？

「你說你是塞萊斯……什麼來著院長？」教宗問。

「塞萊斯塔多明我會修道院，閣下，大家都叫我克雷莫院長。」克雷莫恭敬地欠了欠身。

隔著厚實的紅色軟襖，教宗搔了搔因痛飲葡萄酒而造成的大肚子，咯吱咯吱的聲響聽起來像是促狹的乾笑，卡在肥短指節上的寶石權戒跟著動作閃閃發光，紅光倒映在克雷莫眼裡，則成了一抹象徵權力慾望燃燒的野火。

「敬愛的修士啊，你遠道而來，想必已經有對策了吧，依你看應該怎麼辦呢？」教宗問。

他的原意是讓克雷莫知難而退，沒想到對方竟不慌不忙地說道：「我認為教廷應該頒佈禁令，嚴格禁止巫術，並審判異端份子。」

「教宗國瑞九世早就已經建立異端裁判所啦。」教宗說。

「還不夠，最好能嚴懲女巫，格殺勿論。」克雷莫答。

教宗心頭泛起一股厭惡，他沉下臉來，道：「我明白你熱切地想要展現對天主慈愛的推崇，也知道你此行的目的是出於愛護人民，但是克雷莫院長，恐怕我暫時無法回應你的要求。那不勒斯國王拒絕交稅，法國國王查理八世又不肯增援出兵替我們討回公道，少了經濟支持，如何繼續宣揚天主的慈悲呢？相較之下，鄉下村婦的偏方和農人迷信那些微不足道的小事，恐怕並非眼下最急迫的危機啊。」

「閣下，容我大膽指出您的錯誤。」克雷莫上前一步，「那些耍弄邪端異說的並非普通的村婦和農人，而是魔鬼的子嗣啊。」

「胡說！」教宗甚至懶得遮掩下垂的嘴角，他揮揮手示意克雷莫退下，語氣中滿是厭煩。「你是克里翁主教派來的吧？回去跟他說，下次教宗選舉，歡迎他再來一較勝負。」

「我不明白閣下的意思，但是我有證據能夠證實此事。」克雷莫說。

海因里希．克雷莫初次聽聞魔鬼子嗣的傳說是在特倫托，當時他剛完成神學博士學位。那場審判讓他窺見聖經中沒有提及的部分，好比揭開上帝隱匿的簾幕，至今仍難以忘懷，甚至連最後被判處死刑的女子胳膊上的魔鬼印記都還深深烙在心底。

那日天氣晴朗，金黃色的陽光化作熱辣的吻，猶如上帝的聖詔直接撒落小鎮，法庭內塞滿了圍觀者，八成整個小鎮的居民都來了。雖然陽光普照，圍觀民眾卻籠罩在由恐懼、憎恨和憤怒所組合的陰霾當中，那些情緒明白寫在他們臉上，也清楚地呈現於扔向女子身軀擲地有聲的石塊上。

「被告，根據村民的證詞，妳和邪惡的魔鬼訂立契約，所以擁有操控植物的能力，可以命令植物生長為陷阱，藉此捕捉鄰人的牲畜，還讓村民的作物枯萎死亡。方才所述的罪狀，妳還有什麼要辯駁的嗎？」審判官頭戴白色高帽，坐在木桌後方，面色凜然地問道。

跪地女子的頭髮凌亂不堪，衣裙佈滿鞭笞的血痕，磨破的膝頭則在裙擺留下兩塊圓形的汙漬。「我是冤枉的。」女子泣訴。

「小偷！她偷了我的羊，我聞到她的廚房飄出羊肉的味道！」

「她偷了我的雞，我在她家井邊發現染血的羽毛！」

聲聲控訴伴隨著更多石塊自四面八方砸了過來，女子眼裡迸發恨意，弓起身子努力閃躲，仍只能避開那些失了準頭的攻擊。

「讓開！讓開！」呼喊聲由遠而近，一名修士邊高聲嚷嚷邊跑向人群聚集之處。

群眾替他開道，讓出了一條路，只見那步伐慌張的修士手裡攬著一個女人用的編織菜籃，拼命喘著大氣。

「找到了！」在幾輪深呼吸後，他終於開口，以乾澀的嗓音說道：「審判官大人派我去搜查證物，我翻開被告鋪床用的乾草，在裡面發現好幾顆豆子。」

「那些豆子一定是惡魔的贈禮，這下罪證確鑿了。」審判官得意洋洋地說。

「那是我珍藏的藥草種子！」女子驀地起身，跌跌撞撞地衝向那名修士，又因雙手反綁於身後而失去平衡絆倒在地，兩名士兵立刻上前制服了她。

修士繞行經過女子，還刻意別開視線不去看她，畢恭畢敬地向審判官獻上證物。

審判官瞄了菜籃一眼，接著從座位上起身，道：「照理說，植物在採收後應該會逐漸乾枯，這幾顆豆子被藏在乾草堆裡，居然還如此翠綠飽滿，真是太不可思議了。來人啊，把被告的袖子翻起來！」

在拉扯之際，士兵掀開女子衣袖，露出胳膊外側的一顆紅痣。那枚朱紅色的痣色澤宛若流動的鮮血，形狀更像是一抹淚，在淪為階下囚的骯髒女子身上異常顯眼。

「看哪，那就是和魔鬼交媾留下的印記！」審判官朗聲說道。

語畢，現場一片譁然。

「單憑幾粒豆子和一顆紅痣就讓人定罪，未免太小題大做。」教宗撫摸自己鬆垮的下巴，對來者的說法嗤之以鼻。

野心勃勃的英諾森八世在三十歲時便被拔擢為主教，四十一歲成為樞機主教，當選教宗的時候則只有五十二歲。他才剛即位，必須將全副心力放在穩固自己的地位上，區區幾個刁民對他來說根本不構成威脅。

「當然不僅如此。」克雷莫瞪大雙眼，「魔鬼的子嗣可不只那一名會對植物施法的女人，我聽說法國有個男人會施催眠術，只要看誰不順眼，就下咒語讓對方陷入恆久的長眠，再也無法醒來。我還聽說西北方的山區中有個厲害的盜賊，能拿斧頭當作劍來耍，專門劫掠旅人，還曾經獨自殲滅了整隊武裝馬車。」

「那又怎麼樣？我還聽說羅馬建城者羅慕路斯和雷穆斯曾被母狼哺育呢。」教宗悶哼兩聲。

「那是神話故事，我現在說的是自己親眼所見和親耳所聞。啟示錄中記載得很清楚，『大龍就是那古蛇，名叫魔鬼，又叫撒旦，是迷惑普天下的。它被摔在地上，它的使者也一同被摔下去』如果這還不能說明魔鬼在人間橫行，猶大書中也提到了犯罪的天使。魔鬼是靈的存在，他們以人形顯現！而且還擁有具神奇力量的法器！」克雷莫愈說愈是氣憤，畢竟他有著切身之痛。

「胡說八道，我只知道耶穌的聖物是命運之矛和聖杯，從沒聽過什麼魔鬼的法器。」教宗斥責。

「您糊塗了，莉莉斯的子女可是真實記載於典籍之中哪。」克雷莫喊道。

「你還是請回吧，光是瘟疫、黑死病和饑荒便夠我頭痛的了。」教宗扶著額頭，好像頭真的很痛似的，想以不舒服的藉口打發對方。

「請聽我把話說完。」克雷莫的態度十分強硬，既然教宗接見了他，便賦予他說話的權力。

克雷莫繼續說道：「拉芬斯堡的審判會是由我親自主持的，一名旅舍老闆娘被人告發，據說她能以笛聲迷惑人心，讓客人迷迷糊糊的掏出身上所有旅費，等到離開後過了兩天才驚覺自己被洗劫一空，還不確定究竟發生了什麼事。」

「聽起來像是個高明的騙子。」教宗說。

「那只是表面上看起來的模樣。」克雷莫搖搖頭，臉上掛著心有餘悸的表情。「旅舍位在兩個村落之間，無論走到哪個村子都需要步行超過兩天的時間，被笛聲迷惑的旅人常常因為飢寒交迫而死在森林裡，僥倖逃出的旅人被村民救起，漸漸才把事實傳開，村民都說那旅舍老闆娘簡直是吃人不吐骨頭的老巫婆！」

「出門在外本來就該非常小心，戰事結束後盜匪猖獗，那些本來擔任士兵或傭兵的傢伙無仗可打，自然就去做賊了，說那些旅人是被山賊宰了還更有可能。」教宗低聲咕噥。

克雷莫沒理會他，逕自又道：「後來村民集結起來，拿著火把和武器去旅舍將那老闆娘逮了送來我這，還在旅舍內搜出許多男人的東西，要嘛就是她打著旅店的名義實際上開的是窯子，要嘛就是她真如傳言所說，會洗劫經過的旅人，但是這樣還不足以證明老闆娘會施行巫術，如果只是在飯菜中下藥，也能達到類似的目的。所以我在訊問時用了點小技巧，讓她當眾承認犯下的惡行，最後我判決老闆娘應予施以火刑。」

「什麼技巧？」

「要讓人吐實，方法可多了。」克雷莫呵呵一笑，笑聲讓人不寒而慄。

「好吧，就算你說的都是真的，現階段我也無能為力啊。」教宗說。

「只要閣下願意，肯定能想出辦法的。」克雷莫的眼神冰冷，語氣卻歡快無比。

鬱積在克雷莫胸口的怨懟，已經整整燃燒了兩年。

克雷莫和瑪麗安是在一次佈道中認識彼此的，克雷莫是備受尊敬的修道院院長，瑪麗安則是磨坊的美麗女兒，那是發生在拉芬斯堡審判案之前的事了。

首度見面，瑪麗安便讓克雷莫驚為天人，她的細嫩皮膚有如初冬的第一場雪，懾人雙眼好似結冰的湖泊，鎮上年輕小伙子無不使出渾身解數追求瑪麗安，就連她步入教堂聽講，在如此接近上帝的神聖殿堂之內，貪慕的眼神也一路尾隨。

即便克雷莫立下誓言，必須遵從「安貧、守貞、服從」的戒律，但克雷莫與瑪麗安的邂逅就像野火焚燒樹林、巨浪吞噬船隻一般難以收拾，兩人就這樣好上了，常常在教堂內私會。一想到身為神職人員卻能贏得芳心、打敗整票村裡的年輕小伙子，克雷莫便感到嘴角上揚喜不自勝。

兩人的關係是互惠的，克雷莫在年輕芬芳的依附上獲得滿足，同樣地也會把因職務之便取得的好處提供給瑪麗安，像是得來不易的砂糖或品質優異的麵粉。愉快心情持續了好幾個月，直到瑪麗安露出馬腳為止。那日，他的情人看起來特別美艷也特別大膽。

兩人溫存過後，克雷莫奉承地說道：「妳是否學了回春之術？否則怎會比初識時更令我難以自持？」

也不知道是害羞還是心虛，總之，瑪麗安竟臉一紅，急急忙忙地收拾東西跑回家去。

瑪麗安不自然的舉動引起了克雷莫的好奇，他偷偷跟蹤情人返回坐落於村落邊陲的小屋，然後趴在窗邊偷看，接下來的情景，著實令克雷莫嚇壞了。

他所熟悉的情人回到臥房，從衣物櫃中取出一把精緻的雕花手鏡，以挑剔的目光仔細檢查鏡中倒影，彷彿在尋找歲月偷偷駐足的痕跡。

瑪麗安對著鏡子搔首弄姿，正當克雷莫納悶磨坊女兒怎麼會擁有這樣一件物品時，瑪麗安忽然變身為一名白髮蒼蒼的老嫗，隨即又變為學齡年紀的小孩，轉眼間又恢復正常，成為與他同床共枕的瑪麗安。

一切都發生在一瞬之間，克雷莫意外窺見了瑪麗安的祕密。

對自詡為高知識分子的克雷莫而言，被女巫玩弄於鼓掌之間的打擊實在太大了，他覺得自己被惡魔玷污，於是驚呼出聲，兩人的視線交會片刻，克雷莫選擇落荒而逃，最後那一眼摻雜著被欺騙的心碎與噁心。

隔天，村莊裡的磨坊人去樓空，克雷莫發誓從今以後一定要剷除所有崇拜邪惡的女巫，讓世界恢復為創世紀中最初的淨土。他親自嚴刑拷打囚犯，還不遠千里來到羅馬，試圖說服教宗頒佈對異教徒的禁令。

若教宗再不同意，就必須使出殺手鐧了。

雖然，自一二七四年里昂第二次大公會議後，教宗便由樞機主教選舉產生，但小道消息卻盛傳英諾森八世的寶座得來不光彩，他靠著賄賂和拉攏才得以當選，任職後更是將神職當作物品買賣獲利，讓聖潔的羅馬城墮落為罪惡之城，光是六萬居民中就有六千八百名妓女，不少女性修道院甚至成了貴族和神職人員的妓院。

「您有所不知，外界居然還盛傳教宗權力腐化、生活鋪張浪費，不僅拿教宗皇冠和教廷的寶藏去抵押拍賣，還養了一大群私生子，流言真是太不像話了。」克雷莫意有所指地說。

教宗抖了一下。「你膽敢指控我？」

「您誤會我了。」克雷莫狡猾地說：「閣下若是頒佈反對異教徒的命令，必然能更加堅定您的威望，強調您的虔誠與忠貞，從此以後誰還敢質疑您為教廷的付出呢？」

「這……」教宗蹙起眉頭，開始在房內踱步，全身上下的肥肉都因緊繃和壓力而顫動。

「為了證明我所言不假，我特地帶了其中一名惡魔的子嗣隨行。」克雷莫的這番話猶如午夜的鐘響，成為教宗猶豫不決的救贖。

「那就看看吧。」教宗允諾。

隨後，土包子修道院長帶來的大隊人馬抬著一個布袋進來，他們小心翼翼地將布袋擱在地上，然後鬆開袋口，露出一頭奄奄一息的雌性生物。

為什麼說是雌性生物呢？因為那玩意兒腰部以上是個女人，腰部以下卻有條滿佈魚鱗的尾巴。

公元三八零年，羅馬帝國君主迪奧多西一世將基督教定為國教，並下令禁止其他宗教活動，基督教的時代正式展開，塞爾特耶魯節從而轉變為聖誕節，眾多傳統信仰在排外的洪流中消失，少數被留了下來，例如生長在塞爾特聖木「橡樹」上的藥草——「槲寄生」。

一四八四年，教宗英諾森八世於頒佈反巫令《教宗詔書》，宣告「巫術愈來愈猖狂，我們不能眼見四周的人就這樣沉淪下去，巫術得被禁止」，同時期出現許多鼓吹巫術仇恨的書籍與言論。

兩年後，海因里希．克雷莫和另名審判官約翰．司普倫格所撰寫的《女巫之槌》第一版於德國發行，也讓獵殺女巫的風潮更顯狂熱，在整個歐洲世界蔓延開來。

《女巫之槌》內容大致分為三個部分，前兩部分由司普倫格撰寫，分別闡述了巫術的絕對存在以及巫術的種類，第三部分則是審判過程的指導，由克雷莫獨自完成。

對抗莉莉斯之子的聖戰由此展開，往後三百年間，約有五萬名女性因獵巫而被刑求及處死。

第一章

德國　萊比錫

萊比錫是德國薩克森邦的第二大城市，名稱源自斯拉夫語，意即「酸橙樹」。大文豪歌德曾於萊比錫大學研讀法律，並稱此地為「小巴黎」。

位在市區內，一幢石灰色公寓的三樓是李歐十年來的住處，每天清晨六點整，手機設定好的鬧鐘都會以規律的嘟嘟聲喚醒他，分秒不差。接著他會起床更衣，稍微確認一下當天天氣，然後下樓從聖尼古拉教堂的街區轉角開始慢跑。

李歐習慣以早晨的冰冷空氣和露水展開新的一天，他會套著厚重的運動服、踩著防滑膠底運動鞋行經萊比錫歌劇院，在鞋底和柏油路規律的摩擦聲中繞著一座中央有個池塘的公園跑上幾圈，在肌肉得到適度訓練後經由原路折返，前後大概十二公里。

七點整，李歐會回到住處，幫貓開一罐魚罐頭，再隨便弄個早餐，通常是前一夜的剩菜或水果麥片，按下開關讓咖啡機運作也是標準程序的一環。七點十五，李歐梳洗乾淨刮好鬍子準備出門，關上裝滿熱咖啡的保溫瓶蓋、點開公寓保全系統就像某種精神狀態的交接，緊繃而清醒有如上膛武器的李歐將於七點半準時步入警察局，和櫃檯前的值班員警打招呼。

如果這天一如既往，李歐應該會很高興……

清晨五點五十分，猶如點燃引信的炸彈，震耳欲聾的歡呼聲猛地引爆開來，將臥房內穩定的鼾聲吞沒。

「聖、誕、快、樂！」手機尖叫，並高聲吟唱起聖誕歌曲《鈴兒響叮噹》。

淺眠的李歐只花了半秒鐘清醒過來，他倏地睜眼，右手本能伸向放在枕邊的槍和彈匣，接著組合兩者，自被褥中一躍而起後槍口指向聲響來源，同時動作俐落地拉開了保險拴——

臥房裡沒有別人。

他的貓——PB，正蜷伏在衣櫃頂端的置高處，瞇著充滿責怪意味的雙眼盯著他看。

歌聲還沒結束，手機持續播放，李歐的驚愕瞬間切換為惱怒的咒罵：「媽的！媽的！」

他對床頭櫃上的聲音來源皺眉，納悶到底是手機的廣播程式抑或鬧鈴程式出了錯，隨後於歌曲結尾恍然大悟。

「為了怕你忘記我的聲音，順便告訴你，我是玫芮迪絲！」

「我是凱特琳！」

兩個女孩齊聲高喊：「李歐，祝你聖誕快樂！」

笑鬧結束後緊跟的是突兀的沉寂，李歐愣愣地瞪著手機好一會兒，待回過神來，才抹了把臉啐道：「鬧鬼的電話！該死的駭客！」

惡作劇的確很像玫兒的作風，李歐忖度，相處了一陣子，凱特琳八成也跟她學壞了。

時值十二月底，攝氏零度左右的天氣讓街道幾乎結成了冰，離開溫暖的棉被後李歐迅速感受到蝕骨的涼意，彷彿冰雪從窗櫺的縫隙中擠進屋內，他快速套上運動服，在職業病的催促下，李歐將公寓裡裡外外巡邏一遍，兩間臥房、飯廳、客廳和廚房，其中包含許久未曾進入的主臥室。

他已經長達數月沒有推開主臥室的房門了，裡頭塞滿回憶，包括床頭櫃旁刮花了的油漆，每個瑕疵都有故事，就像一個囤滿物品的儲藏室，眼不見心不煩。

離婚後他一直睡在客房，讓黑色的H&KUSP點四五睡在枕畔，像是共享一張床的情人。他喜歡這把長十九點四公釐、重七百二十克的德製半自動手槍，製作精密度良好且強度足夠不易生鏽，裝彈數達十五加一發，採用九公釐帕拉貝倫子彈，還搭配絕對可靠的軍用滅音器。

他假裝主臥室中的蕾絲窗簾、碎花床罩和梳妝台通通與自己無關，李歐寧可窩在客房的單人小床上，這樣的安排單純許多，就連潔絲敏離開台灣搬到德國投靠李歐時，他都把主臥室讓出來給乾女兒住，兩人還為此爭執了幾次。

當早晨六點的鬧鐘鈴聲準時響起，李歐剛將屋內的每個角落都檢查完畢，他鎖上保險裝置並放下手中的槍，睡意全失後滿肚子不爽地拍掉鬧鈴，覺得逃避這個世界的權利被人硬生生剝奪了好幾分鐘，嚴格說起來，那可是幾百個平和無憂的心跳啊。

這時他瞥見手機上閃爍的圖示，於是點開未讀訊息，發現那是一封來自阿娣麗娜和尼可拉斯的聯名電子賀卡。

卡片中的年輕愛侶分別穿著紅色洋裝和毛衣，頭靠著頭在沙發上相互依偎，背景中有座熊熊燃燒的壁爐和掛滿燈飾、襪子的聖誕樹，畫面中有些東西頗為眼熟，有些則從來沒看過，李歐猜測照片是在翡翠湖小屋的客廳裡拍的，幾年前他曾登門拜訪過一次，還見證了一場父子相殘的暴行，砸毀了不少家具，估計小屋是重新裝潢過了吧。

這張充滿節慶氛圍的照片可真肉麻，讓他聯想到脖子繫著紅絲帶的無辜小狗，幸虧是電子卡片，假若收到的是紙卡，恐怕阿娣麗娜還會噴上薰死人不償命的撲鼻香水味兒。

李歐苦笑著搖頭，繼而讀起卡片上的文字。

親愛的李歐，

近來可好？工作順利嗎？

別擔心尼克和我，我這學期的成績好到連我媽都嘖嘖稱奇，已經有好幾個知名樂團跟我接洽，希望我畢業後能為他們工作。尼克則是老樣子，他向來生活規律，潛心研究他的發明。

現在的我們只希望平靜過日子。況且，他的某些「發明」（例如多嘴的人工智慧管家）已經夠讓人驚嚇的了。

備註：莎拉那邊有消息了嗎？

再次備註：尼克提醒你控制體重。

願你一切安好，聖誕快樂！

阿娣麗娜與尼可拉斯

十二月二十四日，平安夜，他躲避這天已經很久了，離婚後就再也沒有人與他共渡聖誕節。

該來的總是要來，也罷，反正他早習慣了獨來獨往，這世上能讓李歐掛心的人不多，十隻手指頭可以數完。現在阿娣麗娜、尼克、玫兒和凱特都送上耶誕祝賀了，只剩他最愛惜的潔絲敏還沒與他聯繫。

不曉得潔絲敏過得如何？

約莫半年前，她申請上格拉斯的香水學校，隨即收拾行囊前往法國。李歐不得不承認，公寓裡多了個人作伴，不僅更有「家」的感覺，環境也會整潔許多。

是空巢期作祟嗎？李歐很不想承認男人也具有這種感受，他無法想像自己坐在心理醫生面前大聲嘆氣，只想當機立斷，馬上訂機票飛去看他的乾女兒。可他又擔心自己黏得太緊，表現得像是個在婚禮上哭哭啼啼的父親，至今，他仍未摸清「老爸」和「女兒」之間該有的分際。

李歐將這份複雜情緒收納在心中難以碰觸的角落，暫時不去管它。對付無力解決的心理層面問題，最佳策略便是置之不理，讓光陰去琢磨答案。

那隻肥胖的虎斑貓換了個斜躺的姿勢，仍舊待在原位注視著他，ＰＢ是這家裡現在的老大，唯有搖響了用餐鈴，牠才會移動尊臀來到地板上。

ＰＢ懶洋洋地望著李歐套上手套、穿上慢跑鞋並繫好鞋帶，接著把手機塞進口袋，拉上帽兜後推開公寓大門、衝進晨霧瀰漫的人行道，將路上覓食的成群麻雀嚇得一哄而散。

霧濛濛的天色讓這座城市變成灰白色，鏟雪車讓路邊的積雪堆得老高，正好清出足夠慢跑的空間。李歐大口喘息，讓冰涼的空氣充斥肺葉，覺得既痛苦又痛快。

他沿著千篇一律的路線持續向前奔跑，將一磚一瓦盡收眼底，然後愈跑愈快、愈跑愈快，狂風拍打髮稍，他藉由劇烈的心跳和痠疼的肌肉麻痺自己，讓所有念頭聚焦在身體承受的疲累上，而非內心。

忽然，另一個擁有自我意志、也老愛跟他作對的東西開始與他共舞，是手機響了，頻繁的震動自口袋傳來，擾亂了他的步伐。

「又是誰？」李歐踉蹌停下腳步，心裡不住嘀咕。在幾個深呼吸之間李歐掏出手機檢查，在看見是潔絲敏的視訊來電時趕忙接起電話。「哈囉？」

「嗨，李歐。」螢幕中是潔絲敏的笑臉。

「小敏？」李歐的嘴角不由自主地勾起。他仔細端詳女孩的髮辮和輪廓，心中泛起一股叫作「想念」的熟悉悸動。「妳的頭髮長了。」

「是啊。」潔絲敏拉起辮子尾端把玩。

「新學校還習慣嗎？」

「還可以。ＰＢ好嗎？」

「老樣子，把我當傭人。小敏，妳住在那裡個把月了，法文現在應該沒問題吧？」

「你忘了我有私人家教？」

「也對。」李歐抓抓頭髮。「身上的錢夠用吧？」

「別擔心，我過得很好。」潔絲敏報以微笑。

「換我講了啦。」男孩的大嗓門從手機的揚聲器中冒了出來。

畫面一陣晃動，女孩的臉龐倏地幻化為成片殘影。隨著畫面距離拉遠，李歐這才看清潔絲敏身後站著賽門。只見賽門親暱地伸手摟住潔絲敏的腰，下巴則擱在她的肩上，兩人貼在一起，兩道輪廓線融合為一。

「嘿嘿，夥計，在幹嘛呀？看你這麼喘，是在跑步還是追歹徒啊？」賽門咧嘴一笑。

「呃，如果是在工作，就不會接這種閒聊的電話了。」李歐面露無奈。

他早該想到賽門也會跟著搬回法國，兩人還會一塊兒過聖誕節。即便這對小情侶穩定交往了好一陣子，潔絲敏也不是自己的親生骨肉，但身為教父總是很難調適心情。

「放心啦，我把潔絲敏照顧得很好，全法國的兄弟，誰看到她敢不叫大嫂，我就——」賽門掄起拳頭。

「別亂說話！」潔絲敏嬌嗔地打斷男友。

「——好嘛。」賽門像是隻欣然接受馴養的大貓，乖順地點了點頭。

「抱歉，李歐，當你問我聖誕節有什麼計畫時，我說我有事要忙，其實是在等賽門做出安排。」潔絲敏垂下眼瞼。

「沒關係，倘若大家又得齊聚一堂，我才要煩惱出了什麼事哩。」李歐乾咳兩聲，道：「總之，聖誕快樂。」

「聖誕快樂！」手機螢幕上的小情侶向他揮揮手，賽門轉頭吻了吻潔絲敏的臉頰。

李歐渾身不自在地收了線，年輕人那種想要昭告天下的熱切愛意他認得，他也曾經擁有。

李歐還不到四十歲，正值壯年，也許該考慮重新約會？不，不。他早就遇見了這輩子的真愛，總之他搞砸了，生命不可能從頭來過。

他曾有過妻子，最後妻子卻離開了。

他也曾有過乾女兒，乾女兒也離開了。

李歐再度抬起腳跟，在蝸居的城市中繼續未竟的路程。由於電話耽擱了不少時間，他轉而快步衝刺並大口喘息，將紛擾的思緒遠遠甩在腦後。

此時太陽已高高昇起，耀眼的金光撒落在皚皚白雪覆蓋的每座教堂、大樓和橋樑上，讓世界變得刺眼起來，李歐在光線中追逐自己孤單的身影，頓覺滿口酸澀，彷彿吞了個沒熟的橙子。

萊比錫固然有「小巴黎」的美名，然而再怎麼繁華，也比不上真正的巴黎。

義大利　羅馬　梵蒂岡

台伯河靜靜流淌，以溫柔的姿態擁抱羅馬。一條條古道自帝國隕落後依然繞著圓形競技場、元老院、農神殿以及賽維羅大帝拱門的墩石與殘柱蜿蜒而行，遍地都是留存了近二十個世紀的遺址。

河對岸區五十呎高的厚重石牆內，位於聖彼得大教堂右側的宗座宮殿頂層，身穿白衣的教宗像是一抹黯然的幽靈，正於寓所內的窗邊遠眺廣場上的人群。

神職人員、遊客和朝聖者絡繹不絕，為了瞻仰歷史，也為了蒙受天主的洗禮，他們和守護國界的瑞士衛隊擦身而過，流轉的目光半是畏怯半是好奇。站崗士兵以明亮的黃、藍、橙三色條紋為制服花色，無需揮舞手中長戟，人們便會自動避開那身顯眼服裝和傲然神情隱含的威脅之意。

梵蒂岡安全無虞，然而，寧靜與平和僅止於眼下這一秒鐘而已。

真正盤旋教宗心頭的並非身前景物，而是背後看不見的隱憂。大概再過半小時，位於梵蒂岡城西北端的直升機坪即將忙碌起來，參與祕密會議的成員陸續抵達，車號冠以SCV三字母的公務車輛也會不停駛進宗座宮殿的停車場。

教宗手裡握著皺巴巴的一張紙，那是一份九零年代的剪報，接連被幾任教宗捏在掌心不下千百回，標題為「菲律賓皮納土波火山爆發，數千房屋被毀、數萬居民受困」。報導中只有一小部分屬實，至於真相，早已被菲律賓政府和梵蒂岡聯手埋葬於歲月的洪流之中，放眼現今世上，也只剩下少數幾人和上帝知道內情了。

教宗嘆了口氣，如同神蹟顯現一般，紙上皺褶總是無法避免地化作愁苦的壓痕，自紙端延伸至繼位者的眼尾和眉心，每位教宗都一樣，這份責任就像是中了大獎以後附帶的稅單，要嘛就通通捨下，要嘛就一肩扛起。

可是，最近這份壓力總是讓他喘不過氣，奮力工作了七十四年的心臟好似愈來愈難以承受了，也許是天主暗示他該退休了吧。

教宗朝窗外最後一瞥，隨即轉過佝僂身軀，緩步離開窗台走向書桌，以顫抖的動作將紙張藏回暗格的小木匣內。接著，他走向平常最習慣的位置，迫使僵硬的膝蓋彎曲後跪了下來，做了幾個深呼吸，再於胸前劃上聖十字號，把滿心憂慮託付給天主。

教宗向來在祈禱中尋求慰藉，也在慰藉裡完成祈禱。

「主啊，祢的話是我腳前的明燈，求祢引導我的步履，指引我當走的路。求祢扶助我們的軟弱，啟迪我們的心智，使我們都能領悟到福音就是天主的德能——」

急促的敲門聲中斷了禱告，教宗的個人秘書佩卓闖進房內，讓他逐漸梳攏的思緒再度化身為龐雜散亂的念頭。

「閣下？噢，抱歉。」佩卓急忙想退出去。

教宗擺擺手錶示不要緊，「——因父及子及聖神之名，阿們。」他匆匆結束禱詞，在個人秘書的攙扶下起身。

佩卓是個莽撞的年輕人，外表長得蒼白瘦削，做事情卻粗手粗腳，但是他信仰虔誠且忠心耿耿，符合教宗一貫的用人標準。況且自己逐漸年邁，總得慢慢培養接班人，而秘書的陪伴就像一面鏡子，令教宗想起自己從前的模樣。有時候教宗甚至會在他憨厚的臉龐上瞥見其他人的容貌，那些都是自己用心拔擢的後輩，這更讓教宗深信，只要適時給予指引，任何迷途羔羊都能重返牧羊人身邊。

「已遵從教宗的指示，讓參加會議的代表們分別從不同路線抵達，會議即將開始。」佩卓恭敬地欠身。

「人員都到齊了嗎？」教宗問。

「是的……啊，不是，馬爾他騎士團的大教長尚未到達。」佩卓連忙改口。

「無所謂，賈斯汀大教長總是喜歡盛大排場。」教宗對佩卓眨眨眼睛，同時將食指擺在唇前比了個「噓」的手勢，眉宇間深刻的倦意頓時染上一層慧黠。

「我明白。」佩卓露出心領神會的靦腆微笑，替教宗推開房門。

對外，他們一律宣稱這次開會只是例行性的樞機會議，只有不在羅馬城內的寥寥幾位代表從外地趕來，即便如此，教廷也安排妥當，要求與會人士各自從不同路線抵達宗座宮殿，藉以掩人耳目。

事實當然不僅僅如此。

一老一少沿著洛可可風長廊前進，途經保存完好的文藝復興時期胸像、橫飾帶、掛毯和華麗繡幃與畫作，在走廊三分之二處的一座雪花石膏噴泉旁轉入一間凹室，來到高聳的會議室門廳前。佇立一旁的瑞士衛隊收回長戟並高聲頓腳，行禮後高聲宣布教宗蒞臨。

「請進。」門後方傳來回應。

教宗步入會議室內，秘書像是他的影子般尾隨在後，鞋後跟甫跨過門檻，盡責的衛隊士兵立刻闔上大門，把會議室給包覆得密不透風。

此時會議室內已坐了九成滿，放眼望去，雕琢繁複的巴洛克式長桌旁，方濟會的代表馬可樞機主教入座了，他左手邊的是耶穌會代表尚皮耶樞機主教，右手邊則是道明會的羅賓森樞機主教。坐在長桌對面的還有聖奧思定會、歐里歐內神父教團和慈幼會等團體的代表，除了馬爾他騎士團的兩人，所有與會者都很準時。

一見教宗現身，身穿傳統黑色教袍的主教們紛紛自桌邊起身，面色凝重地湧向梵蒂岡的精神領袖，猶如一波波黑色且抑鬱的浪潮。主教們將教宗團團包圍，教宗親切地和眾人輪流打招呼，彷彿重現《最後的晚餐》畫作中耶穌被十二門徒環繞的景象。

「教宗閣下，這次可不能任賈斯汀大教長亂來啊。」馬可樞機主教擠到教宗身旁，率先說道。

馬可樞機主教是出了名的心直口快，像是為了支持勤奮工作的嘴巴似的，他擁有一塊突出方正的下顎。這位樞機主教腰間繫著緞紫色聖索，手上戴著有精緻刻紋的主教權戒，隆重打扮顯示出他對這次會議的嚴陣以待。

然而，眾目睽睽之下，教宗不敢未經思索便胡亂回話。

賈斯汀大教長既然有膽子遲到，必然對此次會議主題的結論胸有成竹，搞不好事前就串通了幾名私交甚篤的主教，打算在會議上壯大聲勢，就跟票選教宗的閉門會議以前，候選人偷偷買票、寄黑函的政治操作一樣。

「各位別急，我們先就座吧。」教宗說。

語畢，大門再度開啟，姍姍來遲的馬爾他騎士團大教長人未到聲先到。

「不好意思，來晚了。」賈斯汀大教長的渾厚音量穿越門縫，搶在主人的豔紅色衣袍前現身。

長桌上有人嘀咕了幾句，大多數人還是保持緘默，即使心生不滿，在上帝的神聖殿堂中也只能按捺下來。梵蒂岡的政治局勢就是如此現實殘酷，即便不顧及自己的顏面，也得忌諱對方的權位。

賈斯汀大教長身上套的不是教士袍，而是類似軍裝的紅色排釦上衣和黑色長褲，腰際和袖口都有織紋，肩膀綴有金色流蘇，胸口則以徽章裝飾。大教長本人身形高大壯碩，近兩百公分的身高讓他得以睥睨眾人，臉上兩道濃密雜生的粗眉，更加強調了那不可一世的氣燄。

大教長後頭跟著的是身材矮壯的副教長麥克斯，他承襲了上司疏離冷峻的態度，撇除擁有少許亞裔基因不談，像極了賈斯汀大教長縮小一個尺寸的復刻版本。

此刻，冬日豔陽穿透會議室的拱型窗戶，照映在賈斯汀大教長和他的副手身上，形成兩團寬闊糾結的闇影。倒影隨著主人的步伐變化挪移，自大理石地板上一路攀爬至桌邊，彷彿也逼退了窗邊朦朧的光束。

會議桌上一片靜默，等到腳步聲戛然而止，大教長已於空位逕自坐下，成為身穿傳統教袍黑壓壓的人群中，唯一與教宗白衣匹敵的腥紅。

「我們直接進入正題吧，我想，各位都很清楚，這次祕密會議的目標是要表決我的提案，重新啟動聖騎士計畫，執行天主的聖意。」賈斯汀大教長開口說道，自信洪亮的嗓音有如擊鼓，在會議廳寬敞的壁面間迴盪。

他果然不在意自己錯過了什麼。教宗暗自思忖。

「天主的聖意？」馬可樞機主教皺著鼻子，語氣極其嘲諷地說道：「那是十字軍東征的口號，為時三個世紀，殘酷的十字軍運用各種極有創意又可怕的手段，去再教育異教徒與女神崇拜的宗教。大教長還念念不忘數百年前燒殺擄掠的榮景？打算再次置信徒於水深火熱之中？」

賈斯汀大教長睨了對方一眼，濃眉下是兩道傲慢的斜視。「馬可樞機，我們現在討論的是活生生在世間遊走作亂的七原罪，傲慢、妒忌、憤怒、懶惰、貪婪、暴食、色欲。他們不只危害世人，還彼此相互殘殺，是非常危險的暴力份子，如果我沒記錯，七原罪在去年毒害了四十九名無辜神父，其中一兩位還是你們方濟會的人。」

「這我知道。」馬可樞機主教蹙眉。

「即便如此，啟動聖騎士的想法還是需要從長計議。」教宗回答：「聖騎士平時分散在世界，大部分時間修養生息，偶爾按照梵蒂岡的需求各自執行任務，他們從未集結起來，起碼一百年內還未曾有教宗同時啟動聖騎士。」

「沒錯，這樣等於是和公開七原罪宣戰，一旦引爆戰爭，必須背負十字架的可是我們。」馬可樞機主教搶著說道。

「其實，我也認為啟用聖騎士太冒險了！天啟四騎士加上當初驅逐莉莉斯的三名天使，與其說這七人是騎士，還不如說是殺手。」尚皮耶樞機主教附和。

「聖騎士絕對是最危險最不該碰觸的區塊，若是消息走漏，讓世人發現梵蒂岡一邊宣揚天主的慈愛一邊私藏了終極武器，天主教會分崩離析！」馬可樞機主教揮舞著指節上的十四K金寶石權戒，像是在強調自己的份量。

「在今天以前，難道聖騎士系統就沒有私底下運作嗎？」賈斯汀大教長悶哼。

教宗聞言沉下臉來。

會議桌上的主教們交頭接耳起來，他們在交換情報、分享經驗和拉攏彼此，不過，沒有人敢真正大聲地提出自我想法，窸窣音量卑微宛如偷偷摸摸的鼠輩，空氣鬱滯凝結。有趣的是，等到會議結束，主教們出了身後那扇大門，又會搖身一變恢復原本道貌岸然的模樣。

大教長又說：「教廷是有史以來世界最大的單一團體，全世界將近九億人口把教宗當作精神領袖。我還聽說，七原罪各自擁有一件充滿魔幻力量的法器，能用來殺人、蠱惑人心、荼毒生靈，各位能夠想像這背後代表的意義嗎？那是對教廷的挑釁！默許這些邪惡的化身擁有武器，簡直就像把起司直接放在老鼠洞裡。給普通人一把槍，他們就自以為所向無敵，校園喋血事件不就是最好的證明？」

賈斯汀大教長挺起胸膛，厚實的背膀像是一堵難以跨越的高牆，他口中吐露的字句鏗鏘有力，讓現場所有樞機主教無從反駁，也無力嘗試突破。

唯獨馬可樞機主教揚起突出的下巴，忿忿地說道：「天啟四騎士出現之日，意即世界末日來臨之時，問題是現在還不到時候吧？」

「呃，也許梵蒂岡應該先口頭警告，給七原罪一個改過的機會？」尚皮耶樞機主教咕噥，態度開始游移不定。

「馬爾他騎士團一千年來信奉的作法很簡單，打開了潘朵拉的盒子，就再把盒子關起來。」賈斯汀大教長堅定的目光一一掃過桌邊每位主教。

這是個艱難的決定，樞機主教們有的別開臉，有的喃喃自語起來。

教宗想起馮哈白樞機主教曾於一九三三年的演講中公開對希特勒創造的「理想國」表達感謝，難道，專制又要重起爐灶了嗎？思及至此，教宗不願意顯得渺小，他強迫自己拉起日漸委靡的脊椎，勉勵自己成為直挺的利箭，而非駝背的弓。

「所以，大教長是打算建議聖騎士如當初奉上帝之名的三位天使一樣，屠殺所有莉莉斯的後代嗎？教廷是最古老也最具有影響力的組織，信仰必須成長和進步。如果傳統是件一勞永逸的事，那麼神學工作將會受到限制，無法為形式和文字去尋找新的和更好的闡述。我無法認同聖騎士就是天主提供的解決方案。」教宗搖頭，頭頂的白帽跟著晃動。

「讓他們去接受天主的審判，去天堂、去地獄，然後復活，我們的任務是送他們上路。這才是真正的救贖。」大教長語氣冰冷，微微勾起的嘴角讓人不寒而慄。

「教會使命是延續天主無私的愛，而不是引起對立、製造分裂。」教宗說。

「妥協理論是為惡的藉口。」大教長說。

賈斯汀大教長轉身面對教宗，若有所思地伸出手指，撣去胸前徽章上的灰塵。

看似簡單的小動作，卻令教宗忽地感到一陣心悸，某段不堪回憶的重量沉甸甸地壓在教宗心頭，讓他的肺葉和心臟相繼停擺，脖子冒汗，好幾秒鐘喘不過氣。於是教宗垂下頭，不再回話。

馬可樞機主教不死心，高聲說道：「莫非大家都忘了新教福音派的輝煌記錄？福音派與納粹主義是反猶太的共犯結構，多虧了他們，安樂死政策、強迫性節育、蓋世太保和集中營才會血洗這個世界。」

多位樞機主教點頭稱是。

馬可樞機主教認為機不可失，放膽質問道：「馬爾他騎士團過往的成績也不遑多讓，怎麼騎士團現在還發放護照給納粹戰俘嗎？」

賈斯汀大教長眼裡迸出怒火，他霍地起身，讓左右兩旁的主教們嚇了一跳，原先會議室內的竊竊私語轉瞬間化為寂靜。

大教長舉起拳頭朗聲說道：「在歷史的潮流中，教廷不只是個旁觀者，更是個主要參與者，教宗創造出好幾位皇帝，也罷黜過幾位反判教會的君主。敵人現在不只是蠢蠢欲動，根本是光明正大的在世上各個角落裡活動，我們若不挺身對抗邪惡、淨化這個世界，就是邪惡血洗我們，沒有時間了，各位打算選擇哪一種？」

沉默佔領了會議桌，樞機主教們一致望著教宗，耐心等待上帝代言人的表態，教宗卻只是雙手交握撐著下巴，視線落在天花板的巨型樹枝狀吊燈上，貌似默禱也像是發怔。他向來不喜歡那盞吊燈，張牙舞爪的模樣好似褻瀆了聖堂。

良久以後，教宗嘆了口氣，說道：「分裂會威脅梵蒂岡，走回傳統主義，是唯一可躲避神學分裂的方法。」

「閣下？」馬可樞機主教瞠目結舌，眼裡浮現不解。

「還有哪位主教持反對意見嗎？」賈斯汀大教長環顧四周。

眾人默不作聲。半晌後，大教長滿意地點點頭，隨即泰然自若地坐下。

義大利　羅馬　馬爾他宮

「大……大教長，史諾已、已經準備好了。」公務車於街邊停下，麥克斯副教長再次瞥向手機。除了結巴，副教長簡直是個完美的分身。

賈斯汀大教長點點頭，熱切的視線透過車窗，落在建築物大門頂端飄揚的紅底白色八角十字旗幟上，那是馬爾他騎士團的國旗，亦是賈斯汀大教長奉獻畢生心力的唯一目標。如果必要的話，在面臨衝突的危急之際，大教長會親自衝上前線搖旗吶喊。

眼前這棟佔地一點二萬平方米、擁有百年歷史的建築物是馬爾他騎士團總部——馬爾他宮。乍看之下，羅馬城內這幢風格古典的黃褐色建築物恰如其分地融入街區，與周遭商店及住宅無異，實際上孔多迪街六十八號可大有來頭。

馬爾他騎士團的全名為「耶路撒冷、羅得島和馬爾他聖約翰主權軍事醫院騎士團」，成立於一零四八年，前身為十字軍東征時期三大騎士團之一的聖約翰醫療騎士團，目的是幫助及提供醫療服務給前往耶路撒冷朝聖的窮人與病人。

時至今日，白色八角十字位於紅色盾型內的騎士團徽章遍布世界各地，被用於醫護或人道援助工作的國際分會及駐外代表機構。馬爾他騎士團在聯合國佔有觀察員席位，並與一百零四個國家建立外交關係。

厚重的木製大門分秒不差地敞開，一隊全副武裝的駐守士兵迎上前來，其中兩名士兵分別替正副教長二人打開車門，其他人則保持警戒，隨後護送騎士團的最高元首進入建築。

兩人穿越中庭，以軍人特有的堅定步伐快速前進，跫音於敞廊間迴響。

等到前後都沒有人，麥克斯才開口說道：「真、真沒想到，會議這麼順利？」

「每當梵蒂岡召開祕密會議，我都會受邀參加。說開會可能不太恰當，因為，通常都是樞機主教們急得像是蒸鍋上的螞蟻，我只要冷冷地看著他們，偶爾搧個風點個火，然後慢慢往爭執不休的議題上添加柴薪。」賈斯汀大教長眼裡散逸炯炯光芒，毫不掩飾內心的沾沾自喜。

「大教長……總是深謀遠慮。」

「說到這次的壓倒性勝利，副教長，多虧你事先和幾位樞機主教打好關係，就像哈德良四世對諾曼人的態度，既然無法改變他們，就和他們聯盟。」

「能為騎士團效勞是、是我的榮幸，但話說回來，要……要不是馬可和尚皮耶投下反對票，啟動聖騎士的議題甚至可能……全數通過。」麥克斯回答。

「我不擔心那兩個跳樑小丑，想要一齣戲好看，就得有人扮演插花的角色。」賈斯汀大教長挑起濃眉。

他們向上爬了兩層樓的階梯，並肩走往位於主建築西北角的教長私人會晤室，這個角落平時杳無人跡，算是馬爾他宮內的禁區。舉國上下都非常尊重大教長的權威，除了少數固定的打掃人員，騎士團都會刻意迴避此處，即使必須繞道而行。

此時，麥克斯推開了門，又在尾隨賈斯汀大教長步入室內後仔細把門闔上，並加上兩道嚴密的鎖。賈斯汀大教長旋即斂起得意之色。

幽暗佔領了會晤室，簾幕併攏的窗台邊，有限的日光傾灑而下，在低頭禱告的模糊人影四周形成朦朧光暈，讓靜止不動的史諾彷若一座優雅的聖徒塑像，重現文藝復興時期的創作風華。

「你到了。」賈斯汀大教長沉吟。

史諾緩緩睜開雙眼，他咧嘴一笑，缺了舌頭的口中空無一物，像是一個無底黑洞。但是他的喉頭鎖著一副能代替他開口說話的精巧儀器。那機器人般的聲音說道：「謹遵大教長吩咐。」

「請起。」麥克斯說。

史諾自堅硬冰冷的大理石地板起身，動作流暢不見遲疑，也不曉得他究竟跪了多久，換作別人早就關節僵硬了，年長一點的神父甚至會渾身酸痛。

不過，梵蒂岡七位聖騎士中的三天使都是萬中選一的無痛症患者，在適當的訓練下，他們將缺陷轉變為優勢，成為上帝忠心耿耿的僕人，可以恐怖也可以無害，端看你站在戰場上的哪一邊。

麥克斯副教長面無表情地走到史諾身旁，伸手將窗簾拉開一道縫隙，陽光溜了進來，像是有隻無形的大手硬生生扯裂了黑暗，在會晤室中拉出狹長耀眼的光影。

光芒照亮了史諾身上的每一吋……

麥克斯副教長別開目光，儘管已經目睹史諾的真面目多次，他依然很難習慣。

除了黑色風衣覆蓋之處，史諾暴露在空氣中的每一吋肌膚都佈滿密密麻麻的刺青。以希伯來文寫成的經文佈滿他的手背，沿著掌根越過指關節、一路往指尖延伸，每一個條目都是對信仰的禮讚。

接著，史諾掀開風衣帽兜，光裸的頭皮上也刻滿了刺青，最駭人的是他的眸子，史諾以某種雷射技術將經文雕在自己的瞳仁四周，讓他沒了眼白，眼皮之下整個眼球都是黑色的，當你和他四目相對，好似望進兩個能跌入地獄的大窟窿。

和矮壯的副手比起來，貴為國家元首的賈斯汀大教長可說是氣燄十足，但是站在聖騎士史諾身旁，他看起來還是普通的不得了。

賈斯汀大教長不動聲色，他還記得自己初次見到史諾時，萬分驚異地倒吸了一口氣，後來接連幾次合作，大教長便明白了一件事：和史諾全身上下的刺青相比，他胸口那條不起眼的十字架項鍊反而危險百倍。

「請問大教長召喚我來，所為何事？」史諾以平板空洞的機器聲音問。

「這些日子以來你辛苦了，找你來是想當面告訴你，梵蒂岡已通過議程，決定啟動七位聖騎士，教宗近日內便會聯繫你和你的兄弟們以及天啟四騎士，你的努力不會白費，馬上就可以名正言順剷除原罪的餘孽。」賈斯汀大教長說。

「太好了。」史諾頷首。

「比較麻煩的是，現任教宗太過心軟，可能會下令活捉那七名原罪傳人。」大教長說。

麥克斯副教長輕笑兩聲，道：「抓來又有什麼用……審判異端的宗教裁決所早、早就廢了，被改為負責檢查全球各地教義闡釋工作的傳、傳信部，說好聽點，是防止叛教者散佈異端，實際……就是坐領乾薪的冗員。」

「沒錯。」賈斯汀大教長稱許地瞥了副手一眼。「醫生在每一個地方都會看到危害健康的風險，律師會看到可能的民事侵權行為，警察會看到違法亂紀的活動。而我，則會感覺在每一個角落都潛伏著邪端異說。」

「我們絕不、絕不坐視邪惡不管。」麥克斯對史諾說道。

史諾鬆開領口，拉出十字架項鍊握在掌心，語氣虔誠地說道：「上帝將莉莉斯逐出伊甸園後，又派遣史諾、史尼威和史默夫等三位天使去帶她回來，說如果她願意回來最好，否則每天就會有她的一百個子孫死掉』，天使告別了神去追莉莉斯，在紅海中央找到了她，但是她還是不願回來，同時也不斷殺死亞當的後代。」

「是的，莉莉斯的後代又、又開始作亂了……你還和其中幾個交手過。」麥克斯說。

「我記得。」史諾吻了吻手中的十字架。

「以三位天使為名，現在是聖騎士對上帝履行誓約的時候了。」賈斯汀大教長挪動腳跟來到窗邊，他面對窗外，背影有如糾結成團的烏雲。

接著，他引用十字軍東征的格言，道：「為了保衛上帝的真理，長劍已放在我們手中。對了，不用留活口。」

「大教長的意思我明白。」語畢，史諾轉身離開。

賈斯汀大教長目送聖騎士的身影逐漸遠去，誠心祈禱：「主啊，感謝祢。當條頓騎士團和聖殿騎士團都在時代的洪流中沒落，馬爾他教團卻即將迎向榮耀與光輝的崛起契機。

第二章

梵蒂岡

星期三，是教宗一週內最忙碌的一天。

早禱以後的上午，教宗固定於晉見大廳或聖彼得廣場接見朝聖者，按照官方程序，問候數以萬計的民眾、揮手答謝、拍照留念，同時教宗還得發表演說，然後大家一起吟唱聖歌。

這天也不例外。

午餐過後，梵蒂岡國務秘書處的辦公室內窗邊，教宗雙手揹在背後，目光遠眺宗座宮殿前方的聖達瑪穌大院，那是他往返教宗寓所的必經之途，佩卓不覺得那有什麼好看的。

在私人秘書佩卓眼裡，只曉得教宗的疲憊寫在臉上，沉重的眼袋如影隨形，渾身還散發出長期失眠的憔悴氣味，彷彿油盡燈枯的前一刻。不過教宗從不抱怨，梵蒂岡的精神領袖不是個愛訴苦的人，大概只有上帝才能聆聽他的心聲。

佩卓瞄了門口一眼。他自己也累壞了，國務秘書處必須維持三個法庭、三個辦公室、九個聖部和十一個理事會的運作，秘書處又直接隸屬於教宗之下，再加上近日風波不斷，外有原罪傳人挑釁動作頻頻，內有教團之間的權力鬥爭，簡直讓教宗和秘書疲於奔命。

即便身體已經發出警訊，教宗仍要求佩卓從滿檔行程中擠出時間。

「閣下，您確定不先休息一兩個小時嗎？」佩卓的視線再次瞥向門邊，語氣擔憂地問道。

「今日的待辦事項每件都刻不容緩，我不畏懼老邁的軀殼與面見上帝又更近了一步，只擔心在世間的任務沒能用心完成。」教宗搖搖頭。

這時，急促的敲門聲在瑞士衛隊的唱名中響起，佩卓的眼尾餘光中，教宗不疾不徐地轉過身子，重新將與那身白袍相稱的雍容儀態穿戴上身，這讓佩卓交纏的眉頭舒展開來，反正無論結果如何，都只能領受主的旨意了。

一如預期，來者是莎拉修女和她黑色的公文袋。頭罩黑巾、身著棕袍的莎拉修女隸屬於方濟姊妹會感恩教團，受聘於宗座資產管理處的電腦資訊中心已經超過五年，是網路辦公室的主管。

「教宗閣下、佩卓神父。」莎拉修女遞出手中的公文袋。「相關資料全在這裡了。」

「還有別人知情嗎？」佩卓伸手接下。

「沒有，按照兩位的吩咐，從頭到尾都是由我親自處理，沒有假手他人。」莎拉回答。

「好。」佩卓說。

「修女，能否麻煩妳簡單報告一下調查結果？」教宗的態度不慍不火。

莎拉調整了站姿，將重心放在健康的那條腿上。「我仔細看過全城每一支監視器的內容，確認監視系統曾經遭到駭客入侵，在檢測內部伺服器後，我的評估是駭客不知怎的繞過了梵蒂岡的防火牆，也許是從內部下手，接著，又以高度效率在一分鐘內破壞了《聖殤像》，時間短得甚至來不及追蹤來源……」

涼意竄上佩卓的背脊，讓他瞬間起了雞皮疙瘩，網路辦公室就在宗座宮殿內，教宗寓所的樓下！

莎拉舔舔乾燥的嘴唇，又道：「由於聖彼得大教堂內的監視畫面無法修復，每天進出梵蒂岡的人數又高達一萬人次以上，所以很難過濾出可疑人士。」

「駭客入侵？光憑這幾個字就能交代妳們部門的瀆職嗎？」佩卓提高音量。

「佩卓！」教宗打斷秘書。

「如果國務秘書處打算做出懲處，我也沒有話說。」莎拉聳肩。

「幸好《聖殤像》沒有大礙，不是嗎？」教宗拍拍兩人的背，說道：「藝術修復部門的人輕輕鬆鬆便洗去了雕像上的顏料，完全沒有殘留，八成只是無聊人士的惡作劇。」

莎拉再度挪動重心，看得出來久站讓她感到不適。「如果沒有別的事，我先回去工作了。」

「對了，妳的腳還痛嗎？」教宗問。

「老樣子，只要不過於奔波就沒有大礙。」莎拉回答。

「希望我沒有讓我的資訊主管太過操勞才是。」教宗微笑。「願主賜福於妳。」

「謝謝您。」莎拉跛著腳退出辦公室。

等到大門闔上以後，佩卓立刻迫不及待地問道：「我們手上有事發前後一個禮拜的義大利出入境資料，確定原罪傳人的確有抵達羅馬。假使他們真的溜進梵蒂岡搗亂，未免也太過分了！」

教宗嘆了口氣，這已是他放縱自我的最大限度。「天啟四騎士到了嗎？」

「已經在圖書室等您了。」佩卓回答。

「好。」教宗頷首。天主啊，請告訴我這麼做是對的……

半小時後，教宗於法衣室更衣完畢。

他慎重其事地著裝，套上了一件有金屬絲線刺繡的白色大圓氅，頭戴金色十字禮冠、雙手則套上有絲綢內裡的皮質手套。圓氅的金屬扣環旁裝飾著牧徽，末梢垂掛橡實形狀的流蘇，胸前領帶縫有幸運草和百合花組成的花環，左右兩側的長方區塊則以銀箔繡成扇貝錢幣點綴。

需要作出如此隆重打扮的公開行程有很多種，私密行程卻只有一個。在佩卓的陪同下，教宗挑了條隱密的路徑前往宗座圖書室，腳下的軟革皮鞋帶領他走過熟悉的大理石長廊。

直到這一刻他依然掙扎不已，在尚未成為教宗之前，他在賈斯汀大教長面前落下了把柄，這輩子做過的唯一一件虧心事此刻正啃囓著他的良知，讓他無法分辨自己授權聖騎士的決定究竟是臣服於天主的旨意，抑或妥協於賈斯汀大教長的激進？

於是他藉著華麗的服飾武裝自己，屏除心中雜念，彷彿那是一身盔甲。而他必須做的只是吹響號角，至於戰場上的勝負，就交給上帝裁決吧。

天主啊，噢，天主。

教宗和他的個人秘書佩卓步入圖書室時，天啟四騎士已屈膝半跪於教宗專屬的辦公桌前。他們是四個來自不同國家且互不相識的成年人，擁有迴異的輝煌經歷並因此被拔擢為聖騎士，卻因為相同的理由齊聚一堂，是菁英中的菁英。

穿白衣的是「瘟疫」聖騎士，他是巴西籍神父，擅長巴西柔術，曾隻身受困於亞馬遜流域四十天，甚至因而染上敗血症，最後憑藉強大的意志力奇蹟似地徒步走出叢林。

穿紅衣的「戰爭」聖騎士是來自南非的黑人隱修士，在結束撒哈拉沙漠為期兩年的苦行後，他接著展開在喜瑪拉雅山脈的旅程，教宗召喚之際，「戰爭」正在珠穆朗瑪峰頂端和上帝進行對話。

一身黑衣的是「饑荒」聖騎士，「饑荒」是馬來西亞華人，在被神父收養之前以地下拳賽獎金維生，因為體驗過有一餐沒一餐的生活，投身研習神學後，他專門於亞洲地區的貧窮國家傳教。

最後一位是全身灰色的「死亡」聖騎士，「她」隸屬於德蕾莎修女成立的博濟會，祖籍波蘭，當過幾年警察，為多屆自由搏擊賽冠軍，算是大器晚成卻後來居上的佼佼者。

聖騎士由教宗親自遴選任命，他對每個人都瞭若指掌，佩卓更是讀過騎士們的履歷不下百回。

「感謝各位特地前來梵蒂岡。」教宗踱至辦公桌前，白袍拍打腳踝發出沙沙作響。

「聖騎士聽憑教宗聖意。」天啟四騎士齊聲說道。

四名騎士恭敬地跪著，目光彷彿被膠水黏在地板上，眼睛一眨也不眨。他們既危險又虔誠，既疼痛又寓意甚深，猶如代表提醒人類罪惡的荊棘之冠。

教宗的視線在眾人之間逡巡，他道：「祂穿著蘸過血的衣服，祂的名稱為神的話。在天上的眾軍騎著白馬，穿著細麻衣，又白又潔，跟隨著祂。有利劍從祂口中出來，可以用以擊殺列國，祂必用鐵杖轄管他們，並要踹全能神烈怒的酒醡。」

語畢，教宗注視著黑褐色的辦公桌面上，來自宗座禮儀聖器室的四件聖物。

天主啊……

教宗的心聲在吶喊：哪怕只是一片飄落的羽絨也好，請給我指引……

心思沒有拉扯他的表情，沒有在他臉上留下走過的痕跡，他伸出雙手，捧起桌上的東西。可是聖物不只是「東西」，更是至高無上的權利，是個收不回來的決定。

天主啊……

第一件聖物是鑲有琺瑯與寶石的鍍金聖體盒，一八六七年由法國里昂的金匠設計，杯托刻有麥穗和鴿子，握柄處有四位翅膀收攏並跪著的天使雕像。

「教宗碧岳九世的聖體盒，盒中附有一把小型十字弓，賜給瘟疫聖騎士。」教宗把聖體盒遞給對方，不忘提醒道：「盒蓋上的銘文寫著『無論哪裡有死屍，老鷹就聚集在哪裡』，相信你知道如何善加利用。」

「是的，閣下。」瘟疫聖騎士向教宗道謝。

教宗轉身拾起第二件物品，那是一把金色的權杖，頂端有個坐在寶座上的聖母雕像，下方則為彩釉鑿圖的鍍金球體，裝飾著紫水晶和紅寶石的水滴狀花瓣。耀眼的光芒讓眾人看得目不轉睛，除了財富與藝術價值，權杖更意味著至高無上的權力。

「教宗碧岳九世的貝桑松權杖，賜給戰爭聖騎士。」教宗道。

戰爭聖騎士接過權杖，忽地朝地上用力一敲，轉眼之間，聖物忽然縮小為三十公分長的短棍。接著他再次奮力一甩，御賜聖物又變回長度一百五十公分左右的權杖，這是一柄伸縮自如的兵器。

「很好，你已經知道怎麼用了。」教宗微笑。

佩卓完全看呆了，甚至忘記該在聖騎士甩棍的第一時間挺身保護教宗。

接下來，教宗手握第三件聖物，那是十九世紀中葉製作的銀槌，大小尺寸和家用鐵鎚沒什麼分別，看起來可是貴重許多，只見鍍金銀的槌頭被接在深色木質握把上，尾端則比頂端稍粗，造型優雅宛若名家打造的工藝品。

教宗道：「這把銀槌曾被用來確認教宗是否去世，總管樞機主教會用銀槌輕敲逝世教宗的額頭三下，並以領洗聖名呼喚他。現在，我將銀槌賜給饑荒聖騎士。」

「謝謝您，教宗。」饑荒聖騎士小心翼翼地捧過銀槌。

前三位聖騎士似乎都非常滿意，他們低頭檢視自己得到的聖物，神情專注而珍惜，宛如許下願望後殷殷企盼了一整年，終於從聖誕老人手中搶下心愛禮物的孩子。

此刻，辦公桌上只剩下一只紅色絨布盒。

「最後是這把利奧十三世的伯多祿鑰匙。」教宗掀開盒蓋，露出兩把雕有希臘式繁複十字架與卷曲花紋的鑰匙。「賜給妳，死亡聖騎士，願天堂的大門為妳敞開。」

「謝謝。」死亡聖騎士從襯布內取出鑰匙，一手握住一把。

死亡聖騎士很快地便抓到要領，她按下十字架的中心點，刀面立刻自尖端彈跳而出，鑰匙化為銳利的短刀，接著她又將兩把十字架的頂端相互結合，伯多祿鑰匙馬上成為一把雙向刃。

教宗看著四位騎士把玩手中武器，輕聲囑咐道：「瘟疫、戰爭、饑荒、死亡，你們的俗世姓名已不復存在，從今天起，信仰是你我之間的羈絆。」

「是。」騎士們說。

「想必大家都知道啟動聖騎士的意義，還有什麼疑問嗎？」佩卓說。

「閣下，請問另外三位以天使為名的聖騎士怎麼沒有前來？我以為七位聖騎士應當通力合作？」死亡聖騎士問。

教宗抬起頭來，佈滿滄桑褶痕的雙眼凝望牆面的世界地圖，回答：「他們已經展開各自的任務了。」

美國　夏威夷　歐胡島

在密集的有氧運動後，娜塔莎接著又利用健身器材進行了重量訓練，此際，她全身上下都是蒸騰的汗。汗水能讓皮膚變好，就像柔軟滑嫩的凝乳，她享受運動帶來的快感，覺得自己如一頭母豹般敏捷、精實且青春，隨時準備好撲倒獵物。

娜塔莎同時也像母豹一般美艷。修長的手腳和完美的儀態讓她動作輕盈有如芭蕾舞伶，猶太血統帶給她的黑髮與黑眼則充滿了異國風情，皮膚上的雀斑絲毫沒有減損她的魅力，反而像是花豹豐澤的毛皮，讓娜塔莎渾身上下散發著野性。

健身房更衣室的小隔間內，娜塔莎仰起臉來迎向蓮蓬頭，讓嘩啦嘩啦的水珠沖刷而下，按摩每吋肌肉的疲勞。她想像自己正站在一座天然的瀑布中央，除了水聲什麼也聽不到，讓天籟滌去所有不該存在的思緒，她需要專注。

專心致志。全神貫注。

專注一如飛瀑下兀自佇立的苦行僧。

沖澡讓娜塔莎宛若新生，她離開小隔間，沿著腋下圍上一條白色大浴巾，然後踏著貓步走向更衣室內的大鏡子，伸手抹去鏡面上滿佈的水霧。透過鏡中反射，她依稀瞥見了原版的自己。

娜塔莎有一百種面貌，分別是一百個靈魂碎片的映照，在這些不同身分的轉換之間，偶爾她會好奇自己原本的樣貌，她瞅著鏡子裡美麗的女人，卻覺得那張臉孔很遙遠、回憶也很陌生。

這就表示自己成功了。歸零，好比創世紀中的初誕生的人類。

今天她要扮演的角色是讓人難以抗拒的美女，娜塔莎認真研究起自己需要修飾的缺陷，像是孤傲清冷的神情和淡淡的黑眼圈，以及偶然一閃即逝的自我。

隨後她走向置物櫃，從包包中取出一個小藥盒，挑出一顆白綠色小膠囊塞進嘴裡，然後扭開水龍頭，將藥丸混著自來水嚥下。

接下來一連串的動作彷若按下了快轉鍵，娜塔莎迅速吹乾頭髮，讓直順的長髮垂掛身後，齊眉的瀏海則披散額頭。她又化了個精緻耀眼的妝，開始自微微勾起的眼線，結束於柔軟飽滿的紅唇，然後換上一襲襯托曲線的紫羅蘭色小洋裝，胸前領口十分保守，但敞開的V字型大露背直逼腰際，令整片美背和兩側肩胛骨上的刺青一覽無遺。

她讓雙腳踩進緞面涼鞋內，扣上繫帶，然後拾起鼓脹的紫色手拿包，將其餘物品收進置物櫃內。大功告成，娜塔莎滿意地笑了笑。

離開更衣室前她再度回眸，這次，鏡中出現的不是形容枯槁的憂傷女人，而是個顛倒眾生的熱情女郎。

為了體恤房客，飯店內建的設施包含健身房和酒吧，中間只隔著兩層樓，房客僅需出示房卡，就能自由自在地揮汗運動或者飲酒作樂。

也可以先揮汗運動再飲酒作樂，或者加入「勾搭陌生人參觀樓上客房」的項目，前後順序自由安排，酒保什麼都看不見，清潔人員也不會多嘴，維護客人隱私是這家五星級飯店最被廣為稱頌的服務原則。

即便如此，當娜塔莎步入「霍奴魯魯」酒吧的時候還是引起了一陣不小的騷動。

她的到來讓鋪上地毯的走道頓時成為「維多利亞的祕密」伸展台，當娜塔莎迎面走來，她飄逸的黑髮、深邃的五官在在令人震懾，而當她逐漸遠去，曼妙曲線則讓人回味再三，她的存在立刻吸引了所有人的目光，彷彿隱形的聚光燈一路尾隨，走過的每一步都是誘惑。

娜塔莎無視於他人目光，逕自穿越座位區走向吧台，毫無遲疑地挑了個女人身旁的空位坐下。由於宣示意味太過濃厚，讓現場男客們唏噓不已。

「一杯馬丁尼。」娜塔莎對酒保說道。她的聲線迷濛有如呢喃。

右邊啜飲橘紅色米謝拉達的女人透過杯緣打量她，道：「洋裝很漂亮。」

「謝了，我也很喜歡妳的黑裙子。」娜塔莎將頭髮順到左側胸前，露出右肩和背部，大面積的裸露皮膚在昏黃的燈光下微微發亮，像是甜點上的鮮奶油。「我叫娜塔莎。妳是來玩的嗎？」

「我是伊莎貝，來渡假的。」伊莎貝的嘴角微微勾起，法令紋洩漏了她年齡的祕密。「妳呢？」

「來找人的。」

「那妳找到了嗎？」

「喔，我相信是的。」娜塔莎朝對方嫣然一笑。

伊莎貝在娜塔莎的鼓勵之下大為振作，她撩起金髮，秀出天鵝般伸展修長優雅的頸項。「妳有一副美好的身材，平常有在健身？」

「我熱愛室內運動。」娜塔莎眨眨眼睛。

「太好了，我也是。」伊莎貝微笑。

這時，酒保將馬丁尼送上檯面，娜塔莎將紫色手拿包擱在桌上，舉杯品嚐了一口，接著她捏起杯緣牙籤，以舌尖將插著的醃漬橄欖捲進齒間咀嚼，表情融合了享受和得意，好似細細品味的其實是伊甸園的禁忌之果。

兩人心照不宣地啜飲各自的酒，偶爾膝頭碰觸膝頭，偶爾手指滑過手臂，動作既大膽又矜持，充滿曖昧情慾的氛圍開始發酵，她們用語言作為開場白，再以眼神和肢體進行交流，滋味彷彿比酒精更加醉人。

吧台附近的小電視正播放著國際新聞，突然間，一則插播引起了兩個女人的注意力，伊莎貝轉過頭去，認真將每一個字都聽進心坎裡。

那是一則關於療養院大火的報導，事發地點在美國內布拉斯加州荒原上的一間私人醫療機構，專門收容無能力行為的精神疾病患者。這場大火奪去了療養院中三十四條人命，絕大多數是住院病患，也有少數是值班的醫生和護理人員。

警方表示，起火點在位於角落的病房內，加上火災警報器年久失修，所以第一時間沒有被人察覺。研判可能是精神病患偷渡違禁品回到房間，然後偷偷在房裡玩火，導致這場悲劇發生。

隨著背景跑馬燈秀出死亡名單，伊莎貝雙眼一亮，喜不自勝地握緊拳頭，說道：「永別了，朱利安。」

「有妳認識的人嗎？」娜塔莎問。

「沒有特別重要的。」伊莎貝回答。

「喔喔，真是個悲慘的新聞，嗯？」娜塔莎聳肩。

「人生就是一齣悲慘諷刺的笑鬧劇，所以才需要喝一杯呀。」伊莎貝頷首。

娜塔莎又淺嚐一口馬丁尼，在熱辣的酒精燃燒喉頭和食道時自然流露愉悅的笑容。

伊莎貝的灼熱眼光緊緊攫住她，道：「『霍奴魯魯』在夏威夷語中的意思是『屏蔽之地』，所以這間酒吧裡有很多特色調酒，也許妳該試試。」

「我還是偏愛經典，比較對味。」娜塔莎偏著頭，望向伊莎貝的雞尾酒道：「看來妳偏好複雜的口感？」

「妳說米謝拉達嗎？裡頭添加了辣椒粉、醬油和鹽，五味雜陳，很符合我目前的處境。」伊莎貝大笑。

「怎麼了？失戀？離婚？」

「不是那種問題，我老早就受夠男人了。」

「很好。」

「妳呢？結過婚、有小孩嗎？」

「小孩？」娜塔莎瞪大眼睛，「誰需要那種愛哭又黏人的東西？」

「說得好。」伊莎貝點頭。

「去他的，這世界就是這麼令人沮喪，對吧？」娜塔莎伸出手來，由上而下撫過伊莎貝的手臂，指腹所到之處引發一陣陣興奮的戰慄。

這下子伊莎貝更是大膽地盯著她只隔著一層薄薄衣料的乳尖。「嘿，我注意到妳背上的刺青，很漂亮。」

「摸摸看。」娜塔莎語帶挑逗地說，伊莎貝順從地開始探索她的背部肌膚，娜塔莎呻吟出聲。「妳剛剛說，『霍奴魯魯』在夏威夷語中的意思是『屏蔽之地』，我想，這正是我所需要的。」

「我就住在樓上。」伊莎貝挑起單側眉毛。

娜塔莎明白，那表情不是詢問，而是邀請。

兩個女人在付清酒錢後相偕離開酒吧，她們搭乘電梯上樓，以耳畔的低語調笑和不經意的肢體觸碰為前戲，若沒有仔細觀察互動中的曖昧，路人會以為她們只是兩名狂歡過了頭的遊客。畢竟這裡是渡假天堂夏威夷，走在路上隨處可見雞尾酒下肚後高聲喧嘩的外地人，旅客自世界各地前來，本來就是為了放縱和買醉。

伊莎貝用磁卡開啟房門，她跌跌撞撞地走向凌亂的床鋪，邊走邊踢開腳上的高跟鞋，娜塔莎則笑容滿面地凝視她。

「沒有人來打掃房間嗎？」娜塔莎關上身後的房門，環顧亂糟糟的飯店客房。

「早上服務人員打掃過了。」伊莎貝爬上床時咧嘴一笑。

皺巴巴的床單上，棉被捲成一團，枕頭則半演在棉被之下。娜塔莎又問：「該不會今晚妳已經邀請過別人進房了吧？」

「都是我自己一個人的功勞。」伊莎貝把枕頭拍鬆並倚著床頭擺好，然後舒舒服服地躺下。

「如果妳在房內待到早上，可以從陽台眺望海面日出。」

「房間不錯。」

「是高樓層的豪華客房，一晚三百美金，剛好口袋裡有點閒錢。」

「我看見妳把衣服吊在衣櫃裡，妳在這裡住多久了？」

「兩三天而已，我很容易對事物感到厭煩。」伊莎貝朝女伴勾勾手指，示意對方上床。

娜塔莎緩緩往床邊移動，一次只走一小步，她以煙燻般的嗓音說道：「該不會我已經讓妳感到厭倦了吧？」

「噢，快過來吧。」伊莎貝拍拍床墊。「別再緊抓著妳的手拿包了，我有興趣的不是妳包包裡的錢。」

娜塔莎聞言輕笑，笑聲有如醇酒般醉人，讓伊莎貝迫不及待地褪下上衣，然後解開內衣背扣，一把將肩帶扯開。現在，伊莎貝雙肘撐著赤裸的上半身，大方展現尖挺傲人的胸脯。

娜塔莎像隻優雅的獵豹，她來到床緣，雙眼緊盯著她的獵物，將披散的黑髮甩在背上，不疾不徐地從手拿包中取出一件綻放耀眼金光的物品。

「那是什麼？看起來像特大號的鑰匙，莫非是最新款的造型按摩棒？」伊莎貝舔舔乾燥的嘴唇，方才嚥下的酒精在她腹中燃燒。

娜塔莎將鑰匙握在手中，扭腰擺臀匍匐著爬向伊莎貝，猶如一條吐信的蛇。「要不要猜猜我是做什麼的？」

「我猜，妳是……模特兒？」

「嚴格說起來，我是公務員。」

娜塔莎的乳頭輕輕擦過伊莎貝的大腿，帶來一陣酥麻，她坐定身子，臀部剛好壓在伊莎貝的恥骨上，成為甜蜜又興奮的重量。

「快過來！」伊莎貝催促，同時伸手拉扯娜塔莎的小禮服。

娜塔莎伸展腰肢與背部，高舉雙手的剎那一併帶動了肩胛骨上的栩栩如生的羽翼刺青，宛若張開翅膀的天使。

接著，衣衫不整的娜塔莎——或者，這時應該稱她為死亡聖騎士——以拇指按下了伯多祿鑰匙上的十字架。

短刀彈出的瞬間她忍不住高聲呻吟，感受到彷若與天主合一的強烈喜悅。

德國　萊比錫

燈光閃爍的警車、救護車和消防車一路疾駛而來，猶如飛奔的星球碎片衝向黑洞，在聖誕節前後的萊比錫，各式各樣突發事件讓醫務和警消人員疲於奔命，像是車子撞到野生動物、暴飲暴食造成心臟病發猝死、喝酒鬧事或患有阿茲海默症的老人摔倒之類的意外。電話鈴聲糾纏不休，接踵而來的狀況一如吸乾精力的黑洞。

李歐曾讀過一篇加州大學聖地亞哥分校的研究，內容指出因為天氣寒冷、狂飲暴食的關係，這段期間的死亡率，往往比平時高出許多。

對李歐來說這也許是好事，他喜歡保持忙碌。就像此刻，尖銳的鳴笛聲將市中心這幢米白色的建築物包圍在內，李歐揚起破舊的大衣下擺，抬起佈滿磨損和皺褶的舊皮鞋越過警方拉起的鮮黃色封鎖線。

他爬了三層樓梯來到現場，逮住一名貌似遊盪的員警劈頭就問：「什麼狀況？」

員警看起來很年輕，反應也顯得生疏，他很不自在地回答：「死者是八十三歲的老先生，報案的人則是死者鄰居，鄰居說聞到了燒焦味，因為擔心老先生所以用備份鑰匙進入屋內，結果看見死者『命中數刀吐血身亡』。」

李歐探頭瞄了幾眼，案發現場是死者家中的廚房，地上有刀、有掙扎痕跡、有凌亂的足跡、有像是鮮血流淌的紅酒和番茄醬。

「死者生前在煮飯？」李歐問。

「應該是，爐子上的肉醬都燒焦了，焦味應該是來自那邊。」年輕員警皺著鼻子，朝焦黑的鍋子比了比。

「煙霧警報器沒響？」李歐又問。

「大概壞了吧。」年輕員警聳肩。

「所以，死者是一名在廚房內燉煮番茄肉醬的老先生，一邊喝紅酒一邊剁食材時遭遇攻擊，然後就倒在爐子旁死了，還打翻了紅酒和肉醬？」李歐問。

「八成就是這樣。」年輕員警雙手一攤，蠻不在乎地說。

李歐瞅著年輕員警，若有所思地問道：「大家都在放假我們卻得上班，真的很不公平對吧？告訴我，你上班幾天了？」

「就是說啊，一定是因為我才剛報到兩個禮拜，上級故意整我，所以不讓我放假。」年輕員警以一種找到知音的表情用力點頭。

李歐向地毯上的污漬瞥了一眼，又抬頭看看天花板，道：「屋內沒有開窗，空調和煙霧警報器都壞了，這種環境對老年人很不好，而且刀上沾的是番茄醬，不是血跡，過兩天法醫會告訴你，這根本不是謀殺，只是心肌梗塞或類似的症狀，偏偏現場熱心過頭的鄰居自行拼湊出一篇極富想像力的謀殺故事，懶得查證的員警也隨便買帳。」

「啊？」

「也許上級命令你聖誕節加班，是因為看出你太無能，希望你多累積經驗？照我看來，連昏迷病患都比你警覺。」李歐陰沉地說。

「喂，你到底是哪個分局的？」年輕員警意識到不對勁，遂不服氣地問。

「別在意，我只是路過順便來看看。」李歐說。

「告訴我你的姓名，是誰派你來的？」年輕員警依舊不死心。

這時，一名較為年長的警察擠過人群走向兩人，他拉開年輕員警，罵道：「笨蛋，你惹錯人了。」

「搞什麼？」

年長警員轉頭時換上一副笑臉，安撫地說道：「李歐，不好意思，我的夥伴還沒有進入狀況，我會好好教他。」

「他是李歐？」年輕員警詫異地追問前輩：「那個在聯邦刑事局上班、被老婆拋棄以後把自己搞得一團亂的李歐？」

「李歐在萊比錫市區有幢公寓，偶爾從威斯巴登的刑事局總部回來，會和我們州警察一起辦案。」年長警察說。

「請定義『把自己搞得一團亂』。」李歐冰藍色的眸子迸發火光，語氣不帶一絲溫度。

「就是離婚後一蹶不振、兩度酒後揍人進出牢房然後被局長親自保釋、被長官逼著參加匿名戒酒會然後一天到晚不在辦公室卻忽然偵破跨國神父謀殺案件，人生高潮迭起好比連續劇，破案速度直逼上帝等級……」

李歐蹙眉瞪視對方一開一闔的嘴，像觀察無腦金魚在水中吐泡泡，吐出的全是不經腦袋的無用之詞。李歐的臉色愈來愈難看。

「閉上你的大嘴巴，滾回去做事。」年長員警不耐地推了年輕員警一把。

年輕員警興奮地喘氣，彷彿偷窺了內心崇拜不已的大明星，被前輩推著離去時還不斷回頭張望，嘴裡嘟囔著別人聽不懂的話。

另一名員警大概是聽見了喧譁聲，便湊上來討好地問：「呼，這天氣很冷吧，長官，要不要來杯熱咖啡？」

「不必，我要走了。」李歐漠然拒絕。

李歐臭著臉再次將現場掃視一遍，確認沒有遺漏之處後便轉身下樓，口不擇言的年輕後輩再次提醒了他為什麼不喜歡和人搭檔。

他踩著穩定的步伐回到街上，髮稍和大衣都沾滿了焦味，好似老先生的鬼魂和其他警察的目光陰魂不散地纏著他，試圖逼問他這些年來的心路歷程。他嘆了口氣，呼出一口暖白，打算回家好好洗去一身疲憊。

「我警告你最後一次，市民不可跨越封鎖線。」前方不遠處，一名穿制服的警員正在努力維持秩序。

「讓我過去，我住在那棟房子裡！」一名年輕人揮舞著拳頭高聲叫囂。

「先生，請你後退，讓警方能好好做事。」制服警員雙手叉腰，煩躁地搖了搖頭，聖誕節專屬的好脾氣即將用罄。

李歐正愁滿肚子無名火沒地方發洩，於是大步走向他們。

年輕人全身酒氣，兩眼和兔子一樣紅通通，穿著飛行外套，牛仔褲則鬆垮地掛在髖骨上，露出一截花花綠綠的內褲褲頭。

或許帶了點嫉妒的私心吧，這傢伙剛好是李歐最討厭類型——恣意揮霍青春的派對動物。對付這些不懂得天高地厚的傢伙，李歐傾向給他們上一課震撼教育，免得將來危害人間，這是屬於李歐特有的慈悲。

李歐二話不說，幾秒鐘內便從制服員警的腰帶上解開手銬，然後在眾人的驚呼聲中，手銬突然就出現在年輕人的手腕上了。

「妨礙公務，襲警，大家都可以作證。」李歐向制服員警使了個眼色。

「交給我吧。」員警點頭。

「說什麼屁話！」年輕人掙扎。

李歐按住他的手臂略施力道，年輕人隨即身體一軟，差點跌坐在地。「警官大人，我錯了，拜託原諒我一次吧？」年輕人哀號。

「等你媽到警察局辦理保釋手續，你再去跟她哭訴吧你。」李歐從齒縫吐出鄙夷。

熟悉的響鈴吸引了李歐的注意，他發現手機響了，而且是同一個號碼的第五通來電，打電話人的想必十萬火急。

「哈囉？」

還來不及報上姓名，對方便急忙搶話：「李歐，我是尼可拉斯，這通電話透過境外轉接，防止有人監聽。」

「這麼大費周章是怎麼回事？」李歐心中警鈴大作。

「李歐，你看新聞了嗎？」尼可拉斯的嗓音緊繃如弦。

「哪一則？」

「看來你還不知道，我父親住的療養院發生火警，他沒能及時逃出。」

「啊？我很抱歉……」不祥的預感在李歐胸口蔓延，他覺得答案顯而易見，卻還是問道：「調查結果出爐了嗎？是人為縱火還是意外？」

「等等，阿娣麗娜有話要說，我按擴音。」

電話那頭一陣忙亂，接著，話筒中傳出阿娣麗娜嘹亮有如女高音的叫嚷。「你能想像嗎？起火點剛好是朱利安的房間！」

李歐揉揉額頭，彷彿深受頭痛所困。「會不會是伊莎貝幹的？聽說她幾天前逃獄成功，凱特琳已經出發去找她了。」

儘管經歷了去年冬天失敗的劫獄事件——也就是玟芮迪絲、凱特琳、潔絲敏和阿娣麗娜挖通地道潛入牢房，美國麻州的諾福克監獄已加派人手做出萬全準備，預防伊莎貝在移監加州新月市鵜鶘灣監獄的路上趁機越獄，然而，還是在波士頓機場外圍讓她給逃跑了。

小道消息指出，這回劫獄的人馬武裝精良，用的是來自第三世界的走私軍火，很有可能和劫機衝撞紐約世貿大樓的是來自同個組織的恐怖分子。

「況且，伊莎貝有縱火的案底。」李歐強調。

「不是伊莎貝。」阿娣麗娜非常篤定地說。

「在找到她以前，我們無法確定。」李歐說。

阿娣麗娜抱持相反意見，她說：「不，我們可以。你檢查一下手機，幾分鐘前凱特發出訊息，伊莎貝在夏威夷的飯店裡遇害了，她的案子剛被建檔，凱特就透過駭客系統收到通知，這兩天你應該也會收到公文。」

「媽的，真是沒有安寧的一日。」李歐胡亂地搔搔頭髮，整張臉皺了起來。

「李歐，我想我們大家該開個會，阿娣麗娜推測出某種可能性。」尼可拉斯表示。

「是什麼？」李歐問。

「我有預感，下一個很有可能輪到我母親……」阿娣麗娜的鼻音趨於濃重。

語畢，除了淺淺的呼吸，電話兩端陷入相同的沉寂。

第三章

加拿大　多倫多

多倫多的冬季氣溫始終在零度上下徘徊。

一陣凍雨過後，前一天還被白雪覆蓋的城市，隔天就猶如冰封。深棕色的樹幹生長出銀白的枝椏，冰凍的芒草呈現隨風搖曳的瞬間，路牌下方吊掛的晶瑩冰柱，看起來像天使大哭一場、忘了抹去的淚水。

近乎透明的霧白佔領了整座城市，聽說這種天氣十分罕見，雪在半空中遇到較暖空氣後融成雨水，接近地表時又變成了刺骨的凍雨，當凍雨接觸物體，則迅速於表面凝結成冰。

罕見程度大概好比童話故事中的角色活生生地走入現實生活一樣吧，凱特琳心想。她小心翼翼地在墓園旁停好車，倒車、打檔、拉手煞車、熄火，每一個步驟都極其緩慢而仔細，像是照料珍貴易碎的瓷器。

「危險駕駛今天很不一樣喔。」坐在副駕駛座的玫芮迪絲促狹一笑，翠綠眼眸閃動淘氣光芒，紅如明燄的短髮也隨之舞動。

「又不是在賽車場上競技，天氣不好，我一直擔心車速太快會在路上打滑，尤其是還載著妳。」凱特琳轉頭以湛藍雙眼凝視女友，對她來說，玫兒就是那珍貴的瓷器。

「說的也是，別人愈是想要除掉我們，我就愈是想努力活下去。」玫芮迪絲吐舌。

「好了，嚴肅一點。我們走吧。」凱特琳抿著笑意，伸手探向腰際，再次檢查藏在外套下方的戰鬥腰帶。

兩個女孩都穿著鑲有桃紅色邊條的黑色外套和長褲，腳上套著卡其色防滑靴，並且在拉開車門的同時覆上羽絨衣帽兜，把臉藏進溫暖的鵝絨和鴨絨裡。她們在接獲噩耗後特地從澳洲趕了過來，南半球現在可是溫暖的夏天呢。

「真是見鬼的冷。」冷空氣讓玫芮迪絲瞬間笑容一僵，嘴裡吐出的字句也化為朦朧暖氣。

凱特琳邁出蹣跚步伐繞過車頭來到她身邊，伸手隔著帽子拍了拍她的頭。

路面覆上了一層閃爍的冰晶，地還是很滑，凜冬讓人很難看清墓園的原貌，每一座結冰的墓碑都彷若沉入清透卻遙遠的水底，在日光的折射下，碑文變得模糊難辨，生與死的界線似乎更是遙不可及。

厚重的穿著讓她們動作笨拙宛如失去重力的太空人，兩人以月球漫步的姿態行走，羽絨衣光滑的材質隨著動作摩挲出聲。她們在偌大的墓園裡東張西望，玫芮迪絲在墓碑和樹幹之間尋找熟悉的身影，凱特琳則留心其餘不認識的人。

結果是眼尖的阿娣麗娜率先發現這兩個女孩，她朝兩人揮揮手。「凱特，玫兒，在這邊！」

隨後扯了扯尼可拉斯的衣袖。

「嗨，謝謝妳們特地趕過來。」尼可拉斯拘謹地點點頭。

這對情侶今天穿了一身憂鬱的黑，阿娣麗娜凌亂的髮絲岔出棕色長辮，尼可拉斯的下巴則散佈沒刮乾淨的鬍渣，兩人臉上都掛著悵然微笑，彷彿死亡衍生的悲傷大浪將他們的所有情緒捲走，退潮以後徒留滿地落寞。

「我們很遺憾，請節哀。」凱特琳微微頷首。

「謝謝。」尼可拉斯說。

短暫攀談讓他們之間升起一道薄霧，像是若有似無的隔閡。朱利安生前不算是個特別好的人，死後自然也得不到太多緬懷，霎時間氣氛抑鬱，宛如低氣壓在四周盤旋徘徊。

凱特琳覺得自己應該再說點什麼，於是隨口問道：「這裡是你們的家族墓地嗎？」

「對，從我曾曾祖父開始，幾乎所有家族成員都在葬這裡，如果我的父母沒有離婚，母親大概也會葬在這兒。」尼可拉斯回答。

「原來你們有家族墓園哪，真不錯，我母親是葬在山丘上的一棵樹下。」玫芮迪絲好奇地打量附近。「不過火化之後，有一半的骨灰是灑在海裡，大海是人魚最好的歸屬了。」

「是呀。」凱特琳附和。她已經非常習慣玫兒的直來直往。

阿娣麗娜和尼可拉斯只是交換了個瞭然於心的苦笑。

凱特琳感覺到一股緊繃的張力，像是他們之間卡了個塞滿負能量的飽滿氣球。

雖然玫芮迪絲沒有惡意，但朱利安的亡故實在很難不讓人聯想到他香消玉殞的情人希妲，希妲既是尼可拉斯父母離婚的原因，又是玫兒的母親，這個名字本身就帶有殺傷力。

「我好像聽見了賽門和潔絲敏的聲音。」阿娣麗娜忽地說道。

「在哪？」

「我看見了，就在樹林後面。」玫芮迪絲張望。

地平線彼端出現了一高一矮兩個小黑點，隨著距離接近，小黑點成了一個虎背熊腰、另一個小鳥依人的兩道人影。凱特琳沒有絕對音感或超級視力，所以直到近在咫尺，她才從厚實的圍巾和帽緣中間，認出賽門狡黠的灰綠色雙眸和潔絲敏金棕色的灼灼目光。

「嘿！」玫芮迪絲用力揮舞手套。

「嗨，各位。」潔絲敏拉開帽兜。

女孩們相互擁抱，接著是男孩與男孩的拍肩搭背，以及男孩與女孩的擁抱。

「哇，我們都包成日本忍者了，這樣妳也認得出來？」賽門扯鬆圍巾，金色短髮和嘴角一併翹起，露出歪斜的狡笑。

「當然。」玫芮迪絲翻了個白眼。「你們差點遲到了。」

「沒辦法呀，潔絲敏強烈要求我用時速四十慢慢前進。我說啊，聖誕老人的雪橇都跑得比車快多了。」賽門高聲抱怨。

「別胡扯，拜託你看看場合。」潔絲敏伸手摀住男友的嘴。

玫芮迪絲語帶同情地說：「賽門向來腦筋不太正常。」

「不過這個季節在多倫多開車是真的危險，主要幹道上很多車流所以比較好些，住郊區的話，很容易從自家車庫開出去或在小巷弄間就忽然打滑。」尼可拉斯打起圓場。

「還是兄弟挺我。」賽門大呼小叫著從潔絲敏掌心掙脫，引起遠處陌生人的側目。

「這裡是墓地，小聲點。」凱特琳提醒。

「沒關係啦，賽門的專長就是炒熱場子呀。」玫芮迪絲嘲諷地說。

潔絲敏雙頰泛起緋紅，尷尬地岔開話題問道：「阿娣麗娜，聽說多倫多這麼冷的原因也是因為位在五大湖區，風很大？」

「對啊，因為風寒效應，體感溫度跟實際溫度差距很大，像今天的體感溫度大概只有零下十幾度吧。冬季的加拿大真的得非常小心，我都可以一路從家門口滑到馬路了。」阿娣麗娜打趣道。朋友們你來我往的鬥嘴熨平了她糾結的眉頭，重現甜美的單邊酒渦。「有誰需要熱可可嗎？我車上的保溫瓶裡有。玫兒一直搓手，要不要來一杯？」

「我沒問題，魚是變溫動物。」玫芮迪絲說。

「嘴硬。」賽門彎腰摳起一小塊碎冰，想要塞進玫芮迪絲的領口，後者尖叫著逃到凱特琳背後。

然後大家都笑了，氣氛也跟著緩和許多。賽門趁機將尼可拉斯拽到旁邊，問道：「兄弟，你還好嗎？」

「還不賴。」尼可拉斯擠出一絲苦笑。

「那就好，如果需要喝一杯，你知道的，我隨時奉陪。」賽門貼近尼可拉斯，悄聲說道：「而且我們路很廣。」

尼可拉斯哭笑不得地揉揉額頭，眉心的小疤讓他更顯懊惱。

阿娣麗娜無奈地搖搖頭，轉而向凱特琳婉轉問道：「凱特，不久後我們是不是得參加另一場告別式？」

「她的意思是問伊莎貝的事情處理得如何？」潔絲敏不喜歡拐彎抹腳。

「其實我沒有打算舉行公開儀式，目前的計畫是在海柔長眠的墓地另外選一個位置，等到警方結束調查，我會委託葬儀社領回遺體。」凱特琳說。

「這樣好嗎？」阿娣麗娜關切地問：「如果有需要，我們可以幫妳一起辦。」

「沒關係，我和我母親其實不太往來，她的死也不怎麼光榮。」凱特琳草草結束話題。

據說很有可能是情殺。

在警方調出的監視器畫面中，伊莎貝最後的身影是和一位面容模糊的女子一起走入飯店電梯，伊莎貝的交友狀況就像一團打結的毛線，每個相纏的結都代表一個激情的夜，而且男女不拘，警方實在理不出線頭，所以遲遲未能掌握嫌犯。

凱特琳當然不放心警方的辦事能力，所以她早就利用駭客能力私下進行調查，甚至委託在梵蒂岡擔任網路主管的莎拉幫忙蒐集線索。不過，在真相水落石出之前，她不希望單方面的猜測引發眾人恐慌。

看出凱特琳的故意迴避，眾人也識相地不再提起，把諸多疑問暫且吞回肚子裡。賽門雙手抱胸，視線在眾人之間游移，問道：「對了，李歐那個老傢伙咧，怎麼不見人影？還有梅蘭妮怎麼沒出席？」

「因為最近接二連三的狀況，我和阿娣麗娜覺得梅蘭妮留在美國會比較放心，至於李歐嘛，我也不曉得。」尼可拉斯回答。

這時，葬儀社的人陸續各就定位，凱特琳等人結束寒暄，兩兩走向預定的墓地，在牧師的主持下喪禮正式開始。

告別式讓每個人都很不自在，眾人圍在棺木周圍，安靜地聆聽牧師講道。現場沒有太多人觀禮，朱利安生前慣於鋪張，尼可拉斯則恰恰相反，凱特琳猜測他是刻意讓父親死後的安排一切從簡，省略了許多不必要的步驟，希望能讓朱利安輝煌的一生低調落幕。

她偷偷觀察尼可拉斯，覺得他眼中並沒有太多傷悲，也許是早已和父親和解，也許是哀莫大於心死，不過尼可拉斯本來就是性格內斂無垠一如深沉海洋的人，他寧可容納別人的憂慮，也不願讓自己內心的波濤影響他人，以致於凱特琳也看不出海平面下有些什麼來。

牧師口中喃喃低語著悼文，眾人嘴唇緊抿，眼裡滿溢茫然，要與一個擁有複雜歷史、牽連廣闊之人永遠告別依然不容易，就算是恨朱利安入骨的潔絲敏，也沒有辦法在送他最後一程的時候感到絲毫喜悅。

追思。入殮。封棺。

玫芮迪絲牽起了左右兩側凱特琳和阿娣麗娜的手。在場的每個人都失去過家人，阿娣麗娜的父親、賽門的母親、潔絲敏的雙親和弟弟、玫芮迪絲的母親，凱特琳自己則是失去了母親和姊妹。

隨著棺木沉入地底，一切都結束了。

尼可拉斯轉過身子，語氣靦腆地對朋友們說道：「非常感謝你們前來參加葬禮，尤其是發生過前幾年的那件事後。」

「別提那個了。」凱特琳擺擺手。

此時此刻，賽門摟著潔絲敏的肩，阿娣麗娜和尼可拉斯緊緊依偎，凱特琳和玫芮迪絲十指交握，他們在破碎中追尋完整，以陪伴和支持作為黏著劑，繞著墳墓成為一個同心圓。

就在眾人注意力受到哀傷氣氛牽引的片刻，沒有人留心到一輛緩緩駛近的黑色轎車，在眾人的視線之外移動——

駕駛是個塊頭很大的男人，行動卻有如一縷模糊的幽魂，他冰藍色的目光透過壓低的帽簷掃視墓園，高豎的領子幾乎遮住了半張臉孔。彷彿是用飄的，男人穿梭在林間，繼而快步走向默哀中的眾人。

令人猝不及防的迅速攻擊突破同心圓，男人將玫芮迪絲從左右兩隻牽著的手中架開，眾人倏地轉頭——

尼可拉斯迅速擺出防禦姿勢、凱特琳的手快速探向藏在羽絨衣下方的戰鬥腰帶、賽門則一個箭步擋在潔絲敏面前——

「李歐？」潔絲敏驚叫。「幹嘛嚇人啊？」

「我被你害得差點摔倒進朱利安的墓穴。」阿娣麗娜跺腳。

發現是熟人，大夥兒立刻鬆懈下來。

賽門一臉好笑地指了指李歐的鼻子，斜睨他道：「這傢伙，我真的被你唬到了。」

「妳可以放開玫兒了嗎？」凱特琳問。

李歐鬆開扣住玫芮迪絲的手臂，冰藍色的眼裡迸發森森寒意，責難地說道：「你們不該這樣群聚在一起，而且完全沒有留意周遭環境。要是殺手出現，就可以輕易從最弱的地方下手。」

「你說誰最弱啊？」原先因遭受挾持而保持靜默的玫芮迪絲竊笑。

李歐低頭一看，發現玫芮迪絲不知何時掏出了人魚匕首，熠熠生輝的銳利刀鋒朝向李歐腹部，只消用力一推便能劃破他肚皮的脂肪，猶如輕鬆切開柔軟的奶酪。

玫芮迪絲收回匕首，用力踩了李歐一腳報仇雪恨。

「噢。」李歐悶哼。

「朱利安、伊莎貝……確定是殺手幹的了嗎？」阿娣麗娜驚慌失措的情緒再度被挑起。

「還沒確定，先不要緊張。」凱特琳柔聲安撫。

李歐板著臉孔，像是一個逮到晚歸小孩的家長般繼續叨唸：「我們心知肚明，兩起案件相互關聯是八九不離十了。這裡是公開場合，也沒有安排任何保全，殺手有可能埋伏在各個角落，難道都沒有人想過，殺手有可能藉由追蹤朱利安的骨灰去向，從美國跟蹤到了加拿大？經過這麼多磨難以後，你們還沒學到經驗嗎？」

「今天是朱利安的葬禮，別這麼不近人情。」潔絲敏推了推李歐的手臂。

「尤其是賽門和麻煩精，你們倆嗓門那麼大，死人都要被你們吵醒了。」李歐怒斥。

「李歐老爹，那你又為何出現在這裡？」玫芮迪絲翻了個白眼，取笑道：「這裡很危險耶，你來，不是因為惦記我們嗎？」

「讓我看看你穿哪個牌子的防彈背心？」賽門伸手試圖拉扯李歐的大衣，被後者不耐地擋下。

潔絲敏和凱特琳相視而笑，尼可拉斯聳肩，他們根本不把李歐的威脅當一回事。

「這……」李歐尷尬地抓亂粗硬的金色短髮。「起碼我先在附近觀察了半小時才走過來。」

「我知道你希望我們躲起來，可是我們總不能像過街老鼠一樣，被人追著打都不吭聲吧？」賽門訕訕地問。

「我沒有要求你們通通躲起來，而是認為在開會商量以前，大家都該提高警覺。」李歐重申。

凱特琳知道李歐說的沒錯。

在狀況尚未明朗以前，絕對不能輕忽對手的強大，況且，以往的經驗告訴他們，敵人從來不曾對他們手軟過一回。他們對抗恐怖分子的上一役才剛結束，心情上還在休養生息，結果朱利安和伊莎貝又接二連三地出事，對方擺明衝著他們來。

眾人面面相覷，墓園內氣氛趨於凝重，一陣勁風掃過墓碑和林間的樹梢，發出宛如亡者哭泣的嗚咽聲。

凱特琳撥開人群走向李歐，開口替大家緩頰：「我們也知道要小心哪，可是大家都有正常生活要過，在決定放棄自己的人生以前，總得找到一處安全的根據地，好好計畫如何進行下一步吧？」

李歐長長地吁了口氣。「關於這一點，我也還沒想好完美的配套方案。」

「你在說笑是吧？都不曉得對手是誰，也不知道如何對付，就要我們躲起來？」賽門嘀咕。

「那就等弄清楚了在說吧，我還要趕回去陪我母親呢。」阿娣麗娜咬著嘴唇。

「別這樣，李歐是為大家的安危著想。」尼可拉斯輕拍女友的背。

潔絲敏蹙眉，厭倦地問道：「有沒有什麼方法能夠畢其功於一役？我不想隨時隨地都得緊張兮兮。」

嘆息和抱怨接二連三自凱特琳耳畔響起，他們是音樂家、是調香師、是發明家、是旅行社和衝浪店老闆，卻一直被逼著扮演戰士。

「各位別壓力這麼大，未來的事情可以等到未來再煩惱，現在先放輕鬆，瞧瞧我們每個人都是羽絨衣、刷毛褲加上雪靴，鬼知道誰是誰啊？大家看起來都一模一樣嘛。」玫芮迪絲說。

「妳說什麼？」李歐呆了半晌，轉瞬間眉開眼笑。「麻煩精，妳真是個鬼靈精。」

「呃，我說了什麼嗎？」玫芮迪絲納悶。

「沒錯！就是要看起來都一樣。」李歐意味深長地說。

第四章

摩洛哥　卡薩布蘭加

「午安。」女孩從容遞出護照。

「午安。」海關接下，咕噥回應。

在王國內每日吞吐量最大的穆罕默德五世機場工作，看多了鬼鬼祟祟的毒販、高談闊論的商務人士和興奮到語無倫次的遊客，機場海關鮮少有機會遇到能讓他耳目一新的外國人。此時此刻，他只想來杯加了八顆方糖的咖啡。

「這次來摩洛哥的目的是什麼？」海關板著臉問道。

「自助旅遊。」亞裔女孩以口音奇特卻咬字清晰的法語回答，她還擦了濃厚的香水。

「獨自一人嗎？」海關問。

「跟朋友一起。」女孩答。

根據他的經驗，亞洲遊客都還滿聒噪的，就算沒有拼命講話，他們也有一雙喜愛與人交流的眼睛。亞裔女孩總是看起來比實際年齡年輕，眼前的這位又特別嬌小，然而她應對的態度卻顯得十分……該怎麼說呢？不特別歡快，也不特別好奇，如果非要挑出個字眼，大約是沉著吧。女孩的舉止自然地就像當地人，彷彿你往裡頭探望，就會發現一縷摩洛哥靈魂住在裡面。

「喔，妳說妳是哪裡人？」海關瞄了護照上的國籍一眼，確定名為潔絲敏的女孩來自英格蘭。

「我還沒說。不過我父母是英國人，我現在在法國唸書。」女孩回答。

「好吧。」海關往後翻到出入境簽證頁面，又問：「這次來要待幾天？」

「預計兩週。」

「打算去哪些地方？」

「馬拉喀什、梅克尼斯和拉巴特。」女孩淡定回應，地名說得很清楚，顯然做足了功課。

「喜歡走訪古城哪。」海關嘖嘖兩聲，隨即遞回護照放行。「下一位。」

隊伍中的下一人是名高大帥氣的男孩，金髮碧眼和古銅色肌膚比較像是飛往南美洲渡假的衝浪客，和歷史悠久、文化深遠的北非格格不入。

「賽門？」海關道。

「您好啊，先生。」來自法國的男孩法語自然流利。

「這次來摩洛哥的目的是什麼？」海關問。

「工作。」男孩咧嘴一笑。

海關皺眉，問道：「可是你持的是旅遊簽證。」

「陪女朋友來玩，根本就和工作沒有差別，而且還領不到薪水。」男孩唉聲嘆氣地說。

「你女朋友也在摩洛哥？」海關抬眼。

「就是排我前面、剛剛和您講話的那位美女啊。」男孩比比前方。

「了解。」海關點點頭。「你是做什麼維生的？」

「我在泰國經營自己的旅行社。」男孩說。

「所以這次是單純來玩？打算去哪些地方？」海關問。

「大概是卡薩布蘭加或撒哈拉沙漠之類的吧？」男孩聳肩。

「等等，剛剛你女朋友說她想要去馬拉喀什和拉巴特耶。」海關面露懷疑，開始仔細檢視出入境資料。

「看吧！」男孩雙手一拍，苦著臉抱怨道：「她連行程安排都不讓我參與，叫我只管刷卡就好，又得伺候大小姐又得花錢，這種旅遊比工作還要命啊，是不是？」

海關同情地瞥了男孩一眼，「我懂，我女朋友也常常逼我動用關係幫她升等機票。」接著遞還護照，道：「祝你好運。」

「謝啦，老兄。」男孩揚長而去。

海關目送對方離開，然後他打了個呵欠，忽然覺得腦袋像是一片混沌的漿糊，自己真的該喝杯咖啡了。

走出機場後，北非熱情的陽光迎面而來。潔絲敏嗅聞摩洛哥的空氣：濕度很低，乾燥一如撐去汁液後脫水的花瓣，遠方則傳來淡淡的牲口和陌生蔬果的氣息，她將所有關於氣味的細節記憶在鼻腔裡。

「讓我來吧。」賽門搶下潔絲敏手中的行李箱，回頭笑道：「妳真該看看那個海關人員跟我說話的模樣，我覺得他愛上我了。」

「是啊，誰能抵抗你的魅力呢？」潔絲敏莞爾一笑。

「當然……」賽門的笑容僵住，「等等，妳在取笑我？」

「絕對沒有。」

賽門彎身往女友臉頰狠狠啄了一吻，眼裡綻放綠色火苗般的愛意。「法文進步得真快，現在懂得反諷了啊？每天不斷讓我驚奇的小東西。」

潔絲敏推開他，卻讓專屬於賽門的費洛蒙留在心底。「別鬧，我們該表現得嚴肅一點。」

「說實在話，我真的搞不懂為什麼要跑到摩洛哥來。」賽門自顧自地嘮叨起來。「我們應該留在自己熟悉的地區，好好把房子佈署得像堡壘一樣才對，殺手來一個我就斃一個。」

「李歐說得也有道理，既然殺手都找到朱利安了，我們留在原地就像坐困愁城，只有不斷移動才能讓對方措手不及。」潔絲敏回答。

兩人拖著行李箱離開入境大廳，賽門停了幾秒，在猛烈的日光下戴上墨鏡。同時，潔絲敏也瞥見了機場外偏僻角落裡停泊的黑色廂型車。

「應該就是那一輛。」潔絲敏以眼神向賽門示意。

「妳確定？每輛小巴看起來都一模一樣。」賽門蹙眉。

「其他車輛聞起來都是乾燥香料的味道，只有那一輛帶有生鮮牡蠣的氣味。」

「喔，玫兒一定會很開心聽到妳這樣稱讚她。」

「我只是挑了你比較熟悉的字眼形容罷了。」

賽門聽了噗哧一笑，作勢要扔下行李擁抱女友，隨後突然又收手，說道：「算了，我們不是來玩的，這筆先記在帳上。」

兩人隨後抬起腳跟往廂型車走去，從歐洲到非洲，行李箱的輪子在粗糙的路面滾動，刻劃出長長的足跡。

是李歐通知他們來的，起先賽門不答應，賽門是住在草原上的獅子，要獅子離開熟悉的草原搬到高山裡去，他才不幹呢。

但是潔絲敏說服了他，雖然掌舵的是賽門，她卻是他溫柔的風帆，在關鍵時刻控制他的方向。

這一路以來都很平順，巴黎可以直飛卡薩布蘭加，沒有任何困難，也沒有遭遇伏擊。賽門一度認為什麼殺手之類的事情可能只是李歐的偏執，但是西點軍校的教育告訴他，接連的命案絕不像警方報告那麼簡單。

「七大家族要商量重要事情，當然是面對面討論比較好，視訊電話容易被駭客破解。再說，梅蘭妮需要一個安全的藏匿地點，剛好可以借用你的戰略長才，光是為了這個理由，都值得我們特地飛一趟。」潔絲敏如是說。

黑色廂型車近在咫尺，不透光的霧黑車窗讓人完全看不清車內動靜，賽門示意潔絲敏放慢腳步，自己則以寬闊的身軀擋住女友。

「你太緊繃了，摩洛哥治安沒那麼糟，況且這裡到處都是人。」潔絲敏笑稱。

說時遲那時快，廂型車後座車門倏地敞開，一道身穿摩洛哥長袍的人影竄出。「哈哈！我嚇到你們了嗎？」長袍中的女子有張熟悉的得意笑臉，是玫芮迪絲。

「無聊。」潔絲敏像疼惜小妹似地瞅了她一眼。

「妳怎麼穿成這副德性？」賽門問。

玫芮迪絲全身上下都包裹在貌似巫師袍的摩洛哥傳統長袍以內，寬鬆布料罩住了她的頭頂和身體，尖帽的陰影遮蔽了半張臉，垂墜的下擺則拖在踝邊。她朝車門一靠，讓兩人看清車內的其餘乘客——作相同大地色系打扮的凱特琳和李歐。

「我絕對不穿那玩意兒。」賽門的一張臉垮了下來。

「何必反對？無論你穿什麼對我們而言都沒差，對潔絲敏來說，有沒有穿都無所謂。」玫芮迪絲不理他，逕自比了比開車的年輕司機，道：「這位是我們的司機約拿，他講英文沒問題，你們先把行李放下吧。」

「約拿是自己人，絕對靠得住。」李歐補充。

身穿棕色長袍的約拿目測大概二十多歲，他面帶靦腆微笑，伸出手來接過行李：「交給我沒問題。」隨後打開車廂塞進行李，又道：「各位在摩洛哥的時間，任何需要都歡迎找我。」

「謝謝你，約拿。」潔絲敏說。

三人陸續坐進車內，關上門後，凱特琳馬上塞了兩件長袍進賽門和潔絲敏懷裡，並告訴兩人：「這是摩洛哥傳統服飾『加拉巴』，每個人都有。」

賽門瞄了布料一眼，評論道：「融入人群的保護色，非常好，這下子連我們自己人都分不出誰是誰了。」

「那就成功囉。」凱特琳答。

「李歐，這次找的房子安全性夠嗎？周邊有沒有鄰居？附近有什麼制高點嗎？」賽門套上袍子時問道。

「賽門一直對於我們跑到北非來心存疑慮。」潔絲敏已經穿好長袍，正在整理頭髮，將棕髮重新綁緊為髻。

「這次地點由我親自挑選，非常完美，你們到了就曉得了。」李歐從容不迫地說。

「好吧。」賽門聳肩。

這些年來風波不斷，七大家族之間的關係多半仰賴李歐維繫，他就像是七人組成的祕密宇宙中的中心點，不管每顆星球如何自轉，始終都維持在公轉的軌道上。

既然李歐信心十足，也算是個好的開始，賽門選擇信任他。

「對了，阿娣麗娜和尼可拉斯還沒到嗎？」潔絲敏問。

凱特琳檢視擱在膝頭的筆記型電腦，回答：「他們的飛機應該在二十分鐘前落地，我讓大家分別搭乘不同的航班入境，這樣在駭進系統變更出入境資料的時候，比較不會惹上麻煩。」

「怎麼不乾脆用假護照？」潔絲敏問。

「與其仰賴演技，還不如依靠凱特琳的實力。」李歐說。

玫芮迪絲倏地打斷他們，嚷道：「看哪，這不就來了。」

「終於可以出發啦。」賽門說。

李歐順著玫芮迪絲手指的方向望去，迎面而來的是阿娣麗娜，後面跟著尼可拉斯，兩人各自拖著行李。

「有沒有人覺得阿娣麗娜臉色不太對勁？」賽門狐疑問道。

又等了十秒，李歐才以近乎耳語的音量低聲說道：「見鬼了，梅蘭妮人呢？」

摩洛哥　費茲

玫芮迪絲撐著下巴發呆，此刻的氛圍和她想像中的「團聚」天差地遠，好比她以為自己迎接的是感恩節，沒想到等待她的卻是愚人節。

摩洛哥的冬日氣溫約在攝氏十度上下，比起眾人剛和彼此道別的加拿大暖和許多，也許正因如此，當黑色廂型車疾駛在黃沙滾滾的道路上時，車上乘客的火氣也大了起來。

其他人彼此爭執不休，車內不斷響起朱利安、伊莎貝和梅蘭妮的名字，那三人不是死了就是病著，某一個飛逝的時刻，玫芮迪絲一度以為朱利安的喪禮還沒結束，而她搭乘的是靈車。

她懊惱地搓搓下巴，完全沒有歡欣鼓舞的氣氛，玫芮迪絲深深懷疑自己被耍了，卻又分不清作弄她的究竟是教廷還是自己人？又或者是命運？

「我拼命想把她押上車，偏偏她不肯就範哪，真是氣死了，我真的很想把我母親敲昏以後打包帶來。」阿娣麗娜把頭埋入雙膝之間，手指插入散亂的長髮內，嗚咽說道。

玫芮迪絲偏過頭去，憐憫地看著阿娣麗娜。

印象中的阿娣麗娜舉止優雅高貴，穿的都是剪裁良好的訂製服裝，一頭深棕色的長髮也必然梳裡整齊，現在卻披頭散髮。看來，是長途旅行和家庭革命將她折磨得憔悴不堪。至於剛結束父親告別式的尼可拉斯也顯得邋遢，久未修剪的黑色瀏海都快要遮蔽雙眼。

李歐一語不發，他不停以指腹揉壓太陽穴，按捺自己的脾氣。玫芮迪絲想像如果李歐是一把槍，大概馬上就要膛炸。

「最近梅蘭妮在認真準備接下來的公演，音樂等同於她的生命，所以才不願意離開美國。」尼可拉斯的聲音冒出來，百般無奈地解釋起挾持人質失敗的原因。

「公演？那不就等於是故意暴露在危險之中？」梅芮迪絲適時抓住了關鍵字，忍不住驚呼。

「我沒記錯的話，大家早在朱利安的告別式上，就達成飛抵摩洛哥的共識。」凱特琳提出疑問。

「嚴格說起來是李歐要求，我們聽從。」賽門聳肩。

「我們並不完全理解此行的目的。」潔絲敏解釋。

「我以為我們都是為了梅蘭妮而來，誰能告訴我，最重要的人沒到，我們來幹嘛？過街老鼠躲進地洞？」賽門問。

凱特琳代替李歐回答：「我會說這樣的安排比較像創造一個鏡面世界，我們用消費記錄讓表面上看起來像是在不同國家旅行，實際上卻待在最讓人意想不到的地方，好好籌劃接下來如何應對或者反擊——」

「哈，我明白了。」賽門突兀地打斷凱特琳，拍著腿嚷道：「高招啊高招，梅蘭妮是個誘餌。」

玫芮迪絲噴笑。

潔絲敏則斜睨男友：「別亂說。」

車內襖熱難耐，蒸騰的怒火替金屬箱子又多添了幾度，於是摩洛哥司機約拿很識相地將車內暖氣降低。

眼前這一幕似曾相識，玫芮迪絲覺得彷彿回到在香港初次認識眾人的那一天，當時他們也是這樣，七個人有七種意見，不對，加上立場搖擺不定的賽門，總共有八種。

不過大家也算是進步了，從前爭吵時還會以尖銳言詞針鋒相對，在話語中塞滿羞辱的字眼和嘲諷的音調，這回倒是收斂許多。

「反正，我已經雇用了前白宮特勤人員作為梅蘭妮的保鏢，時時刻刻盯緊了她，就連上廁所洗澡也要站在門邊貼身保護。假使梅蘭妮突然向樂團請假，反而有可能打草驚蛇。」尼可拉斯說。

「你提出的分析乍聽之下頗為可靠，其實漏洞百出，說是怕打草驚蛇？我們通通拋下工作和學校，難道還不夠明顯嗎？」賽門搖搖頭。「兄弟，你知道我挺你，問題是這種攸關生死的情況可不能一廂情願地保持樂觀，而是要做出最壞打算哪。」

阿娣麗娜猛地抬起頭來，忿忿地抱怨：「是你沒領教過我母親的厲害，帶一個會沿途不停抱怨闖禍的人坐飛機豈不是更顯眼？如果非得這樣要求我的母親，那玫兒的外公是不是也該一塊兒來摩洛哥？不需要這樣強人所難吧？」

「幹嘛把我扯進來？」玫芮迪絲大翻白眼，接著伸長了手臂越過潔絲敏，使勁推了賽門一把。「都是你起的頭啦！」

「都尼可拉斯啦。」賽門伺機以手指彈了尼可拉斯的後腦杓。

鬧烘烘的噪音簡直快把車頂給掀翻了，唯獨約拿和李歐仍保持冷靜，嘴裡哼著小曲兒的約拿只關心道路上潛伏的危機，對車內一切視若無睹且聽若罔聞。坐在副駕駛座的李歐神情木然，冰藍色雙眼同時凝視後照鏡中的動態和路況，彷若思緒是一具高速運轉的電子計算機，正在計算梅蘭妮在所謂專業保鏢的照顧下生存率有多高。

「好了，都別吵了。」凱特琳平舉雙手，示意眾人安靜下來。「跟梅蘭妮好好講道理也沒用嗎？她知道朱利安的死不全然像警方說的那樣是場意外吧？」

「這……」阿娣麗娜支吾其詞。

她和尼可拉斯交換了個心照不宣的眼神，宛若正在考慮如何修飾他們的答案。

梅芮迪絲看出端倪，搶道：「不會吧？梅蘭妮不曉得療養院發生大火嗎？」

「所以她才連告別式也沒參加？」潔絲敏接著問。

「噢……」凱特琳雖然沒有妄加評論，眼裡卻明白寫著失望。

「可以不來啊？我忽然覺得自己太好講話了。」賽門雙手抱胸，懶洋洋地抱怨。

阿娣麗娜轉頭瞪了賽門一眼，說道：「是我主張瞞著我母親的，朱利安是她的多年好友，自從在翡翠湖小屋兩人翻臉以後，她一直很自責沒能及早發現朱利安的不對勁，後來也固定去看心理醫生。要是讓她知道療養院發生意外，我擔心對她而言打擊太大。」

「我們都經歷過失去親人的痛苦，梅蘭妮是成年人，不需要過度保護，你們會不會把梅蘭妮想像得太軟弱了？」賽門啼笑皆非地問。

「絕對沒有。」阿娣麗娜和尼可拉斯同時搖頭。

在充滿疑問的目光注視下，阿娣麗娜深深吸入一口氣，尼可拉斯則悄悄握住了女友的手，以掌心傳遞的溫暖和愛意支持她。

阿娣麗娜接著以顫抖的嗓音說道：「早年我父親去世時，母親就差點精神崩潰，她無法接受事實，曾經企圖用法器喚回我父親。」

潔絲敏聞言倒吸了一口氣。「太瘋狂的念頭了。」

「喔喔，銀笛可以這樣用？」玫芮迪絲瞪大雙眼，對於以法器操弄生死，她的反應是好奇多過於詫異。

「當然不行，總之，我母親瘋瘋癲癲的樣子很恐怖，我可不想再試一次了。」阿娣麗娜落寞地垂下眼睫。

「復活」這個念頭依然盤據玫芮迪絲腦中，她不肯放棄地追問道：「喚回死人是要吹哪首曲子啊？」

「玫兒，請妳把那個想法從腦海裡抹掉。」凱特琳不贊同地撇撇嘴。

「喔。」玫芮迪絲面露無辜，等到凱特琳別開臉，隨即朝阿娣麗娜眨眨眼睛說道：「噓，私底下再告訴我唷。」

如果情緒也有氣味，那麼憤怒應如肉荳蔻般辛辣，懊惱如纈草般惡臭，擔憂則如孜然般既清且苦。潔絲敏是這麼想的。

關於是否該全員出席還是派代表參加的議題持續進行，爭論斷斷續續。某一段時間，尼可拉斯和賽門陷入激辯，接著是賽門對李歐冷嘲熱諷，然後換李歐數落阿娣麗娜，玫芮迪絲則時不時地插嘴，也許眾人只是想用言語填滿未知的路程。

最後，潔絲敏索性交換位置，坐到遠離戰火的最後排角落裡和凱特琳聊天。

「為什麼李歐選定摩洛哥？」潔絲敏問。

「摩洛哥有他信得過的朋友，此外，我和李歐一直密切監控著教廷，確認這次的殺手是衝著我們來的。倘若要在這世上找一個基督徒最少的地方，然後又能遠離我們熟悉的美洲、歐洲與亞洲大陸，妳會選擇哪裡？」凱特琳回答。

「位在非洲的伊斯蘭教國家。」潔絲敏口中彷彿嚐到了孜然，她心有餘悸地問：「你們忘了穆薩嗎？我不會說伊斯蘭教徒都很友善。」

「別擔心，摩洛哥王國是君主立憲制，對外持比較緩和的伊斯蘭國家政策，政局穩定，是中東與歐美對話的重要中間國，還是海尼根啤酒場在非洲主要的生產基地呢。現任國王穆罕默德六世的妻子薩爾瑪公主要求一夫一妻制，反對三宮六院，在他們結婚之前，平民和王室不能通婚，就算國王結婚了，妻子也不能被冊封為王后，但薩爾瑪卻被冊封為公主，婚後還公開主持服裝秀和各種公益活動，動搖了整個伊斯蘭世界的男女地位，有決心走向好的未來。」凱特琳回答。

「即便如此，妳如何確定是殺手幹的？朱利安的療養院在北美洲，伊莎貝在夏威夷，兩人的死亡時間卻相隔不到二十四小時，除非空軍一號，否則哪有可能這麼快飛越半個地球？」

「根據我在梵蒂岡的朋友透露，教宗已經啟動了七位聖騎士，還記得我們在塞林的初次見面嗎？那位渾身刺青的教廷殺手就是聖騎士的其中一員。」

「老天，這些事情妳怎麼沒在電話裡告訴我？」

「電話隨時有可能被監聽，還是當面說明比較妥當。」

「我也是這樣告訴賽門，可是，加密的線路也不安全嗎？」

「對，除非是兩名駭客，能以專業技術在特定網域進行溝通，就像我目前和梵蒂岡的線人做的一樣。」

潔絲敏點點頭，眉梢再度浮現憂慮。「倘若聖騎士真的如傳聞中那麼可怕，我們難道不會被一網打盡？」

「聖騎士是替教廷幹骯髒事的殺手，他們擅長暗著來，絕對不會為了抓到我們而光明正大地掀起街頭火拼。再者，我們每個人的優勢都不一樣，妳有超級鼻子又懂得魔藥，賽門熟悉戰略，尼可拉斯懂得武術，待在一起反而有利。」凱特琳安慰性地拍拍她的肩。

車子持續在公路上疾駛，窗外陌生的北非景色如流光般飛逝，帶給潔絲敏很不真實的感受。她本以為去年自恐怖分子手中逃脫，劫後餘生便能安安靜靜地渡過，無論是法國相間也好，泰國山裡也罷，只要能和賽門相知相守便已足夠。

現在看來，厄運彷彿永遠不打算放過他們。

這時，不知從何而來的念頭猛地竄入腦中——潔絲敏驚覺，只要七大家族中有一個人不安好心，就會讓所有人深陷險境——這個想法猶如一場腦內的爆炸，讓潔絲敏頓如五雷轟頂。

在煙硝瀰漫的恍惚意識中，潔絲敏脫口說道：「我們如何能確保下一代不會變壞？」

其他人自爭論中回神，面面相覷。

「小茉莉，妳說什麼？」隔了一個位子的賽門提高音量問道。

「我說，即便我固定以血月儀式替大家進行淨化，若是有人頻繁使用法器，淨化儀式就有可能趕不上原罪的侵蝕，我們就很難避免受到原罪影響，像賽門的母親、尼可拉斯的父親或是玫兒的母親都是活生生血淋淋的例子，我們幹嘛那麼辛苦的活著？」潔絲敏的語氣溫和，字句卻銳利如刀。

潔絲敏的煩惱有如超級病毒，霍地在眾人之間炸開，讓每個人都受到感染，無一例外。有沒有人想過這個問題？當然有。但是從女巫那兒習得的血月儀式好比解藥，讓他們從原罪中毒裡獲得解脫，即便偶有疑慮，也過分樂觀地讓擔憂自指間悄然溜走。

從前，只要能夠活下去，他們便裝作問題不存在。

潔絲敏的目光在眾人臉上尋找答案，她繞了一圈，只看見迴避和茫然，於是哀傷地說：「我們這麼努力，卻沒有辦法保證我們的子孫後代不會變壞，不是嗎？倘若我們的孩子、孫子再度走上舊路，彼此相互殘殺，或者太過高調而引起有心人的覬覦，那現在拼了命保護的這一切又有什麼意義呢？」

車內陷入沉默，只有空洞的引擎聲讓他們知道世界並沒有停止運轉。

摩洛哥　費茲

起先，阿娣麗娜對古城費茲大失所望，她見識過許多城市的美麗景色，時髦的紐約、繁華的上海、優雅的巴黎和熱情的巴塞隆納，唯獨不曾遊歷過如此傳統古樸、宛若走入阿拉丁和茉莉公主的伊斯蘭古城。

舉目所及皆是單調的黃褐色……黃褐色的沙塵、黃褐色的駱駝、黃褐色的摩洛哥長袍和黃褐色的石灰石房子。

有限的字彙和貧乏的想像力在阿娣麗娜腦中原地打轉，她很清楚自己喜歡什麼和討厭什麼，像是她喜歡繽紛，例如繽紛的生活和音樂；討厭一成不變，諸如無聊的書面作業和沒有盡頭的公路。

總之，枯燥、乏味、沒有高低起伏的音樂和單一色彩絕對不會被歸類為她喜愛的事物。現在她好慶幸母親沒有跟著來。母親的品味與她雷同，發牢騷的功力卻是她的一百倍，而且容忍度為零。

阿娣麗娜無助地凝望窗外，咬牙忍受車輪滾過凹凸不平路面造成的晃動與噪音，猶如一顆驀然被扔進果汁機裡的冰塊。最後，黑色廂型車喀啦喀啦地停了下來，緊鄰一幢外表實在很不起眼的古老宅院。

其實這麼說有失公允，因為附近的每一幢屋子看起來都很樸素，所以眼前的這一幢並沒有比較差。費茲的房屋像極了方方正正的土色積木，一塊塊堆疊在一起，上面挖個洋蔥形狀當門，一幢挨著一幢，一幢比一幢更破舊，讓阿娣麗娜聯想到印度擁擠的貧民窟。

此時，引擎聲戛然而止，廂型車熄了火，車內靜止的人們騷動起來。

「就是這裡？」有人問。

「到了。」司機約拿滿臉驕傲地說。

阿娣麗娜藏起眼中的失落，跟在尼可拉斯身後下車，另一個面色凝重的人是潔絲敏，潔絲敏原本就蒼白的膚色此刻更是顯得毫無血色，她將不安隱藏在淡漠之下，像一道影子般靜靜地跟著大家。

眾人步伐散亂，腳下揚起的灰塵緩緩降落在碎石礫上，凱特琳甚至掬起一把塵土，親自用雙手雙腳感受這座古城。阿娣麗娜心想，也許撒哈拉沙漠的沙也跟他們一樣飄零，大老遠來到這裡。

走在最前方的約拿引領他們，先是穿越了佈滿歷史痕跡的舊鐵門，沿著狹窄的長廊前進，轉個彎後，約拿又推開另一扇窄門。阿娣麗娜聽見玫芮迪絲高聲歡呼，於是探頭去看，隨即發現曲折路途末端迎接的竟是豁然開朗的視線。

眾人在驚呼聲中細細打量周遭環境，原來屋內別有洞天，五層樓挑高的中庭以天井設計將自然光引進室內，讓明亮的光線撒落每一個角落，凸顯出每一片色彩飽和的馬賽克磁磚——沒錯，幾何圖形的馬賽克磁磚和木飾填滿了所有能使用的空間，就像一個才華洋溢的畫家，捨不得放過任何一吋空白。

中庭的正中央則是一座造型雅緻的馬賽克噴泉，四周牆面裝飾著雕刻窗櫺和門框，柱子則以石灰石和香柚木雕刻出細膩的幾何、花卉和數字圖形，就連廊間的天花板都裝潢得非常細緻講究，讓整個三度空間像是一個神奇的小盒子，而他們則是湊巧落入這個異世界的尋寶人。

眾人被線條優美的鐵窗、色彩豐富的壁磚和玻璃彩繪吊燈包圍，彷彿真的走入童話故事中的書頁。阿娣麗娜不自覺地伸手觸摸懸掛於牆的三角錐帽子和非洲手鼓，潔絲敏則為中庭內生意盎然的盆栽和樹木所吸引。

「沒想到外觀那麼不起眼，裡面卻華麗的像皇宮。」凱特琳凝望鏤刻阿拉伯文的繁複花窗。

「在費茲，你永遠無法從一戶人家的大門猜出是否為有錢人家。」約拿說道。
「好多讓人眼花撩亂的馬賽克設計。」潔絲敏環顧四周。
「伊斯蘭教禁止崇拜偶像，所以我們把圖形拼貼在地板、牆壁和家具上。」約拿解釋。
「這地方還可以嗎？」李歐問。
「我喜歡！」玫芮迪絲欣喜大喊。
「我比較想知道保全系統該怎麼架設？」尼可拉斯問。
「待會兒用餐時會討論。」李歐回答。
賽門像國王一樣在長沙發上躺下，以手臂為枕，露齒而笑道：「我的十個僕人呢？」
「您好。」女人的聲音說。
這時阿娣麗娜才發現面前站了個摩洛哥女性。她也有一張摩洛哥人常見的蛋形臉龐和深色眼眉，頭上包著印花頭巾，眼眶畫有粗濃的眼線，鼻翼上則掛著菊花形狀的黃金鼻環。
「這位是我太太，尤藍妲，宅內的廚師兼管家。」約拿羞澀地搭著女人的肩。
「大家好。」尤藍妲笑得很溫柔。「讓我帶各位去參觀房間。」
於是眾人扛起行李往樓上走，行進間刻意讓輪子懸空，避免刮傷階梯上美輪美奐的馬賽克磚，隨後，他們在三樓和四樓客房各自分到一間臥室。
阿娣麗娜住在尼可拉斯隔壁，她步入房內，發現臥房和中庭同樣金碧輝煌，躺在鋪有白色繡花床單的臥榻上，光線透過鏤空燈罩的彩色玻璃散逸而出，照亮了內含許多抽屜的復古彩繪書桌以及一旁的翠綠盆栽，珊瑚色的簾幕則帶有些許中東風情。

原來這就是北非摩洛哥，歐洲的後花園。可惜他們真正需要的不是璀璨夢幻的皇宮，而是一塊能逃離現實的飛毯。

安頓下來以後，阿娣麗娜回到位於一樓的餐廳，這時尼可拉斯已經坐在餐桌旁，正和凱特琳進行熱烈討論。

「我們要在這裡住多久？我不放心梅蘭妮。」尼可拉斯提出了同樣存在阿娣麗娜心中的疑問。阿娣麗娜熱切地轉向凱特琳，急著想知道答案。

「如同我在車上提到的，現在教廷已經派出七位聖騎士，當務之急是先查清楚聖騎士的來頭。」凱特琳定定地說。

一想起那個渾身刺青的傢伙，就讓阿娣麗娜背脊發涼，忍不住打了個冷顫。

她在尼可拉斯隔壁緩緩坐下，插嘴道：「別擔心我母親，其實我很慶幸我母親沒有跟著來，否則就會變成雙人份的苦惱、雙人份的抱怨，她絕對不會放過任核對我疲勞轟炸的機會，現在我只打算處理自己的那份就好。」

「唉，是誰說『我們是七原罪，除非上帝派出大天使加百列驅逐我們，否則我們肯定能鬧個天翻地覆』？這下可好，梵蒂岡聽見禱告了。」玫芮迪絲嘟嘴。

凱特琳擠出無奈苦笑，繼續說道：「說來奇怪，最近一直很難竊聽到相關訊息，我的線民說他們和梵蒂岡是直接面對面溝通。阻斷追蹤的最好方法就是不使用手機，所以我才會要求各位暫時把手機交給我保管。」

「當面溝通能拖慢他們的效率，隨時保持訊息流通會成為我們的優勢。」尼可拉斯指出。

「而且據我所知，聖騎士的作業方式是各自行動，梵蒂岡像是籌劃下令的頭腦，騎士們則像手腳，按照目前教廷的政治情勢看來，手忙腳亂會比四肢協調的機率高很多。」凱特琳說。

「難怪妳說要不停在世界各地製造個人消費記錄，作為煙霧彈。」尼可拉斯點頭。

「對，先讓他們忙上一陣子。」李歐加入他們。

其他人也陸續下樓紛紛就座，大家都脫了長袍，換上輕鬆的私人衣物，儼然已經把這間屋子當作臨時的家，玫芮迪斯甚至連鞋子也沒穿，可能以為自己走在沙灘上。

「食物準備好了。」身穿長袍的尤藍妲翩然來到餐廳，手上端著一大盤水果。「不好意思，現在是下午，所以先為各位上下午茶，等太陽下山再用晚膳。」

「看起來很美味，謝謝妳。」凱特琳微笑。

銀盤上堆著大草莓、奇異果、香蕉、橘子和核桃，稍後約拿又送上一大籃巧克力可頌、甜麵包和傳統硬麵包，附上好幾種不同口味的果醬和優格。

周車勞頓後大家都餓扁了，他們迫不及待開始進食，阿娣麗娜在盤內夾入一份水果配著優格吃，尼可拉斯則在硬麵包上塗抹一種黃色的果醬。

「李歐，你最近好像瘦了點？」潔絲敏瞥了教父的肚子一眼。

「我每天維持固定運動，食慾似乎也受到控制。」李歐若有所思地說：「看來血月儀式對原罪的淨化的確有效。」

「很好，我會繼續為大家施法。」潔絲敏張嘴輕咬可頌。

賽門嘴裡塞滿食物，憐愛地摸了摸女友的頭，舉手投足之間滿是柔情蜜意。

「對了，潔絲敏，關於妳在車上提出的形而上的問題，」李歐瞥了尼可拉斯一眼，「沒有冒犯的意思，但我認為，如果沒把握教好小孩，那就不要生，乾脆一勞永逸。」

「這什麼鬼話？難道要因為怕溺水，就不學游泳了嗎？」玫芮迪絲邊咀嚼邊含糊地反駁：「每個嬰兒出生的時候都跟白紙一樣，身為父母就該好好教育子女，我們不應該讓天賦變成綁手綁腳的束縛。」

「我贊成玫兒的看法，不該把所有過錯都推給原罪，後天影響絕對大過於先天，重要的是如何給予正確的教育。」凱特琳說。

阿娣麗娜反覆思索李歐和玫芮迪絲的看法，一時之間很難決定自己比較偏向哪一邊。

李歐提出的絕育概念過於偏激，玫芮迪絲似乎又想得太簡單了，就拿阿娣麗娜和尼可拉斯的家庭狀況來說，她很清楚人心是最難掌控的，子女也未必會按照父母的期待長大。

「我倒覺得人性本惡，你們想想，求生是種本能，如果肚子餓了，誰會想要把食物送給乞丐？誰又會想把僅有的幾塊錢捐給更窮的人？」賽門灌下一大口果汁。

「所以你不是茹毛飲血的原始人，要接受教育啊！」玫芮迪絲喊道。

「雖然中國俗諺有云，兒孫自有兒孫福，但我比較傾向保守估計，所以對於不是十拿九穩的事，實在不敢輕易決定。」潔絲敏語重心長地說。

「我能理解。」總是將心情寫在臉上的阿娣麗娜悵然回應。

「你們應該對自己有點信心，玫兒和希妲都是由玫兒的外公撫養長大，個性卻是天差地遠。我和海柔的成長環境一模一樣，卻成為完全不同的人，不是嗎？」凱特琳反問：「阿娣麗娜，妳冒險犯難的精神上哪兒去了？」

「唉，出生的時候我帶著冒險精神來到世上，在台北國家戲劇院的頂棚上丟失了一些，在塞林鎮七角樓又搞丟一些，兩度被穆薩綁架後，冒險精神便所剩無幾了。」阿娣麗娜有氣無力地說。

尼可拉斯拍拍阿娣麗娜的腿，對大家說道：「她只是著急梅蘭妮罷了。」

接著約拿夫妻又送上第二輪食物，這回是熱食，有薯條、羊肉香腸、麵包、煎蛋和某種橘色的湯，嚐起來像是番茄湯底加入鷹豆、牛羊肉、洋蔥、小麵條和香料燉煮，可以將附上的檸檬片加進去。

約拿說，橘湯是摩洛哥的家常濃湯，常為齋戒後進食的第一道食物，可以搭配棗子、溫牛奶、果汁、麵包和摩洛哥煎餅一起食用。

為了不辜負廚師的好手藝，很長一段時間，大夥兒只是默默用餐，桌上漂浮著咀嚼聲和刀叉交擊盤子的清脆聲響，偶爾傳出一兩聲難以察覺的嘆氣。

湯的滋味濃郁豐富，水果鮮美多汁，煎得酥酥的肉製品也餘韻無窮，但阿娣麗娜卻有些食不下嚥。

起初在趕赴摩洛哥之前，讓她掛心的名單上只有母親和尼可拉斯兩人，她深信其他好友們都有照顧自己的能力。經潔絲敏這麼一提醒，她忽然驚覺名單將會無限增加，只要原罪的血統不斷，她永遠不可能瀟脫地放下孩子、孫子甚至孫子的孫子不管。

莫非該和李歐一樣不生子嗣，讓原罪的循環澈底結束？

尼可拉斯似乎看出了阿娣麗娜眼中的糾結，他說：「我們是不可能變成普通人的，莉莉斯的血液在我們身上流淌，除非銷燬法器。」

阿娣麗娜轉頭凝視著他漆黑如潭的雙眼，金斧帶給尼可拉斯痛苦的童年，只要上天允許，他絕對願意拋下繼承的一切。可是，音樂等同於阿娣麗娜的靈魂，是她基因中的根本，她從小被母親教導享受演奏和珍惜樂器，要她丟掉銀笛？她捨不得。

「別鬧了，我才不要光是承受原罪的感染，卻不能使用家族法器，那樣也太倒楣了。」賽門甩開眼前的金色瀏海，繼續大啖食物。

「或者，我們可以約定成年後再告知子女？」凱特琳提議。

「相信我，如果這麼做，我們的下一代絕對不會替今天的決議感到高興。」尼可拉斯搖頭。

「同意。」阿娣麗娜和賽門忙不迭附和。被蒙在鼓裡是他們的切身之痛。

但是，大家長李歐卻表示支持：「在沒有更好的辦法以前，凱特琳的建議值得考慮，其實這個問題就像領養子女一樣，要嘛就直接開誠布公，要嘛就等到心智足夠成熟以後再說。」

「拜託，然後為了不走漏風聲，每次見面我們都得裝作沒這回事？還是要大家永遠不聯繫嗎？」玫芮迪絲一針見血地指出。

又是一陣嘆氣。

無解的習題困擾著每個人，七種原罪、七件法器，過去的兩千年難以追溯，往後的未來卻掌握在此刻的眾人手中。

苦思良久未果以後，李歐沉重地做出結論：「我認為，現在我們可以做的，只有讓自己的能力更上層樓，我們都必須留下一條命，才有思考未來的餘力。」

第五章

義大利　羅馬　馬爾他宮

一間會議室，兩造雙方，三種語言。

賈斯汀大教長和麥克斯副教長端坐於談判桌的這一側，彼端是一張偌大的屏幕，以透過第三方的加密方式連線，讓隔著海峽、遠在不同大陸板塊的兩邊人馬能跨越時差和距離，進行即時有效的溝通。

斡旋雙方的母語都不是英文，馬爾他騎士團的官方語言是義大利語，對方則會講流利的阿拉伯語，一般而言，這場會議極有可能變成一場災難。但是，當討論的議題事關重大、必須保密到滴水不漏，沒有任何空間容納一名居中的翻譯，則帶有濃重口音的英文便自動成為他們的首選。

「我倒是好奇，你已經失敗過一次，憑什麼我們的合作關係還得繼續？」賈斯汀大教長的聲音充滿威嚴，低沈有如響雷。

「因為馬爾他教團沒有別的選擇。」螢幕上的男人面色陰沉。

賈斯汀大教長往後靠向椅背，雙手閒適地交叉於胸前，說道：「我們在全球有一萬三千五百名騎士、女騎士和牧師，還有八萬名永久志工以及兩萬五千名員工，隨時隨地都在實踐天主的志業。馬爾他教團是上帝忠實的僕人，你們卻代表魔鬼的化身，對我來說，充其量不過是見不得光的打手而已，現在梵蒂岡已經派出聖騎士了，說說看，我要你們做什麼？」

「大教長，你的目光不能那麼短淺，難道要為了一次失誤便毀了雙方幾十年來的合作嗎？」螢幕上的男人抹抹鬍渣，濃密的睫毛下方的黑色眸子閃動。

「容我提醒您，要、要不是您的魯莽，索亞之書……和七件法器差點就到手了。」麥克斯副教長插嘴。

「馬爾他教團建設，我們破壞，馬爾他教團提供醫療援助，我們殺戮，就像清道夫和屠夫的角色一樣相依相存。如果這世界上沒有戰爭，又如何凸顯馬爾他教團的價值呢？」對方說道。

「你講到重點了，我的確需要你們繼續努力。」大教長說。

「這次是哪個城市？紐約？巴黎？」對方問。

賈斯汀大教長轉頭面向副手，問道：「麥克斯，你覺得呢？」

「就從馬、馬可樞機主教的幾個教區……下手吧。」副教長回答。

「正合我意。」賈斯汀大教長點頭，繼而對螢幕上的男人說道：「丟幾顆炸彈榮耀你的聖戰吧，麥克斯會提供名單。」

「沒問題。」

「不過別忘了，穆薩，你的好大喜功已經害死了自己老爸，千萬別把我拖下水，我們雖是在同一艘船上，萬一船沉了，我只會救其中一個。」大教長不帶一絲情感地截斷連線。

美國　內布拉斯加州　棕櫚灣療養院

據說內布拉斯加州有百分之三十八點六的居民祖先來自德國，但李歐駕著租來的福特，一路駛過草高及膝且罕無人煙的道路時，可一點兒賓至如歸的感覺也沒有。

現在，李歐把車停好，大步踩過棕櫚灣療養院荒蕪的前庭，鞋底下的焦黃草枝發出苦悶哀號，大火肆虐過的木屋殘骸與草梗，和李歐短而翹的金色短髮同樣粗糙乾燥。

這裡本該是一片綠油油的草皮，還有美麗的步道、長椅與小鳥澡盆等庭園造景，但是，在消防人員、醫護人員以及警方調查人員的輪番踐踏和缺乏照護的情況下，步道沾滿泥污、長椅覆蓋灰塵、小鳥澡盆裡所剩無幾的褐色髒水上漂著落葉，成了眼前這副亂七八糟的德性。

根據李歐收到的火災調查現場報告，棕櫚灣療養院的原貌是一幢兩層樓高的巴洛克式建築，主結構建材為北美紅檜，室內多採用類似色澤與材質的木頭家具，裝潢典雅大方。療養院房間數量不多，總共只有十八間，醫護比為一比三，院方更砸下大筆經費購入軟硬體並聘僱專業人士，以兼具高端的醫療設備和悠閒的鄉村生活為主要賣點，吸引了不少希望為病人買到優質服務和充分隱私、為自己買到眼不見為淨的有錢人將親屬送到這兒來。

李歐朝手中的文件瞥了一眼，冰藍色的眸子中只有純粹的銳利與冷酷，那是他專心工作時的神情，或者應該說，是他迎向這個世界時公開展示的面具。

火調結果研判起火點位於東翼角落中的病房，剛好就是朱利安住的那間。雖然不排除是電線走火意外，有鑑於之前也發生過病患私藏違禁品的先例，所以推估朱利安在房裡玩火的可能性比較高。

通報火警的是幾公里外的一戶農場主人，他在夜裡起身上廁所時瞥見遠方的火光，於是打了報案電話。由於地處偏僻，半小時後，等消防隊趕到現場時，棕櫚灣療養院的所有一切全都付之一炬。

包含院長、副院長、醫生、護士、廚娘、行政人員以及病患，三十四人全數罹難。

豪華樓房轉眼間成為廢墟，大火沒有在荒原上延燒已是不幸中的大幸，祝融將一切色彩大口吞噬，徒留漆黑足跡。有個電商鉅子情婦的母親也在死亡名單之中，因為牽扯到醜聞八卦，後續撲天蓋地的報導也在民眾心裡留下焦黑的陰影。

詭異的是，明明消防安檢都符合規定，療養院的煙霧警報器和自動灑水系統居然在緊急時刻湊巧失靈，保全公司沒有接獲警告，電腦通報和人員通知都沒有。

也許此地曾為廣袤無垠的莽原中最熱鬧的地方，此際卻像是大迷宮中的一道謎題，徒留死寂，而李歐忙著尋找提示。

李歐再次翻閱火災現場的建築物平面圖和相關位置說明圖，除了四名值班護士，大部分的遺體都在個人房間內被發現，推估是睡夢中嗆入濃煙導致昏迷，然後才在火場內喪命。

至於那四名值班護士，其中一位倒臥在朱利安的房門前，她也許是最先發現火災的人，卻還是逃避不了死神的召喚。另外三人分別在一樓和二樓的值班櫃檯前，與所有屍體一樣被燒成難以辨識的焦炭，骨肉上黏著曾經被叫作「衣服」的纖維。

所以，隨著朱利安棺木下葬的不是遺體，而是一把骨灰和一套朱利安放在家中的衣物。看過那樣淒慘的場面，恐怕這輩子都會離壁爐中的火堆遠一些。

既然沒有任何倖存者，當然也就沒有目擊證人了，連監視畫面和訪客登記資料都沒能保存下來。

李歐將火災調查報告塞進牛仔褲後方的口袋，他佇立於屋子的前庭，諸多巧合讓他忍不住內心起疑，首先，這場火災未免燒得太乾淨俐落；再者，朱利安和伊莎貝的死亡時間實在太過相近，前後隔不到二十四小時。

最後一個也是最奇怪的一個，這些年來朱利安的記憶退化一直維持在五歲左右，以五歲孩童的表現而言，朱利安算是循規蹈矩，他擁有兒童的好奇，對數獨、魔術方塊等益智遊戲很感興趣，卻相對沒有兒童的淘氣。若是把肇事原因歸咎為朱利安夜裡玩火，恐怕太過牽強。

物體燒焦的氣味充塞鼻孔，鍥而不捨地攀附著鼻毛，那是混和了紙張布料、木材家具、食物和有機體的味道。那令人不愉快的臭味不肯輕易褪去，頑固地堅守原地，就像在大火中喪生的鬼魂。

惱人的味道讓李歐的鷹勾鼻不住抽動，他忽然很高興攬下這份工作的是自己而非教女潔絲敏，超級鼻子恐怕很難應付這個場面，糖果屋的傳人可不會對一幢草原上破敗的木屋產生食慾。

屋頂倒塌、天花板脫落、牆壁碳化毀壞、窗戶玻璃碎裂、家具變形，李歐繞著建築物的地基走，冰藍雙眼綻放精明冷冽的光輝，仔細打量頹圮的屋簷和薰黑的牆面，期許自己在灰燼中找出沒被注意到的線索，然後，他來到曾為朱利安房間的外圍。

眼前的房間就像是個骨架脆弱的空殼，他盯著幾乎挺不直的樑柱，認真評估要不要走進那堆黑呼呼的雜物之中？李歐考慮的並非會不會把腳上的舊皮鞋弄得更髒，而是該不該留下兩道四十四號半的足跡，作為到此一遊的證據？

最後他還是跨進去了，反正在來之前，凱特琳就提醒過他現場絕不會好看，甚至還很危險，有再次坍方的可能。李歐一腳踹開擋在面前的傾倒窗框，小心翼翼避開垮下的天花板，同時注意頭頂和腳下的狀況。

異味始終揮之不去，厚厚的灰燼宛如一層積雪在腳下延展而開，李歐彷若跨入了汲取靈魂能量的異世界，裡頭非黑即灰，用死亡、崩毀和所有壞掉的東西組合而成。

他戴上一雙預先準備的橡膠手套，謹慎地挪動步伐，走向熔化扭曲的金屬床架，在畸形的廢鐵前方單腳蹲下，親自以手一層一層扒開灰燼。幾分鐘後，他的大衣下緣沾滿焚燒的餘燼，包覆雙手的軟質橡膠被染成深淺不一的煤灰色，像是名勤奮忙碌的礦坑工人。又過了幾分鐘，兩隻黝黑手套也沒什麼顏色濃淡的區別了。

李歐不相信有縱火案、有嫌疑犯，卻沒有點火用的器材，難不成是鑽木取火？現場肯定有一團燒融的塑膠或金屬，曾經為打火機的一部分。當然，倘若點火時用的是火柴，那又另當別論了。

李歐是這麼想的：人證物證全數死無對證，當然也不能排除真正的縱火犯仍舊逍遙法外。若是殺手一夜之間血洗棕櫚灣療養院，再放把火毀屍滅跡，老實說根本也看不出來。

他徒手挖掘著蛛絲馬跡，萬籟俱寂之間，周遭只有風吹草動與鳥兒嗚囀的聲音。他挖著、挖著。

突然間李歐抬起頭來，像是長草中的兔子聽見了不該存在的動靜，李歐注意到一陣若有似無的低鳴。

幾秒鐘後聲音變得非常明確，大草原看不見的彼端出現了車輛的引擎聲，狀似正朝著療養院的方向疾駛。按照車子的馬力聽來，那是輛性能優異的跑車，而且不到七分鐘就會抵達。

李歐租來的福特此刻正停在前庭外的馬路上，他可以選擇立刻跳上車揚長而去，或是留下來一探究竟，他下定決心留下，反正福特肯定贏不了跑車，而兇手總是有重回犯罪現場的怪癖，說不定釐清真相就看這一次了。

遠方地平線冒出一道青煙，同一時刻，在療養院廢墟背光的陰影處，李歐找到一處隱蔽的藏身地，他盡可能地將身高一百九十公分、體重八十公斤的身材縮成一團，他拉緊卡其色大衣，希望相近的大地色系能帶來保護，讓他安全地融入背景。

果不其然，車聲由遠而近、由小轉大，然後在最清楚的那一瞬間停了下來，引擎熄火，清脆的鞋跟落地，駕駛甩上車門。

李歐褪下手套塞進口袋，將上膛的槍握在手裡舉至胸前，隨時準備好奮力一擊。

腳步聲在療養院門前徘徊，李歐側耳傾聽，並在腦海中繪出來者的形象：步伐緩慢表示對方思慮謹慎，步履輕盈則意味著對方體重不到六十公斤，也許是個女的……

女的？

拳頭揮過來時無聲無息，李歐只感到一股勁風，他還來不及扣下扳機，手槍便受到重重一擊，槍口在偏離之下不小心給射歪了。

子彈在擊中木板時飛屑四濺，李歐赫然瞥見一個身穿灰色連帽斗篷的傢伙晃眼而過，像是一團灰色的旋風，接著就是連續不斷的刺拳，對方顯然沒有先禮後兵的打算。

李歐左躲右閃，猝不及防的突襲讓他接應不暇。

人高馬大的李歐向來不喜歡打女人，除非對方是個罪犯，或者行為實在太過分。

「灰色斗篷」低垂的帽簷似乎並不影響視線，只見那人虛晃一招，原先踹向李歐頭部的右腿竟迅速轉為一記迅速確實的勾踢，讓李歐失去重心跌倒在地，手槍跟著飛出掌心。

李歐吃了悶虧，他低吼一聲，像是被激怒的野獸般逼近，對方方雖然比他瘦小，動作卻靈活敏捷，蹦蹦跳跳的誘導李歐，又讓李歐接連兩拳撲空，好比隔著獸籠逗弄老虎的猴子，讓李歐為之氣結。

「灰色斗篷」得意洋洋地揉了揉鼻頭，再度擺出攻擊架勢。

李歐猛然一驚，那個不經意的小動作，竟如此似曾相識……

為了證實腦海中的猜測，李歐衝向對方，帶來一陣暴雨般的猛烈襲擊，接著左拳一閃，右手卻技巧性地一挑，順勢掀開了對方的帽兜。

「灰色斗篷」真面目露出來的剎那讓李歐不禁心頭一凜，對方真的不是「他」，而是個「她」，還是李歐的「她」。

「娜塔莎？」李歐失聲道。

驚愕瓦解了他的防衛，不過遲疑半秒，李歐就被娜塔莎一腳踹倒。

從地上起身時李歐還沒回神，他的舌頭好像腫成了三倍大，讓他無法正常說話。娜塔莎在這兒幹嘛？

娜塔莎依然美艷如昔，她擁有體操選手般柔軟協調的肢體，深邃黑眼像是濃不見底的幽潭，方才藏在帽兜下的黑髮披散在肩上，有如流洩的飛瀑閃閃發亮。她臉上的雀斑總讓李歐聯想到意外灑出的墨水，替娜塔莎高不可攀的美貌添了幾筆幽默，凸顯了她性格中的不羈與淘氣。

此刻娜塔莎眉頭緊蹙，灰色斗篷下是同色系的緊身上衣、短褲、腰帶與長靴，彷若一朵抑鬱而憤怒的烏雲。她望著李歐的眼神也同樣憤恨，像是兩道能將人射穿的雷射光，混雜了厭惡和嫌棄。

老天，那種表情簡直就像穿上剛買的新靴子，卻不小心踩到了狗屎。李歐見識過一模一樣的神情，就在娜塔莎在離婚協議書上簽名的時候。

「別來無恙。」李歐嘆氣。

「我不是來跟你敘舊的。」娜塔莎上下打量李歐，正如同李歐也在觀察著她。「你怎麼還穿著六年前的舊衣服？皺巴巴的上衣搭配破舊牛仔褲、一樣的鍍金十字架項鍊、一樣陳年褪色的皮鞋，一點兒長進都沒有。」娜塔莎嘴上嗤笑，眼裡卻綻放濃烈的恨意。

「我老婆買給我的。」李歐緊盯她的雙眼。

「你早就沒有老婆了。」娜塔莎不屑地哼了一聲，鼻子噴出鄙夷的熱氣。「瞧瞧你渾身髒兮兮，唷，是大野狼從三隻小豬的煙囪掉進了壁爐裡嗎？」

李歐心頭一揪，彷彿有人把他胸腔裡頭的死結給拉得更緊。除了其他原罪傳人以外，世上唯二真正明白他來歷的，就只有好友理查和前妻娜塔莎了，現在他們一個被毒殺，另一個則站在面前嘲笑他的童話身分。

「說不出話來了嗎，原罪貪食？」娜塔莎揚起下巴，右手按在腰間不知名的武器上，看起來躍躍欲試。當她發現李歐游移的視線挪至她的腰際時，索性張開雙手讓他看個夠。

「妳……是聖騎士？」李歐愕然，方才抽離的理智霍地回到體內。

「是死亡聖騎士。」娜塔莎糾正他，冷道：「別想太多，這無關私人，純粹是公事公辦。想嚐嚐御賜聖物伯多祿鑰匙的滋味嗎？」

「妳若是仍對我懷有恨意，大可衝著我來，何必繞這麼一大圈？」李歐沉痛地問。

「我對你一丁點感覺也沒有。」娜塔莎冷漠地說。

「若是這樣，妳明明知道我的身分，為什麼還要故意成為聖騎士呢？」李歐又問。

「難道離婚之後，我的人生規劃還得把你給考慮進去？」娜塔莎反問。

李歐長長地吁了口氣，像是想把這輩子累積的怨懟一吐為快。他始終不願面對的噩夢果然還是成真了，之前在梵蒂岡宗座宮殿的網路辦公室內，就曾於莎拉連接監視系統的電腦畫面上一瞥娜塔莎的身影，當時他還拒絕承認，甚至每每懷疑的種子在腦內滋長時，便會快刀斬斷思緒。

然而，現實卻甩了他一個火辣辣的大巴掌。姑且不論那四年婚姻生活美好與否，他和娜塔莎都已經離婚了，命運還要他怎麼樣？

「身為莉莉斯的後代並不是我的選擇，我也很無奈，可是妳卻擁有選擇權和自主權，何必成為教廷的打手？」李歐甩甩頭，重新站定。

「我懶得跟你囉嗦，反正你是邪惡的代表，我是正義的化身。」娜塔莎揉揉鼻頭。

「梵蒂岡派妳來幹嘛？招降？還是搶走法器？」李歐的眼尾餘光瞄向地上的手槍，同時故意露出破綻。

「當然是殺光你們。現在廢話少說，搞不好我會乾淨俐落給你個痛快。」娜塔莎快速旋身，以優美的弧度再踹了李歐一腳。

李歐撲倒在地翻滾兩圈，趁機撿回了掉落的槍。

娜塔莎立刻跟進，她以肉眼難察的速度抽出伯多祿鑰匙，頃刻間彈出刀尖。

「別動！」李歐的槍口瞄準娜塔莎。

伯多祿鑰匙飛向手槍，下一秒，便將槍枝硬生生釘在後方殘破的牆面上——那是李歐吃飯的傢伙，是打擊罪犯的親密夥伴，是他畢生引以為榮的工作。

「可惡，那把是警察局的配槍耶！」

「看來你有寫不完的報告了。」

「妳這個瘋子殺手。」

怒氣騰騰的李歐想都沒想便伸手探向暗袋，隨後朝娜塔莎擲出尋人石，黑色小石子彷若迴旋鏢，在空中劃出圓弧般的路徑後一顆擊中娜塔莎的手臂，一顆則斬斷了娜塔莎的一縷黑髮，轉眼間又回到李歐手上。

髮絲飄然落下，娜塔莎臉上的陰霾同時將她的嘴角往下扯。「王八蛋！居然用這種上不了檯面的暗器？」

「我氣昏頭了，不是故意的——」李歐話還沒說完，娜塔莎急促的猛攻。

李歐轉身閃躲，同時將尋人石收回大衣袋內，因此而挨了幾下重拳，每一拳都飽含深仇大恨。

李歐大概能夠理解前妻為何這麼恨他，娜塔莎是個無依無靠的孤兒，李歐成為她的伴侶，給了她一個家，卻礙於原罪血脈而不願意與娜塔莎生養小孩，恣意剝奪了女人孕育生命的渴望。

丈夫偷偷結紮，妻子卻四處吃藥打針求助名醫，謊言被揭穿時李歐多不堪，娜塔莎就有多心碎。李歐的作法形同硬生生把兩人的家給拆散，把娜塔莎趕回孤零零的人生道途上。

體魄承受的重擊能由肌肉組織吸收，頂多斷幾根骨頭就能解決，精神上的創傷卻無法輕易被遺忘。

他的前妻是自由搏擊高手，拳路與步法變化莫測，這麼多年來似乎又更進步了些，李歐很快便身中數拳，覺得渾身疼痛。也可能是對象使然，讓娜塔莎下手狠勁十足。

娜塔莎持續逼近，還不停改變重心讓李歐摸不清路數。李歐擺出拳擊姿勢保護頭部，娜塔莎交替使用沖拳與勾拳，朝李歐的臉胸進攻，下手又快又狠，其中一拳趁隙劃過李歐門面，令他鼻孔冒出鮮血。

李歐摸摸鼻子，確認鼻樑沒斷後抹去人中附近的鮮血，怒道：「妳究竟想怎麼樣？」

「不如你先道個歉如何？」娜塔莎嗤笑。

李歐沒有回答，在打鬥過程中，李歐發覺娜塔莎依然保持多年前的壞習慣：娜塔莎的攻擊並非全憑當下感受，而是某種策略性判斷，她像略食性動物一樣冷靜觀察對手，以細微的目光掃視找尋弱點。

也就是說，想要預測她的目標，只要緊緊攫住她的雙眼即可。

李歐緊盯她的臉。「我不曉得為什麼要道歉？」

「為了你剛才打我。」娜塔莎劈出左拳。

李歐撤步擋下。「明明是妳先動手的。」

「或者為了你提出離婚如何？」娜塔莎抄出右拳。

李歐再度擋下。「嘿，是妳提出離婚的！」

「鬼扯！」娜塔莎氣憤地停下動作，她甩開面前的黑髮，叉腰罵道：「明明就是你把簽好的離婚協議書寄給我的！」

「是妳說『如果你沒辦法像個正常人一樣維持婚姻，還不如離婚算了』。」李歐吼了回去。

「真是不可理喻！」

「妳才不可理喻！」

兩人怒瞪對方，像是爭奪同一隻獵物的兩隻大貓，彼此齜牙咧嘴虛張聲勢，揮舞著磨利的雙爪，試探著別人的底線。

李歐靈魂中的某個部分卻鬆懈下來，他意識到他們都想要贏，也都不打算浪費太多力氣。娜塔莎有一百種殺他的方法，假設想要他的命，老早就把武器拿出來用了，不會只是比劃比劃了事。

結論就是，娜塔莎只打算揍他一頓而已。

所以，梵蒂岡到底對聖騎士下了什麼指令，讓娜塔莎這回只有小試身手呢？

猜忌的潮水持續上漲，這對離婚夫妻持續對峙，李歐頭暈目眩呼吸窘迫，彷彿世界上下顛倒，地球磁極反轉，原本他的生活有如置身雪國般天寒地凍，此時卻好比赤道上蓄勢待發的蓬勃火山……滾燙而熱烈，只是他不確定這樣是好還是壞。

有人來了。

遠方塵囂打破了凝滯的氣氛，又有一輛車出現在大草原的另一邊。

「我的警察朋友來了，要是警方發現妳鬼鬼祟祟出現在犯罪現場，肯定會把火災和梵蒂岡聯想在一塊兒，對教宗閣下的名聲可不太好唷，快夾著尾巴逃跑吧。」李歐說謊。

「下次扯謊的時候記得控制好你的眼球。」娜塔莎斜睨前夫一眼，「也罷，今天我只是來給你個警告，接下來，我會像打獵一樣，一隻一隻把你們這些邪惡的毒蛇宰了，然後用伯多祿鑰匙開啟地獄的大門，把原罪傳人扔回魔鬼的老巢。」

娜塔莎走向牆邊，拔出她的伯多祿鑰匙然後收好，讓倒楣的手槍掉在地上。接著她轉身走出前庭，完全不擔心背後的李歐可能偷襲，俐落的身影跳上跑車，在引擎的隆隆咆哮中揚長而去。

棕櫚灣療養院的事發現場再次只剩下李歐。

他凝望遠方，直到車身消失在視線以外，才緩緩地拾起地上的黑髮，湊近鼻尖嗅了嗅，珍惜地塞進大衣口袋裡。

車輛高聲怒吼，狂風拍打髮稍，娜塔莎感到精神振奮且全身充滿力量，彷彿和駕駛的跑車合為一體，成為無堅不摧的猛獸。

她左手扶著方向盤，右手毫不猶豫地按下了手機上的速撥鍵。

「喂，是我。第一階段完成，現在原罪貪食肯定會和其他人聯絡，追蹤他的手機訊號，破解加密網路郵件，不管其他人藏在地球的哪裡，通通給我找出來。」

收線之後，一陣戰慄自心臟向肢體末梢迅速流竄，她的血液奔騰，每一個細胞在都高聲歡唱，娜塔莎享受著復仇帶來的快感，覺得比任何春藥都來得有效。

往事歷歷在目，痛苦彷彿來自昨日的新傷……

娜塔莎從不諱言自己是孤兒，她在仁愛傳教會經營的孤兒院長大，美麗五官和健康膚色也許帶有波蘭猶太人的血統，不過，既然父母都來歷不明了，血緣自然也無從考證。

貧窮和競爭的生長環境造就娜塔莎獨立的性格，她很小就明白這個世界資源有限，跟總共只有一盤狗飼料，卻讓整群狗兒來分是相同的道理，倘若不想餓肚子，你就得比別的狗兒搶得更兇。光是這樣還不夠，若不想以難以下嚥的乾狗糧為食，想嚐嚐鮮美的生肉，要做的可不只是當一隻看家犬，你還必須向外發展，成為城市叢林裡的一隻豺犬才行。

大約十四歲左右，娜塔莎便出落得亭亭玉立了，她修長且豐滿，還擁有天生的婀娜，男人愛慕她，基於相同的理由，女人厭惡她，吃了幾次同齡女孩的悶虧後，娜塔莎開始學自由搏擊，並愉快地意識到會點拳腳功夫的女人更吃香，更具備讓男人產生征服慾望的吸引力。

她前後談了幾場戀愛，每個男朋友都大她至少十來歲。愛情同樣也是一種策略聯盟和資源整合，年長男人想以金錢收買她的靈與肉，她則需要年長男人的資助，讓她能夠離開擁擠的孤兒院，上任何一所她夢想中的名校，讓她用燙金的畢業證書取代破爛的出生證明，宛若重獲新生。

芳華正盛的年紀哪曉得什麼是安貧、貞潔與服從？

每和一個男人分手，她就獲得一筆可觀的餽贈。對娜塔莎而言，生命的真諦就是每一天都活得比前一天更好、更優渥，直到踏入海德堡大學。

為什麼選擇海德堡？原來是某個男人對娜塔莎講過一個故事——

「海德古堡」原是一幢壯麗巍峨的石砌城堡，十七世紀時卻先後在戰爭中被砲火攻擊了兩次，十八世紀時一位富人重修城堡，沒想到工程進行到一半卻被閃電擊中，富人不死心，再次投入整修，這回卻在即將完工時又被閃電毀去大半，斷續四百年屢屢失敗的重建終於嚇跑了所有人。人們相信，海德古堡背詛咒纏身，它擁有自我意志，不願意臣服於新主人。

娜塔莎相信，海德古堡和她一樣不願意被任何人擁有，惺惺相惜的心情於焉而生，她決心在這座充滿古典浪漫氣氛的城市安定下來。

海德堡大學是全歐洲最古老的大學城，依山傍水座落於涅卡河畔，帶有中世紀風情的老街區與舊校區相互融合，培育出著名的思想家黑格爾、哲學家伽達默爾和社會學家哈貝馬斯等人，馬克吐溫筆下的故事《海外浪跡》也曾繞著此座知識殿堂展開。

在諸多人文學術的洗禮下，娜塔莎心中的憤世嫉俗也與平滑如絲的涅卡河一樣逐漸地平和穩定，於是，在日復一日的上學途中，娜塔莎和李歐在橫跨河面的老橋上相遇了。

李歐曾對娜塔莎告白，在老石橋上初次見到她後，就再也忘不了那張動人的臉龐。娜塔莎雖然對與李歐的初次邂逅毫無印象，日後卻被這個高大靦腆的男孩寒酸到近乎純粹的示愛方式打動。

海德堡街上有家廣受歡迎的甜點店，裡面販售的「學生之吻」巧克力據說是從前仕女們表達心意的隱晦途徑。娜塔莎的存款幾乎可以把整間巧克力店買下來，那個男孩卻只送她小小一枚巧克力，但是每天都有一顆。

眾多男友之中，李歐算是與她年齡最為相近的一個，他和她交往過的其他男人都不一樣，沒有額外的妻子和情人。兩人缺乏家庭關愛的背景也頗為相似，李歐的母親早逝，父親長年在國外工作，兩縷孤單的靈魂一拍即合，從此再也難分彼此，愛情像半融的巧克力一般濃得化不開。

李歐是在海德古堡內向娜塔莎求婚的，當時他們正走在堡主建造給心愛妻子散步的橋上，一邊欣賞破敗的城牆一邊拿古堡的歷史說笑，突然間，李歐沒有預警地單膝跪下，從口袋中掏出一只造型簡單的環形金戒指，讓娜塔莎在觀光客的注目禮中又羞又怒。

後來他們將戒指湊成一對，回到李歐位於萊比錫的家鄉生活。

然而，白紗、捧花和交換誓言並非人生的結局，而是翻開嶄新的扉頁，沒有人教導過娜塔莎，童話故事中的王子與公主在婚禮結束後，究竟該怎麼繼續幸福下去？

兩年的婚姻將她的耐心與愛消磨殆盡，她天真的以為兩人一定會生小孩，這種事根本無須討論，只要順從動物性的本能，自然而然就會有了。女人嘛，生兒育女本是天賦也是天職，誰曉得居然會生不出來？

大部分的德國人都想常為父母，娜塔莎讀過一篇報導，大約只有百分之十的人認為沒有孩子的人生是值得追求的。

當鄰居太太們討論著芳香療法、同位療法和無痛分娩時，參觀醫院產房就好像週末出遊一樣稀鬆平常時，娜塔莎只能在每月經血來潮時暗自垂淚，一而再再而三的失敗讓她捫心自問做錯了什麼，上天為何不願意施捨她一個孩子？

那段煎熬的日子讓她變得相當虔誠，天天與上帝進行對話，還把暢銷書《助產士門診時間》當作聖經膜拜。有一天晚上，娜塔莎夢見她和李歐搬到了郊區一幢有花園的房子，她們和鄰居一樣擁有一對兒女，當她在廚房裡忙進忙出，孩子們則在院子裡的草地上自由奔馳。

娜塔莎急著想讓夢境實踐，後來，聽說每八十位德國孩童中就有一名是試管嬰兒，娜塔莎便對於這項每次嘗試有百分之十到二十五成功機會的程序寄予厚望，偏偏李歐就是不肯配合。她追問了好幾次，抗議過也冷戰過，終於有一天等到了答案，也等到了丈夫的攤牌。

李歐掰了一套荒謬絕倫的說詞，什麼原罪啊童話啊，以及魔法之類的鬼扯，李歐還偷偷跑去結紮，難怪她們生不出小孩，娜塔莎為了輸卵管檢查吃盡了苦頭，想來真是白受罪的。

娜塔莎和李歐分不清構成婚姻嫌隙的是謊話連篇、沒能懷孕還是對生養子嗣的意見分歧，總之，離婚跟結婚差不多，都是在一張紙上簽字就對了。

可笑又可悲的是，娜塔莎恢復單身後重回教會謀職，她力爭上游，爬得愈高愈是接近事實，在成功打入權力核心以後，她赫然驚覺，李歐告訴她話句句屬實！

原罪傳人和獵巫行動都是真的，只有他們的婚姻是假的。

騙子！騙子！

娜塔莎用力拍打喇叭，對前面那台慢吞吞的老爺車比出中指，同時恨恨地想，李歐說的沒錯，自己擺明就是衝著他來的。然後，她猛踩油門，在報復的快意中狂飆而去。

第六章

梵蒂岡

夜晚的梵蒂岡又是另一番景象，郵局休息了，報社下班了，店家也停止營業。街燈沿著聖彼得大教堂前方廣場的廊柱一盞盞亮起，遊客如退潮般離去，許多白天在城內活動的工作人員和神職人員也回到梵蒂岡外圍的羅馬，留下的在地居民不到五百人。

教宗仍在他的辦公室內批改公文，一天之中，唯獨華燈初上的時刻才能不受打擾，好好靜下心來思考問題，彷彿日間熊熊燃燒的太陽不斷在後方敦促追趕，而月夜才是兩張日曆之間的模糊地帶，是讓人們得以歇腳的中繼站。誠如詩篇第一百零四章第十九節：祢安置月亮為定節令，日頭自知沉落。

然而，這漫長的一天可還沒過完呢。宗座宮殿的長廊彼端，教宗的個人秘書佩卓正氣喘吁吁地朝辦公室直奔而來。

既然大家都下班了，吃晚餐的吃晚餐，看電視的看電視，梵蒂岡只剩下瑞士衛隊還清醒著，佩卓更是肆無忌憚拔腿狂奔，他有很好的理由，而教宗可沒辦法打卡下班。

「教宗閣下？」佩卓用力敲門，沒等回答便唐突地旋開門把。

「請進。」教宗沒有顯得太意外，只是換上一副好奇的表情，好似對於個人秘書的莊重儀態也跟著下班早就習以為常。

「網路辦公室通知我，說有一封您的加密文件，已經解密完成了。」佩卓衝向辦公桌，一邊揮舞著手中彌封的郵件。

教宗拎起桌面上的老花眼鏡架在鼻樑，接過郵件時隨口問道：「謝謝。什麼時候收到的？」

「二十分鐘前。」

教宗動手撕開信封，佩卓則不停地變換姿勢，雖然教宗曾口頭警告過他可能會收到來自其他國家教區的密函，但神父畢竟不是受過恐怖攻擊訓練的瑞士衛隊，首度接獲郵件，還是讓他緊張的不得了。

「發生什麼急事嗎？」佩卓忍不住問道。

教宗讀完信件，順手從抽屜中取出火柴盒並劃亮了其中一根。「是鴿子啣來的橄欖葉。」教宗笑稱，火光的熱度瞬間將紙張上的字句吞噬殆盡。

「那就好。」佩卓盯著垃圾桶內的餘燼發愣。

「還有事嗎？」教宗偏頭問道。

佩卓似乎察覺自己的冒失，他連忙轉移話題，說道：「閣下，自從祕密會議以後我就時常心神不寧。您已經夠多煩心的事情了，像是性醜聞或媒體爆料，唉，我真希望能多善盡自己的職責，替您分憂解勞。」

「你已經做得很好了。」教宗答。

「那為什麼我還是對賈斯汀大教長頤指氣使的態度耿耿於懷呢？」佩卓難過地說。

「嗯，原來如此。」教宗透過老花鏡片打量眼前年輕的秘書。「你給自己的壓力太大了，事實上，馬爾他教團的問題並非一時半刻能夠解決。」

佩卓皺起眉頭，苦著臉說道：「我不懂，大教長不是應該受教宗管轄嗎？」

「你知道馬爾他教團的歷史嗎？」

「當然。馬爾他騎士團曾經在十字軍東征時期表現出色，十四世紀時在鄂圖曼土耳其帝國的進逼下退至地中海羅得島，十六世紀時在神聖羅馬帝國的屬意下於馬爾他島建國，卻又在往後的幾百年間分別被土耳其和法國攻打，最後離開馬爾他島，在羅馬重新組織，專心於慈善事業。」佩卓回答。

「你要不要坐下？解釋起來可能得花點時間。」教宗比了比辦公桌對面的椅子。

「沒關係，我站著就好。」佩卓說。

「這樣說好了，若是問起這世上最小的國家，大多數人都會回答是梵蒂岡。但馬爾他騎士團也是擁有自治主權的國家，卻沒有任何領土，他們在羅馬城內的馬爾他宮和位於郊區阿文提諾山上的馬爾他部都是租來的，土地主權屬於義大利，同時義大利給予該大樓外交待遇。小到沒有一寸領土，哪能稱之為國呢？這聽起來像是個笑話，對賈斯汀大教長而言，卻完全笑不出來。」教宗表示。

「我明白馬爾他教團的處境，我不明白的是，為什麼閣下好像對大教長畏懼三分呢？」佩卓納悶。

教宗摘下老花眼鏡，揉了揉酸澀的雙眼說道：「大教長意圖復興騎士精神，馬爾他教團可不是虛有其表的啊。目前馬爾他騎士團的騎士約有八千名，成員遍佈全球，主要是歐美國家有錢有勢的權貴，包括西班牙前任國王胡安．卡洛斯、義大利前總理弗朗西斯科．科西嘉、美國前財政部長威廉．西蒙、前蘇聯總統戈巴契夫和前俄羅斯總統葉爾欽。」

「老天爺！」佩卓摀住嘴，迅速在胸前劃了個十字。「抱歉。這麼說來，地位不高的人還不夠格成為騎士呢。」

「是啊，雖然常駐人口少了點，多虧有了那些『榮譽國民』，國際間誰敢瞧不起馬爾他教團？整個歐洲都得讓他們三分，這還是明著來的部分。」教宗長長吁了口氣。

「難道還有檯面下不為人知的祕密？」也許是打擊太大，佩卓一臉震驚地伸手扶著椅背，彷彿得撐住自己避免跌倒。

「有光明就有黑暗，任何政局都有內幕，教會也不例外。暗著來的部分就是美國中央情報局創立之父威廉．多諾萬和阿倫．杜勒斯也都是馬爾他騎士團騎士，所以騎士團在許多全球性祕密行動上涉入很深。」

佩卓張口結舌說不出話，片刻後，他頹然於空位坐下，喃喃說道：「還是教宗閣下深明大義，賈斯汀大教長的確不好惹。」

德國　萊比錫

下飛機後，李歐從哈雷機場直接開車返回住處，這一路上他不停地想，當初做下去海德堡大學的決定，到底是不是個錯誤？

一切恍如昨日，李歐在海德堡大學認識了他的前妻娜塔莎。尋人石在家族中世代傳承，祖先們卻對使用方法一知半解，於是李歐潛心研習神學專業，表面上是苦讀聖經神學、系統神學、歷史神學和實用神學，實際上是為了追尋答案，後來很幸運地找到了索亞之書的殘篇。

一六二二年，海德堡大學的帕勒提那圖書館遭到洗劫，珍貴書籍文獻被掠奪至羅馬獻給教皇，索亞之書僥倖躲過一回。雖然只有一張殘破的片段——也許關鍵就在這裡——那張泛黃殘破的片段躲在其他書本裡，所以後來又在一九三三年大學廣場上的焚書運動中逃過一劫，像是在歲月的洪流中靜靜等待重見天日，終至被李歐搜出，李歐從紙片中獲得無限啟發。

當李歐從學校畢業，除了飽讀基督教信仰、聖經學和基督教發展史以外，還順利得到生命中的兩項珍寶——一是索亞之書，另一個則是理想中的另一半。

現在看來，命運真像是開了他一個大玩笑。

生命難以承受的重擔把李歐的肩頭向下壓，他有氣無力地推開公寓一樓的共用大門，努力抬起腳跟爬上樓梯，來到自己住處相對位置的正上方，一扇陳舊的雕花木門前。

「莫摩亞太太？」李歐以指節重重敲門。

等了幾秒，一陣細索的腳步慢吞吞地靠了過來，然後是解開防盜門鍊和U型門扣的金屬敲擊聲，最後才是扭轉門把所發出的沉重聲響。李歐耐著性子等待。

一名身材矮小的老婦人自門縫探出臉龐，視線往上飄的同時，表情由狐疑轉為欣喜，「噢，李歐。你出差回來了呀？」

「剛到家。」李歐指指手上拎的行李袋。

「孩子，快進來。」莫摩亞太太敞開大門，瞇起的雙眼和牙齦萎縮的嘴彎成三條微笑的弧線。

「不好意思，每次出差期間都請妳代為照顧ＰＢ。」李歐抓抓頭，闔上身後的門，尾隨佝僂老婦步入起居室。

「跟我客氣什麼？你明知道我愛極了那隻老是亂抓沙發的壞貓咪。」莫摩亞太太笑道。

「起碼讓我補貼妳一點伙食費？」

「不用啦，我一個無聊的老太婆，有隻貓作伴可以轉移注意力，才不會成天緊張兮兮，老是往不好的方向去想。」她走向餐桌，開始動手擺茶具。「要喝點什麼？熱茶，還是咖啡？」

「別麻煩了，我只是來帶ＰＢ回家。」李歐說。

「你家裡沒個女人，肯定連吃都吃不好吧，只要你願意，隨時都可以上樓搭伙，也讓寂寞的老太太有個說話的對象。」莫摩亞太太抬眼，佈滿細紋的雙眼綻放溫暖。

「一定。」李歐微笑。

「咳咳咳……」一陣劇烈的咳嗽讓莫摩亞太太幾乎喘不過氣。

「您還好嗎？」李歐擔憂地問。

「一點兒小感冒，不礙事。」莫摩亞太太撫著胸口。

「山繆人呢？他知道您不舒服嗎？」他指的是莫摩亞太太唸高中的孫子。

「山繆出去了，一整天都跑得不見人影。」

「又出去跟朋友在街上鬼混？」

「誰知道哇，唉，那可憐的孩子父母死得早，我也管不動他。如果你遇到山繆，拜託替我勸勸那孩子。」

「嗯，我還是別妨礙您休息吧。」說著，李歐東張西望地尋找起那隻胖嘟嘟的虎斑貓。

「ＰＢ？貓咪貓咪貓咪？」

「你要給牠點甜頭，牠才會願意跟你走。」莫摩亞老太太說著，便從儲物櫃中取出一個裝滿肉條的玻璃瓶，然後繃緊了肩頭吃力地旋轉蓋子。

「讓我來吧。」李歐自告奮勇，輕輕鬆鬆便扭開瓶蓋。

一陣魚腥味蔓延而開，莫摩亞太太以下巴比比桌腳，得意地說：「看。」

果然，虎斑貓已經迫不及待地跟前跟後，在兩人腳邊蹭啊蹭的討零食吃。

李歐將肉條丟給ＰＢ，接著一把撈起虎斑貓，再次跟莫摩亞太太道謝，「您別送了，好好休息吧，我自己可以下樓。」

「好的。」

甫出門，李歐便在樓梯口撞見莫摩亞太太的孫子和他的朋友。兩個高中男孩邊走邊你推我擠，桀驁不馴的臉上掛著歪笑，他們都把頭髮染成落葉般的秋綠色，脖子上還掛著一條粗大顯眼的銀鍊子，以雷同的裝扮宣告世人他們是一夥的，彷彿在說「嘿，別惹我」。

虎斑貓發出充滿敵意的嘶聲，顯然也不喜歡面前的兩個男孩。

「嘿，山繆。」李歐故意以好比籃球後衛的龐大身軀擋住廊道，手上還掛著行李袋並摟著虎斑貓，笑嘻嘻地問：「打算跟你的狐群狗黨上哪兒去呀？」

「老兄，讓開。」山繆斂起笑容，換上一副狹路相逢的僵硬臭臉，好似欠債的碰上債主。

「PB，回家。」李歐鬆手放開PB。虎斑貓隨即往三樓的方向竄去。

李歐似乎沒打算讓路，他不疾不徐地扔下行李，發出砰的一聲，悶響在樓梯間迴盪。

另名高中生見狀捲起袖子，隨時準備聲援他的友人。

「唉，莫摩亞太太年紀大了，整天為孫子操心，我這個做老鄰居的看了於心不忍。」李歐閒閒地斜倚牆面，一隻手抵著對面的牆，擺明了不讓他們通過。

「別插手我的私事。」山繆木然地說。

「我一直很好奇，為什麼你要把頭髮染成大便色呢？」李歐換了個姿勢，興味盎然伸出手指挑起一撮山繆的頭髮。

山繆慌張地別開臉後退。

李歐又戳戳他的銀鍊，然後比比自己胸前的鍍金十字架項鍊，道：「加入幫派一點兒都不酷，擁有信仰才叫酷。」

「喂！你混哪裡的？」另一名高中生凶惡地問：「你知道我老大是誰嗎？敢招惹我，你就死定了。」

「別理他，他是刑警。」山繆拉住朋友。

「哈哈，我最喜歡招惹小屁孩了。」李歐往前一步，逼得山繆等人步步後退。「讓我告訴你刑警能怎樣，我可以追蹤你和你的朋友，插手你老大的每一宗交易，也可以每天派人去你廝混的地方臨檢，讓這座城市內沒有店家敢收留你，更可以隨便弄個罪名把你送進牢裡，進去之前，記得屁股先洗一洗。」

「你……你不敢！」高中生的臉色唰地慘白。

「我想你大概不會比我更了解如何遊走法律邊緣。」李歐以寬闊的肩膀遮蔽樓梯間的監視攝影機，將兩人驅趕至視線死角。他一把扯住高中生頸上的銀鍊，用力繞著拳頭轉了兩圈，項鍊瞬間變成能勒斃主人的絞鍊。

高中生因為無法呼吸而滿臉通紅，泛白的十指死命亂抓，卻怎麼也撥不開李歐的掌控。

「拜託你放開他。」山繆哀聲替朋友求情。

「你戴著這個鬼東西，遲早有一天會害死你。」李歐目光如炬，轉而對山繆嚴肅地說道：

「看在你幫忙照顧ＰＢ的情份下，罰你禁足一個月，要是敢跟這個窩囊廢出門，更正，是和任何一個同樣德性的窩囊廢出門，就會讓我覺得與你溝通無效，必須跨越階級找高層談談。」

山繆聽了猛點頭，額際滲出冷汗。

這時，李歐雙手一攤，任憑高中生四肢癱軟在地，胸脯劇烈起伏並大口呼吸。

「街頭生存守則第一條，不要惹警察。」李歐拎起地板上的行李，再次以冰冷目光掃過兩人，恐嚇意味濃厚，接著才邁開步伐下樓回自己家去。

樓上的孩子起碼會乖一個月吧。李歐猜想。

李歐掏出鑰匙打開家門，ＰＢ一溜煙地鑽了進去，李歐匆匆放下行李脫下外套，然後換了新的貓砂，自冰箱取出一瓶貝克啤酒，打開筆記型電腦開始工作。

有些人認為，德國聯邦刑事警察和一般的邦警察最大的差異在於職權劃分，十六個邦的邦警察主要負責各自警政，小至鬥毆、偷竊、指揮交通，大至擄人或搶劫。而刑事局則處理跨州或是跨國的走私、凶殺、反恐、偽鈔等刑事案件。

若是拿同樣的問題問李歐，他會回答差別在於資源。

聯邦刑事調查局直屬於聯邦內政部，總部設置於威斯巴登，同樣還是國際刑警組織的駐德中心，光是情報互通、資料彙總的後勤支援就有層級上的差異了，能夠綜觀國際，針對個案進行更全面性的評估分析，目光的高度自然不一樣。

有鑑於此，李歐特地拿莎拉提供的梵蒂岡監視器畫面截圖，打算與羅馬的出入境資料進行照片比對，希望能查出七位聖騎士的真實背景。

每個人都有歷史，沒有人是真正清白無辜的，只要掌握了對方的來歷，必定可以循線找出可利用的把柄，屆時看是要見縫插針還是要個個擊破，朝著弱點猛攻就對了。

為此，他動用了所有能用的關係，包含線民、同袍，欠他一兩次升遷機會的上司或被他救下小命的老友，雖然李歐自己不是技術高超的電腦專家，但是他很會討人情。

他在腦海中重建計畫：第一步，蒐集情資。第二步，暗著來，殺光所有意圖加害七大家族的相關人等。第三步，明著來，公布梵蒂岡的惡行，推翻基督教，然後殺光所有意圖加害七大家族的相關人等。

多麼簡單明瞭。

多麼簡單明瞭？

李歐是那種傾向於將敵人一拳斃命的男人。他在中學時代悟出了這個道理，就是當他把小混混鼻樑打斷的那一刻。碰上小混混找麻煩，絕對不能退讓，絕對要讓對方一次就知道厲害，忍氣吞聲只會讓對方食髓知味，所以，誰要敢欺負李歐和他在乎的人，沒得商量，李歐會將對方人馬像拔去花園的雜草一般，澈底除之而後快。

他揉揉鼻樑，看似簡單的方針，現在卻遇到了障礙。現在槍口正前方擋著的是他的前妻，李歐不知道自己扳機扣不扣得下去。

貝克啤酒靜靜佇立於電腦身後，瓶身上的水珠猶如凝淚悄悄滑落。

他思忖著自己是不是老了，所以變得容易心軟？對樓下的山繆如是，對娜塔莎亦如是。加諸在身上的包袱如此沉重，他實在沒有多餘的氣力去一一檢視內心深處的怏怏不樂。

娜塔莎出現眼前雖然在預料之內，可是，她只和自己過個兩招就離去了，難道只是來打聲招呼，掛著聖騎士的招牌耀虎揚威一下？

諸多可能性在李歐腦中排列組合，像是一連串難解的方程式，他不斷拼拼湊湊，檢視每一則事實與臆測，希望能和糖果屋中的孩子一樣，在險惡的森林中找出一條通往家門的路。

忽然間，某個靈光乍現如流星劃過天際——

慘了，李歐心裡暗叫不妙。他明白了，娜塔莎的真實目的是為了試探法器，兩年的婚姻生活中李歐一直將尋人石藏得很好，現在卻傻呼呼地在她面前亮出尋人石，還親自示範如何使用。

這下可好，他雙手用力揉臉，重重地嘆了口氣。

梵蒂岡

教宗躺在床上翻來覆去，自四十九名神父慘遭毒殺後，他就沒能睡上一晚好覺。

工作幾乎耗盡了他的生命力，讓他在轉眼之間蒼老許多，教宗覺得自己的視力變模糊了，老花眼鏡度數好像不太夠，加上最近爬個樓梯就氣喘吁吁，不爭氣的肺部老是高聲抗議，連負責生活起居的修女都好意提醒教宗應該多多休息。

可是教宗實在睡不著，只要閉上雙眼，他便會看見死去神父們蒼白的面容，教宗認識他們絕大多數，其中幾個還是年輕時共事過的袍澤和朋友，他很想將殺人兇手自美國引渡回到梵蒂岡進行審判，可是伊莎貝在美國境內犯下重罪，美方政府不肯放人，而國際間對於教廷和政局之間拉扯的關注從沒斷過。

也是，將犯人領回來又如何？梵蒂岡是天國之國，不時興牢獄和死刑。他可以公開譴責邪惡與謀殺，但這樣一來，等於是將全球的注意力聚焦在七名原罪傳人身上，弄不好還會洩漏莉莉斯和法器的存在，那些邪教崇拜主義者可要開心了。

教宗信仰堅貞，不喜歡受到挑戰。

所以，他一想起前些日子的祕密會議和賈斯汀大教長的嘴臉就生氣！

國家或地區性主教會議的目的是交換經驗、分享資源和討論適合發表的聲明。用來解決問題或釐清教義，例如八零年代的《核子戰爭——對和平的挑戰》和《對全體公民的經濟正義》，那是歷經多年的思考後，全體主教的強烈共識。

至於祕密會議呢，根本是趕鴨子上架，聖騎士說穿了就是教廷御用的殺手。

賈斯汀大主教威脅要揭他的瘡疤，教宗職權象徵上帝，是對信徒心靈、精神與良知的統治，人們又怎能容忍教宗有道德瑕疵？到底該怎麼做？紛擾的思緒拉扯著教宗的意志。

睡意不來，教宗索性爬下了床，走向他平常禱告的習慣位置。

「聖神，請降臨，引導我，保護我，潔淨我的思想，讓我能夠禱告。」教宗彎曲腿部跪在軟墊上，一個膝蓋接著一個，動作蹣跚而吃力。「親愛的天主，我把今天的工作獻給祢，感謝天主所賜的一切，因萬事皆為祢所有，為祢所贈……」

他有滿腹疑問，上帝卻沒有回答。

第七章

德國　萊比錫

這必然是一場夢，但是，娜塔莎灼熱的體溫、暖香的氣息又是那麼真實。

娜塔莎騎騁在他身上前後滑動，從他仰望的視角可以看見娜塔莎一隻手拉扯自己的髮根，另一手則不安份地揉搓自己。

豔紅雙頰讓她有如隨時可以採收的熟成蘋果，也許她嗅出了自己醉人的果香，所以朱唇微啟，眼神也撲朔迷離，偶爾自高處向下瞅著他，更多時候則像是全心全意沉浸在某種儀式般的舞蹈裡。

一支慾望高漲的舞蹈。

娜塔莎領舞，李歐跟隨，李歐扶著她擺動的腰肢，感覺到熱烈的汗珠在指間緩緩流淌，乍看下彷若鑲嵌在身上的飽滿珍珠，讓娜塔莎成為裝飾動人的明媚神像。若是這樣，娜塔莎必然是一尊異教愛神，床褥就是李歐敬神禮拜的教堂。

他毫無保留地完全投入交合之中，仰望她、膜拜她，在她身下好似禱告般低聲呢喃娜塔莎的名字，名字與名字之間則是喘息。然後她讓他挺進，更加深入生命的泉源，那是她由裡到外最柔軟的私密花園。

哈利路亞，某一個不留神的剎那間，神性的狂喜同時征服了他們。

「操。」李歐猛然驚醒，在感覺到兩股間的濕熱同時一陣懊惱，回想起自己睡前幹的好事。一瓶啤酒和一縷追思便足以激發一段不受控的夢境，尤其是在刻意忽略需求的狀態下，雄性生物的本能自然會找到宣洩的出口，結果就是要洗床單。

床單！床單！李歐忍不住高聲謾罵，這已經是本週的第二次了，不知情的人還會以為李歐多麼熱愛家務，等會兒整組床單被套都得拆下來清洗，這就是沒能清理好自己的後果——生命自然會來清理你。

「喵嗚——」虎斑貓充滿責怪意味的視線化作兩道細細的金黃色光芒，在黑暗中由高處俯瞰著他，彷彿抱怨自己被主人吵得睡不好覺。

「抱歉啦，PB。」有時李歐真分不清誰才是這屋子的主人。

冷卻下來以後，他胡亂揉了把臉，將淒涼的現實當作毛巾擦，然後起身去換褲子。

半晌後他呆坐床頭，窗外天色已經濛濛亮，雖然還不到起床慢跑的時刻，經過這麼一番折騰，他也完全睡不著了。

這時，一陣若有似無的窸窣聲在屋內響起，彷若來自遠方的回音悄然溜過靜謐。

在夜晚與白晝的交會之際，即使是鴿子展翅飛過窗外都顯得格外清晰。而來自屋內的聲響對李歐而言更是尖銳的好似火災警鈴，李歐訓練有素的神經立刻緊繃起來，感官系統在一秒內切換進備戰狀態。

他先是摸到了擱在枕邊的H&K的USP點四五，然後躡手躡腳爬下了床，又回頭將床鋪好，還塞了個枕頭在棉被下，偽裝成有人睡著的模樣，所有動作嫻熟流暢有如自然反應，完全比照書本中的標準作業程序。之後，他來到房門後的陰影處屏息以待，眼睛也適應了黑暗。

接著他才想到，怎麼可能有人進屋？

當然，警察這種工作就是這樣，有朋友也有敵人，但他雖然樹敵眾多，和教廷也周旋了許多年，卻從未有人斗膽侵門踏戶。對外他留的都是刑事局位在威斯巴登總部和宿舍的地址，對萊比錫老巢的居家安全向來小心謹慎，樓上莫摩亞太太的三重防盜鎖還是李歐出的主意。

況且，他還養了隻自以為是房東的貓呢，機伶的ＰＢ也絕不可能放任陌生人進屋而不聞不問。

李歐不怕，只是感到怒火中燒。他陰沉地想著，家裡許久沒整理了，亂七八糟的，怎麼能夠見客呢？

一道飄移的影子快速掠過臥房門縫，李歐屏住氣息，緊貼著身後的牆，手中的槍已經上好了膛，正躍躍欲試，等待擊發子彈的那一刻。

影子繞了一圈再度回到門邊，無聲無息彷若鬼魂，李歐將自己敏銳的感官逼到極致，心跳隨著緩緩轉動的門把數拍子。

半個呼吸後，最先進入視線範圍內的是一顆招搖的刺蝟頭，在黯淡的月光下依稀可猜出約莫是藍綠夾雜，活像隻開屏孔雀。

李歐的身體比頭腦更快反應過來，他旋身以手肘撞向對方鼻樑，在百萬之一秒內看清了不速之客胸前彈跳的純金十字架，那是與聖騎士之一的刺青人相同的武器。

「聖騎士。」李歐悶聲冷笑，以措手不及的速度猛然一拉，將對方的左手臂給扯得脫臼。

然而，聖騎士並沒有因為斷鼻或癱軟的手臂投降，他的驚訝神色僅僅出現在一瞬間，然後便開始一連串的防禦閃躲，兩道糾纏的陰影從臥室門內打到門外，隨後拉開距離，在起居室內隔著一方茶几互瞪。

不請自來的聖騎士抹去臉上的斑斑血跡，在透過窗櫺的朦朧月光下露出獰笑，滿口黑牙綻放森寒光芒。李歐這才發現他的牙齒竟塗得漆黑，就像一些東亞國家的「染黑齒」習俗一樣。

「笑比哭還難看。」李歐冷道：「是娜塔莎派你來的吧？」

雖然他心裡一直有個期望，就是娜塔莎不要向梵蒂岡出賣李歐位於萊比錫的地址。現在看來，那只是不切實際的幻想。

聖騎士呸的一聲，朝地板吐出一顆被打碎的牙。

然後是喀的一聲，他竟自行接回脫臼的手臂，眉頭眨都不眨。

不會吧？李歐在心裡低吼，梵蒂岡從哪兒弄來這麼多無痛症患者湊數？莫非聖騎士在某種程度上就像消耗品一樣？

「嘿嘿。」聖騎士卸下懸於頸項的十字架鎖鍊，冰冷的笑意有如山雨欲來的天氣。

李歐的腦神經火速工作起來，像是一連串班次密集的特快車，若干對策油然而生。他可以直接朝闖入者開槍，只是這樣就得在自己家裡製造出屍體，還得面臨一堆報告和文書作業，他再怎麼喜歡開槍，也不想把已經有感情了的公寓弄髒。

梵蒂岡聖騎士和普通殺手的差別在於殺手以暗殺為目的，完美的犯案過程就是快、狠、準然後不著痕跡。可是聖騎士具有莫名其妙的自尊心和使命感，他們就是不肯使用加裝滅音器的現代化武器，非得用什麼十字架啦、銀槌啦之類的老古板兵器。

隨後，李歐想出了一個點子。

「不如我們坐下來談談？」李歐提議。

「休想從我口中套話。」聖騎士的聲音低沉如雷，馬上看穿李歐的計謀。

李歐故意放鬆姿勢弱化自己，他把手中的槍有如雜耍般轉動數圈，朗聲道：「假使我想斃了你，難道還會好聲好氣地跟你在這裡拖時間嗎？我們都是文明人，你直接告訴我教廷想要什麼，說不定不動一兵一卒，就能圓滿達成共識。」

聖騎士眼中閃動遲疑的火花，李歐知道自己像是亂槍打鳥般鬼扯了一大篇，肯定有某個說詞正中紅心。他思索著自己講過的話，揣測哪一句佔有關鍵性的一席之地，是「達成共識」還是「不動一兵一卒」？

「雙贏。」李歐又補了一句。

聖騎士的猶豫轉瞬間冷卻下來，他拉緊手中的十字架鍊條，不由分說便朝李歐甩了過去，金屬鎖鍊宛若吐信毒蛇，下一秒便飛馳而至李歐眼前。

昏暗的光線加上閃電般的速度讓李歐來不及防備，他下意識舉起手來格擋，鎖鍊剎那間纏上李歐的臂膀，就像一條攀住獵物的蛇張開滿口毒牙，正打算大快朵頤，再也不肯輕易放開。

痛楚襲來，李歐試著甩開鎖鍊，既柔軟又剛強的金屬狠狠嵌入李歐的肉裡。他無奈地瞥了另隻手裡的槍一眼，隨即想起床頭櫃抽屜內的尋人石，巴不得立刻脫身返回臥房去拿。

「不希望濺血弄髒屋子，是吧？」聖騎士再度微笑，背光讓他的上下兩排黑齒彷若消失，讓口腔成為一個漆黑的洞，只要他一開口，便好似能將人生的光明與希望全給吸進洞裡去。「聽說這間公寓是你和前妻一起佈置的？」

果然是娜塔莎洩的密。

「我是真的很不想弄壞家具。」李歐沉下臉來。

逼不得已之下，李歐反手硬扯鎖鍊，將聖騎士拉向自己，另一手則悄悄反持槍柄，計畫在兩人最接近的那一刻敲暈對方。

「喵！」虎斑貓突然衝出來壞事。

「該死的臭貓。」李歐大罵。

聖騎士的目光雖然尾隨奔向窗簾的貓咪，同時卻用力扯回鎖鍊，李歐察覺後即刻跟進，兩人僵持不下，像是展開一場力與力的拔河。

他們都忽略了緊跟在ＰＢ後方的另一條人影——

娜塔莎猶如悄然無息的鬼魂，自視線死角內驀地現身，她從背後朝聖騎士的延腦部位重重一擊，後者頓時鬆開鎖鍊，像個沒有生命的人偶般昏厥倒地。

「又是妳？」李歐一臉錯愕，視線在兩位貿然出現的聖騎士之間游移不定。「既然妳派人過來，為何又要打昏他？」

「不是我讓他來的。」娜塔莎嫌棄地踢了踢倒在地上的聖騎士。「我發現史默夫鬼鬼祟祟，七位聖騎士都在我的管轄範圍內，我無法容忍有人不按規矩辦事。」

「妳的意思是說打草驚蛇吧？」李歐鬆開手上的鎖鍊，「又想殺我一次？還是揍我一頓？」

「今天沒那個心情。」娜塔莎甩開黑髮。

這幅畫面忽然讓李歐聯想到稍早前的春夢，他不禁臉一紅，斂起目光問道：「妳什麼時候進屋的？」

「比他還早。」

「難怪ＰＢ沒有警告我。牠肯定是覺得那傢伙和妳是一塊兒的。」

「我們才不是。他們一共有三個，來拜訪你的傢伙是史默夫。」

李歐若有所思地點點頭，道：「原來如此，我見過跟他一樣德性、渾身刺青的那個，他們真像是變態的恐怖三胞胎。抱歉，我誤會妳了。」

他對她笑。

他在對她笑。

「別誤會喔，我可不是忽然改變主意想要幫你。」娜塔莎瞅著前夫。

「不然妳幹嘛敲暈他，不就是不歡迎外人來弄髒這屋子？」李歐挑起單側眉毛。

「少臭美了，我們永遠不可能站在同一陣線。你們的祖先是巫術之母莉莉斯，你們是邪佞的巫師和女巫！」娜塔莎鄙棄地撇撇嘴。

「又來了、又來了。」李歐聽了怒火中燒，他駁斥道：「梵蒂岡還真是大小眼哪，女學者、女祭司、吉普賽人、神祕主義者、愛好自然者、草藥採集者甚至接生婆通通都該死，耶穌醫病的神跡就該受到讚揚推崇？」

「你說什麼？」娜塔莎雙眼一瞪。

短暫的和平馬上被重新燃起的戰火焚燒殆盡。

「《四福音書》中明確既載了關於耶穌基督施行的醫病趕鬼神跡。在耶穌展開宣教行動之時，醫治了許多苦難殘障人士，例如馬太福音第八章中，耶穌治療了遭污靈附身的精神障礙者和痲瘋病人，馬太福音第九章，耶穌又治癒了癱瘓病人、患血崩的病人，並且使少女復活，馬太福音第十二章中甚至記載了耶穌治好聾啞人士。若以現代醫療方法來講，不就是所謂的宗教療法嗎？和巫醫有何不同？」李歐質問。

「胡說。」

「還有，別忘了靈恩運動的『真耶穌教會』、『錫安堂教會』自稱先知、使徒，宣稱神職人員能以『方言靈語』和『按手祈禱』消除信徒肉體上的疼痛。」

「那是他們走偏了。」娜塔莎又頂了回去。

「好，那麼，米開朗基羅的濕壁畫《厄立特利亞的巫女》和《利比亞的巫女》又怎麼說呢？西斯汀禮拜堂的拱頂壁畫《創世紀》中，從祭壇方位開始，陸續開展了九個場面的創世紀故事。裡頭出現了七位希伯來先知、希臘和波斯等異教地區的五名巫女。也就是說，上帝從來就沒有反對過各種文化的兼容並蓄，你們現在的教廷根本是一本聖經，各自表述。先知和巫女代表預言的瞬間，畫中女性翻閱書本，也意謂著求知。為了政治和軍事因素，教宗不惜想出各種名義打壓異教徒，獵殺女巫如是，十字軍東征亦如是。

「羅馬教皇英諾森三世利用法國北部貴族和騎士的掠奪慾望，組成討伐異教的十字軍，當時法國的土魯斯地區信徒稱為『阿爾比派』，他們反映了工商階層，否定地獄教義。土魯斯地區中『教堂沒有信眾、信眾沒有神甫、神甫沒有威信、教徒沒有基督』，於是十字軍得到的命令是：只管把他們通通殺光，讓上帝去分辨誰是祂的子民。」

李歐滔滔不絕，娜塔莎卻感到愈來愈詞窮，李歐的拳腳功夫比起她還略遜一籌，但說起神學辯論，她可是差了李歐一大截。「我又不是來跟你討論歷史的……」

「當時的報告中寫道：『我們對城中居民不管其身分、年齡、性別，一律不饒』。最後死於刀下的約有兩萬人，大量的敵人被殺死，整個城市被燒毀，我告訴妳，現在梵蒂岡迫害我和我的朋友們，就跟當時的情況一模一樣！這樣的教宗還值得妳賣命嗎？」李歐問。

「不准你詆毀天主。」娜塔莎緊握雙拳，怒不可抑。

「如果妳還執迷不悟，我大可拿墮胎、移民、女權、同志等各類議題出來跟你好好討論。」李歐朗聲道。

「你錯了，現在的教廷已經朝不分性別的理想邁進，否則我也不會成為七位聖騎士之首。」娜塔莎強調。

「喔喔喔，上帝當然區分性別，否則夏娃也不會是用亞當的肋骨做出來的了。」李歐擠出一抹嘲弄的笑。

「我要走了。」娜塔莎瞪他一眼，奪下被棄置的純金十字架鎖鍊，然後抓住史默夫的一隻手和一隻腳，將他像個沙包一樣扛在肩上。「先說清楚，今天放你一馬，只是因為這不在既定行程內，我只打算糾正自己的下屬。」

李歐朝前妻的背影喊道：「基督教既偏頗又激烈，說嘛，幹嘛不從善如流？妳心裡是不是有那麼一點兒動搖？」

「我呸。」娜塔莎大步離去。

李歐聳聳肩，不錯，前妻開始願意跟他交流了，真是個好的開始。

德國　萊比錫

一身勁裝的娜塔莎抬著史默夫下樓，來到對街轉角的悍馬後打開車門，把他粗魯地塞進後座。迷迷糊糊的史默夫似乎從恍惚中逐漸轉醒，他開始蹙眉，口中發出囈語，娜塔莎立刻繞到前座，打開藏在車內的藥箱，取出一支鎮定劑。

「妳是……死亡聖騎士？」史默夫吃力地撐開眼皮，當他瞄到針筒時，立刻慌張地掙扎起來。「妳要幹嘛？」

娜塔莎用力按住他，在史默夫臭罵她「瘋婆娘」的那一刻順利將針頭插進他的皮膚裡，這一針可以讓他安睡好幾個小時。她暫時還沒拿定主意怎麼處置這個違背教宗旨意、跟她作對的白痴，決定先軟禁起來再說。

搞定史默夫以後，娜塔莎才回到駕駛座，猛踩油門離開李歐家附近的街頭。

前夫穿著睡衣的畫面不斷浮現眼前，她清楚記得他的笑容、他吃東西的模樣和他睡著時惱人的鼾聲，一切歷歷在目，娜塔莎曾經愛極了李歐冰藍色眸子裡彷若晴空的坦然以及毫不遮掩的愛意。她很想替自己也打上一針，藉以抹去那些觸動心弦的異樣感覺。

悍馬車的置物櫃中放著她的包包，娜塔莎打開包包取出小藥盒，挑出一顆白綠色的百憂解塞進嘴裡，然後開了一瓶礦泉水將膠囊嚥下，幾分鐘後，她終於感到恢復正常，接著才開始煩惱該拿史默夫怎麼辦。

史默夫方才提到，他曉得公寓是李歐和「前妻」一塊兒佈置的，那段時間她躲在廚房裡，聽了個一清二楚。

這表示娜塔莎的過去曝光了嗎？其他聖騎士究竟知道多少？她還能信任夥伴們嗎？換個立場想，其他夥伴又還會信任她嗎？

關於獵殺女巫的歷史，娜塔莎也曾深入探究過，她自知辯不過李歐，也沒打算和前夫爭論基督教教義和未來展望，反正她從來就不是為了無私奉獻而加入教會。她的初衷在於復仇，跟基督教輝煌的過去八竿子也打不著，但她知道，李歐說的也不是完全沒有道理。

「基督教既偏頗又激烈，說嘛，幹嘛不從善如流？妳心裡是不是有那麼一點兒動搖？」李歐的聲音宛若鐘聲在她腦中迴盪。

偏頗，沒錯。

嚴格說起來，基督教的禮儀本身就具備著治療功能。基督教徒參與崇拜禮儀，希望能從中獲得「靈」、「智」、「體」的全人格醫治，培養心靈、知識和肉體的健全，讓罪人得以悔改並且重生。

激烈，也沒錯。

湯馬斯．阿奎那所著的《神學大全》中寫道，「凡犯有異端罪行的，不僅應革除教籍，還得處死，從世上清除」。為了支持軍事行動，從前的教宗還發放贖罪券給參與者，說服人民加入軍隊，以教廷支持的罪過抵消自己犯下的罪過。

「異端裁決所」審訊條例她都會背了……

一、在法庭上，被控告的人不能知悉控告者和見證人的姓名。

二、任何人都可以充當控告者和見證人，有兩人作證控告即可成立。證人如撤回證詞，作異端同謀犯處理。

三、被控告人如不承認犯有異端罪行，可反覆用刑訊問，不僅要他承認自己的罪行，還要檢舉同夥和可疑份子。

四、一切有利於被控告人的證詞都不能成立，任何從事有利被控告人的活動，都要給予最嚴厲的懲罰。

五、任何人對於被控告人給予法律援助或請求減刑，即予革除教籍。

六、被告可以不經審訊便予以處死，凡承認犯有異端罪行表示悔改者，量刑處以鞭笞、監禁以及終生監禁等處罰。

七、被告認罪後如翻供否認，即不再審訊，予以火刑。

八、被判異端者，沒收所有財產。

宗教裁決所其實仍然存在，只是改名為「傳信部」，負責全世界教會的宣傳刊物審核，以免有心人士利用教會的管道宣揚判教異端。

娜塔莎捫心自問，如果沒那麼恨前夫了，撇開兩人的恩怨不談，還有百分之多少的自己稱得上是個聖騎士？

義大利　羅馬　馬爾他宮

賈斯汀大教長踩著怒氣沖沖的沉重步伐，在進入辦公室後猛地摔上門。

麥克斯副教長正在自己的座位上辦公，他不動聲色地瞄了大教長一眼，這種情況很罕見，但也不是沒發生過，身為懂得拿捏分寸的副手，就應該靜觀其變、頂多旁敲側擊、避免多嘴。

「您需要……來杯咖啡嗎？」麥克斯輕聲問道。

賈斯汀大教長顯然還在氣頭上，他沒有回應，只是不耐煩地將手中公文夾砰地重重扔在桌面上。

於是麥克斯拾起話筒，按下內線後囑咐助理：「一杯黑咖啡，不、不加糖，雙份威士忌。」掛上電話後，麥克斯翻閱大教長的日程表，確認他剛離開義大利總理的辦公室，進而推測兩人的會議不歡而散。當日議程為討論馬爾他宮續租事宜，看來，義大利政府在租約事宜上對大教長施加了不少壓力。

敲門聲響起，助理端著托盤進辦公室，把咖啡放下後轉身離去。

「喝下去會好一點……」麥克斯將杯子遞給大教長。

賈斯汀大教長舉杯一飲而盡，當混合酒精的咖啡因衝擊他的喉頭，彷彿觸發了什麼開關，所有暴怒於轉瞬間一湧而出。

「可惡，義大利政府竟然打算提高租金，真是太羞辱人了！」大教長忿忿地說。

賈斯丁大教長擁有顯赫的教會家譜，祖先源自十字軍將領，家族中有十九個成員分別擔任樞機主教、主教、神父和修女。馬爾他教團沒有實質的領土，這個問題一直是眾多小報茶餘飯後的話題，十字軍的尊嚴不容許賈斯汀大教長讓教團淪為笑柄，除了苦心經營世界各地的醫療團工作，他也努力投資攢錢，希望能向一些舉債的小國購買土地，讓馬爾他教團真正擁有落地生根的國土。

所以，租來的馬爾他宮可以說是大教長心中難以言喻的痛。

「是不是……前陣子吵很兇的國內的公債問題？打、打算用租金來填補虧損？」麥克斯推測。

「那個混帳義大利總理說，目前境內許多地區無法自給自足，還得面臨物價上漲的壓力，除穀物外，就連麵包、牛奶等基本民生必需品都全面飆漲，民眾因生活需用不足而叫苦連天。還說什麼聯合國糧農組織表示，對於這種糧食價格居高不下的情況，全球消費者至少還要忍受十年！」大教長不滿地罵道。

「原來。」麥克斯點點頭，道：「義大利的顧忌也、也不是沒有道理，上週的糧價高峰會結束後，許多高度依賴……食物進口的發展中國家都受到衝擊，包、包括部分拉丁美洲、北非及中東。」

「全球有三分之一適耕地目前用於種植動物飼料，誰不曉得全世界都處於糧食供應不穩定的狀態，又不是只有了不起的義大利！」

「大教長想必有告知總理，再、再過一陣子，馬爾他教團就有辦法解決義大利的糧食問題？」

「當然，我強調了三遍，他卻聽不進去！」賈斯汀大教長頹然坐下。

辦公椅很硬，很不舒服，是賈斯汀大教長特地挑選的。他故意讓自己沒辦法坐得舒適安穩，才能時時刻刻提醒自己這一路走來的艱辛。

「除了該死的義大利，還有聯合國相關部會的新合約，各個單位都要馬爾他教團贊助人力物力和財力，真是吃人不吐骨頭！付出那麼多，都夠買下整個傭兵團或幾個小島了！」大教長用下巴指了指桌上的公文夾。「要不是馬爾他教團根本不屑搬去大海中央的小島，又怎會淪落至此？」

「好處人人都想拿……現、現在我們該怎麼辦？」麥克斯問。

「我想，是時候加快腳步了。」大教長咬牙，語氣中帶有痛下決心的冷酷。

「說到這個，我有個好、好消息。剛才穆薩請求和您通話，想必……事情有所進展？」麥克斯表示。

「好，幫我接通。」幾分鐘後，按下擴音的電話從撥號的嘟嘟聲轉為通話時特有的空洞背景音，賈斯汀大教長意興闌珊地問：「嗨，穆薩，這回你給我們帶來了什麼振奮的消息呢？」

「我有訊息給你，希望馬爾他教團也能給我承諾。」穆薩冷道。

「我還在想你什麼時候會提起呢。」大教長懶洋洋地說：「說說看。」

「我要索亞之書和法器，事成以後，割讓一半的土耳其國土給你，讓你復興神聖羅馬帝國和十字軍。」穆薩承諾。

賈斯汀大教長再次調整坐姿，硬梆梆的椅墊讓他很不舒服，然而，身下的卻是他最心愛的一張椅子。

「一言為定。」掛上電話後，賈斯汀大教長微笑：「馬爾他騎士團不該再流浪了。」

第八章

摩洛哥　費茲

清晨五點半，天色依然漆黑一如深不見底的井，來自叫拜樓的擴音器便傳來可蘭經的誦經聲，男人以悠揚的音調操持陌生的語言，清朗的祝禱像是要喚醒沉睡的靈魂似地，經文彷若也在井中迴盪不已。

可蘭經有如尼可拉斯的晨起鬧鈴，他在聽見第一段經文時起身盥洗，接著離開臥房來到宅院的頂樓天台，在暮色中跟著經文規律的節奏開始練拳。

他的音感很差，阿娣麗娜補足了尼可拉斯五音不全的部分，但節奏感還是有的，自幼習武讓他嫻熟動作與動作之間順暢的韻律，行雲流水好比吟唱一首歌，只不過阿娣麗娜表達的方式是演奏樂器，而尼可拉斯則是在肌肉與大腦之間產生共鳴。

在費茲住了好幾天了，尼可拉斯利用寬闊的天台空地進行健身鍛鍊，這幢大宅的頂樓算是附近住宅區裡的制高點，趴在牆頭俯視周遭能看見別人家的屋頂，鄰居卻看不見他，遙望遠方還能一睹昔日護城河的風采。

在法國殖民統治前，這座建在丘陵環繞山谷中的古城曾有長達一千年的時間為摩洛哥首都，郊外的橄欖樹鬱鬱蔥蔥，在阿拉伯語中，費茲代表「肥美的土地」和「鶴嘴鋤」。

費茲的傍晚比清晨更美，夕陽餘暉讓古城彷若燃燒在粉紅色和紫色的火光中，等到月亮高掛天空，又能在天台上的非洲式土牆躺椅或坐或臥，瀏覽整座城市的萬家燈火。

可惜這回不是來玩的，女友也沒有欣賞風景的好心情。

可蘭經的誦讀聽起來猶如低吟的韻文或詩歌，平穩間帶有巧妙的抑揚頓措，幾段聽下來，尼可拉斯也反覆練了幾套拳，他起先像是一抹浮雲，後來則像一股勁風，動作由慢至快，仍沒有停下來休息的打算，彷彿即將被送上擂台的拳手般蓄勢待發。

他知道賽門在臥房裡弄了個沙包，隔著牆他都能聽見賽門氣喘吁吁的重擊聲。為了強化自身的體力和肌耐力，讓法器的效果能發揮得更加淋漓盡致，凱特琳也經常和玫兒練習對打，她們用短兵器相互較勁，還因此割破了幾個枕頭。

戰事無法避免，大家都心知肚明，即便李歐和凱特琳極力避免和聖騎士狹路相逢，但是，他們不得不為正面迎敵的那一天做好準備。

他的休閒服在風中舞動，汗水自他的頸項和背脊流淌而下，呼吸亦開始變得沉重。可蘭經廣播結束後，尼可拉斯把自己逼往極限，又訓練了好一會兒才肯罷休，然後他開始拉筋，以伸展操紓緩運動過後的疲憊。

「早啊。」賽門出現在樓梯口，向他拋來一瓶啤酒。

「早。」尼可拉斯在拋物線彼端漂亮接下玻璃瓶、開罐器，打開瓶口後仰頭痛飲起來。

「一百迪拉姆。」賽門衝著他伸手討錢。「從一樓到頂樓，總是要酌收快遞費。」

尼可拉斯嗆了一口啤酒，他邊抹嘴邊罵道：「坑人啊你？旅行社老闆沒得做，現在改行當奸商？」

「成天關在這個鬼地方，都快要悶死了。」賽門聳肩。

自從他們將幣制轉換成「迪拉姆」以後，確實是根本沒什麼花錢的機會，正確來說，是連出門的機會都沒有。他們處於某種備戰狀態，凱特琳甚至在宅院內弄了間軍情室，他負責硬體，凱特琳搞定軟體，兩人一塊兒架起了保全監視系統和複雜的網路通訊，每天聽取美國保鏢回報關於梅蘭妮的狀況。

反正，家務尤蘭妲會做，跑腿的差事則交給約拿，雖然李歐並沒有嚴格禁止他們出門，但一旦踏出大宅就得披上偽裝用的長袍和帽兜，還不如待在室內自在些。

「嫌無聊？我以為你對同居生活求之不得呢。」尼可拉斯拿起自己的毛巾擦汗。

「潔絲敏最近忙著唸書，她帶了幾本植物相關的書籍來，閒暇時間不是在閱讀自己的書，就是在研究女巫送她的影子書，書書書書，我最討厭讀書了，用拳頭講道理最直接快速，何必浪費唇舌呢？」賽門甩動手臂肌肉。

「我想，大家都希望挖掘自己法器的極限。潔絲敏的行為我能理解，反倒是阿娣麗娜，最新的練習曲目竟然是兒歌，動機何在，我完全想不透。」尼可拉斯以毛巾搔抓下巴，一臉茫然地說。

「該不會是想當媽媽了吧？」賽門壞笑。

「不可能，孩子是很大的責任，阿娣麗娜最重視的就是責任。」尼可拉斯又喝了一大口啤酒。「說到這個，賽門，你女朋友是怎麼了？為什麼突然對哲學感興趣，發表那番關於存在意義的言論？」

「我覺得她說的很有道理啊，潔絲敏肯定是在考慮婚事了，才會擔心我們未來的小孩該怎麼辦。」賽門一臉甜滋滋地說。

「嗯，我完全無法想像你拿著奶瓶的模樣。」尼可拉斯由下而上打量賽門，從他的球鞋、運動褲一路往上到手中的啤酒瓶。「本來以為你反對待在費茲，現在看起來，你似乎還滿能適應的。」

「我只是不喜歡聽人家發號施令罷了。」賽門撫摸手上的「死亡之吻」戒指，說道：「有一個安全的根據地沒什麼不好，大家都在一塊兒，凡事好討論。況且，每天晚上舍監凱特琳都會點名，不用擔心誰忽然消失或者被暗殺，多方便。」

「我懂你的意思。」尼可拉斯頷首。

原來男孩們想的都一樣，他們都擁有強烈的保護欲，希望能把所愛之人永遠留在眼皮底下，最好莉莉斯能賜給他們一個可以放大縮小的口袋，讓他們把心愛的女孩藏起來。

「幾天下來，我看其他人也都很喜歡這樣的安排，你和阿娣麗娜覺得如何呢？」賽門反問。

「我是很能隨遇而安，只是阿娣麗娜擔心她母親獨自一人，而她的煩惱就是我的煩惱。」尼可拉斯將啤酒一飲而盡。

賽門用右拳搥了搥自己的左肩，接著比出射擊的手勢說道：「沒錯，男人就是要有肩膀。」

「對了，你剛才上來，是找我有事嗎？」尼可拉斯不經意地問道。

「是啊，李歐說，莎拉已經完成索亞之書的翻譯了，要我們去看看。」賽門回答。

「啊？」尼可拉斯瞬間扔下手中的毛巾，「那你幹嘛不早講？」他隨即邁開步伐往樓梯的方向跑。

等到尼可拉斯三步併作兩步跳下階梯，還聽見賽門用兩隻手圍成喇叭狀，在後頭喊道：「哥兒們的啤酒談心，機會難得耶，就讓他們等嘛。」

「瘋子。」尼可拉斯啐道。

玫芮迪絲正大口大口把紅蘿蔔塊佐甜汁、芹菜香料泥和玉米馬鈴薯沙拉塞進嘴裡。當她看見尼可拉斯的身影出現在樓梯邊時，只咕噥了一句「慢吞吞。」然後又繼續進攻白底藍花磁盤上的烤小番茄和白花椰菜泥。

她已經連續幾日不曾泡在海水裡了，覺得渾身不對勁。幸好美食填補了某個部分的空虛，住在澳洲時她和凱特琳吃得很簡單，可不是每餐飯都有七種開胃菜。

「玫兒都吃不胖。」阿娣麗娜的語氣中滿是欣羨。

尼可拉斯在女友特地留給他的空位坐下，焦急問道：「翻譯呢？翻譯在哪裡？」

凱特琳甩開金色馬尾，舉起手來示意他耐心等待，等到尾隨而至的賽門也就座，玫芮迪絲也放下了刀叉，凱特琳才開啟智慧型腕錶，在餐桌正上方投影出眾人記憶中的泛黃書頁。

索亞之書的光影在半空霍然現身，金色的光束中，晦澀難懂的文字和黑墨勾勒的插圖以三百六十度旋轉一圈，好似傲然展示古人的智慧。

眾人屏息以待，企盼目光如同聚光燈般投射在凱特琳的臉上，他們就像課堂上最認真的學生，迫不及待想要聽取索亞之書的祕密。

「在閱讀翻譯以前，我想先跟各位商量一件事。」凱特琳的視線掃過在座其餘五人。「莎拉已經交出每一頁的翻譯，索亞之書的珍本也已還給守門人，我認為，在危機解除以前，這份翻譯資料暫時交由我來保管，不提供各位副本，以免節外生枝，有人反對嗎？」

大夥兒有志一同地搖頭，玫芮迪絲瞥見賽門本來有話想說，後來在潔絲敏眼神的阻止下作罷。

「我想，大家最關心的，莫過於所有關於法器的問題了吧，例如使用方法或繼承權。很遺憾的，莎拉翻譯出來的內容其實和我們原本了解的事實相去不遠。」凱特琳說。

剎那間餐桌上哀鴻遍野，他們對翻譯結果寄望甚深，現在卻希望落空。惆悵有如濃霧，剎那間籠罩住整個餐廳，讓眾人深深陷入迷惘。

阿娣麗娜瞠目結舌，彷彿深受打擊。

潔絲敏神色黯淡，不自覺地握住了賽門的手。

玫芮迪絲擰起眉頭，她原先還寄望人魚匕首能有更高深莫測的法力呢，此外，她也很好奇，倘若她這輩子沒有生小孩，匕首又會傳承給哪一位遠親呢？可惜現在這些問題都不會得到解答了。

「上主菜囉！」約拿興高采烈地端著塔津陶鍋過來。

橘紅色的摩洛哥塔津陶鍋被小心翼翼放在桌子正中央，約拿掀起像是尖帽子般的上蓋後頓時香氣四溢，他口沫橫飛地介紹著熱騰騰的羊肉庫斯庫斯，說吃法是將盛裝在下層淺鍋內的羊肉撕成小塊，搭配上層的蒸粗麥米粒捏成小球飯糰食用。還說在尤藍妲的家傳食譜中，以番紅花和橄欖油拌炒的小麥飯也是一絕。

可是此時此刻，眾人望著尤藍妲的拿手好菜，臉上卻只寫著悵然，玫芮迪絲也覺得胃口盡失，方才大快朵頤的食慾消聲匿跡，讓她怎麼樣也提不起勁。

「怎麼了？不喜歡庫斯庫斯？」約拿不解地問。

「沒什麼，只是時機不對。」凱特琳的藍眼滿是歉疚：「謝謝你，約拿。」

約拿不明就裡地抓抓頭，然後安安靜靜地退回廚房裡去給自己找事做。

「書中完全沒有什麼我們先前不知道的記載嗎？例如以『死亡之吻』戒指喚醒植物人？」賽門寒著臉追問。

「七件家傳法器之中，金斧確實有我們從前不知道的效用。」凱特琳沉吟。

原先低頭不語的尼可拉斯霍地抬起頭來，憂鬱的深色眸子彷彿燃起一絲希望。

凱特琳熟練地操作腕錶功能，餐桌上方的3D投影切換為金斧素描的那一頁。接著，凱特琳又按了個鈕，畫面上便出現左右兩頁的相互參照，左邊是書頁原貌，右邊則是翻譯版本。

「看見那些用希臘文寫的小字了嗎？」凱特琳口中的小字位於金斧素描的正下方，「那邊原本是空白頁，筆跡和其他地方不太一樣，推測是後來有人填上了文字。」

眾人轉而閱讀翻譯，尼可拉斯唸道：「邁達斯國王點石成金……為什麼有人要把希臘神話寫在索亞之書上？」

「我想，大概是因為邁達斯國王正是你的祖先之一。」凱特琳回答。

眾人譁然，尼可拉斯更是驚愕地瞪大了眼睛。

「多說一點。」玫芮迪絲要求。

「希臘神話中，酒神為了報答邁達斯國王將喝醉的老師送回，於是承諾完成國王的一個願望，邁達斯國王要求了點金術。」凱特琳說。

「妳認為真實性有多高？」玫芮迪絲問。

「我也不清楚，不過，我認為這個篇幅的重點不在故事真假或者邁達斯國王是否存在，而是點金術。」凱特琳回答。

阿娣麗娜推敲出了答案，她說：「莫非金斧可以點石成金？」

「難怪尼可拉斯家裡那麼有錢，金礦要多少有多少。」賽門唉聲嘆氣地說：「我的祖先怎麼只留了枚戒指給我？這樣是要怎麼發財？」

「人要知足，卡莉留給你的財富已經揮霍不盡啦。」玫芮迪絲斜睨他一眼，比了比自己罵道：「真正的窮人在這裡！」

尼可拉斯沒有理會兩人，他匆匆讀完整篇故事，問道：「書頁上寫著，每逢四分之一個世紀才有一次機會，那是什麼意思？」

「我們才想問你下一次是什麼時候咧？」賽門興味盎然地問。

尼可拉斯聳聳肩，困惑地說道：「我從來沒聽父親或祖父提起。」

「那就每天砍砍看哪。」賽門挑起一邊眉毛，訕笑道：「記得挑大一點的石頭砍。」

尼可拉斯耳根一紅，面色變得鐵青，顯然很不喜歡這個話題。

「真是夠了，錢財可不是現階段的重點，況且，我們還得考慮媒介是什麼？一次範圍多廣？所有石頭都可以化為金子嗎？二十四小時不限次數嗎？不要隨便慫恿尼可拉斯亂用法器，我相信尼可拉斯並沒有打算靠點金術致富。」阿娣麗娜不滿地說。

凱特琳清了清喉嚨，又道：「其實我真正想說的，是索亞之書兩千年來歷經多次補遺，裡面有許多原罪傳人門的備註筆跡，有些是不具名的，有些則有留下名字，這表示書本一直在眾多家族中轉手——」

賽門斷然打岔，不服氣地說：「如果索亞之書能夠在家族之間流傳，表示從前是輪流保管，這點應該要好好和守門人商榷，他們憑什麼更改規矩，霸佔我們的書？」

「呃，這更不是重點了。」阿娣麗娜嘆氣。

「先聽凱特怎麼說。」潔絲敏拉拉賽門的衣袖。

「我們先來看看其他前人補充的資料好了。」凱特琳繼而投影出魔鏡的畫面，道：「魔鏡的功能我早就曉得了，在我的家族裡，相關知識也是一代傳給一代，但是這頁左下角有一行小字，並非原作的希伯來文，而是古典法文，寫著『非家族傳人使用則毫無效果，鏡面無論如何都敲不破』，署名為阿涅絲．索雷。」

「她是誰？」潔絲敏問。

「阿涅絲是查理七世的情婦，當代知名的交際花，號稱法國歷史上最美的女人，也是法國王室史上首個公開承認的情婦。」凱特琳說。

「傳說查理七世對她一見鍾情，認識的第一晚便輾轉難眠。」賽門補充。

「你還真八卦。」玫芮迪絲譏諷。

「我對美女很有研究。」賽門粗壯的手臂搭上潔絲敏纖細的肩。

「原來是魔鏡的傳人，難怪具有顛倒眾生的姿色。」阿娣麗娜指出。

玫芮迪絲的理解方向不太一樣，她說：「所以阿涅絲拿魔鏡做過實驗囉，否則怎麼知道家族以外的人用了不會有效，而且還大方地拿起來摔摔看？」

這個論點讓阿娣麗娜捏了把冷汗，她把錯愕寫在臉上，輕拍自己的胸脯，道：「但願我的祖先沒有人嘗試破壞銀笛。」

「妳的家族樂譜不是被燒掉了嗎？也許妳也該在索亞之書中記上一筆。」賽門笑稱。

「樂譜的年代比索亞之書晚的多，一定是後代另行發現的，倘若要阿娣麗娜重新寫一份也沒問題。」尼可拉斯幫女友說話。

「凱特，我們還有其他了不起的祖先嗎？」玫芮迪絲一臉興致勃勃。

凱特琳再度調整投影，書本翻頁，這次出現的是以簡單筆觸勾勒的人魚匕首。

「是誰是誰？我的祖先是誰？」玫芮迪絲眉開眼笑，唸出了一個陌生的名字：「安娜．波尼？」

畫面一陣晃動，眨眼間，凱特琳將畫面切換為安娜．波尼的搜尋資料，上頭寫著她是愛爾蘭一名律師和女僕的私生女，母親為瑪麗．布倫南，祖母名為佩格，從小被當作男生養大。安娜姿色出眾，擁有一頭火紅秀髮，但是性格相當暴躁，十三歲的時候便持餐刀刺傷一名女傭，還以粗暴的行徑和利刃傷了眾多追求者的心和身體。

後來她嫁給一名水手，夫妻倆搬到巴哈馬的海盜群聚之地，安娜因而結識了海盜船長傑克．瑞克姆和女扮男裝混上海盜船的瑪麗．里德。安娜對瑪麗懷有好感，兩人一塊兒成為船長的工作伙伴和情人，並公開以女人身分登上復仇者號，成為十八世紀最著名的女海盜，與男人一起戰鬥。據說，瑪麗在殺人之前會露出胸部，讓對方明白自己是被女人所殺，以羞辱其自尊。

《英國國家人物傳記大辭典》中記載，安娜的子孫提供證據，顯示在她遭受逮捕後，父親將她自監獄保釋出來並帶回家鄉，她也生下了與傑克的第二個孩子。後來她再度結婚，陸續產下八子，八十二歲時逝世於南加州。而她當年的情人傑克被處以吊刑，瑪麗則因分娩不順利而死於監獄之中。

「蠻橫基因的家學淵源。」賽門揶揄。

「安娜長得跟玫兒幾乎一模一樣。」潔絲敏偏著頭，目光在安娜的肖像和玫芮迪絲本人之間流轉。

「凱特，」玫芮迪絲聽見「女海盜」三字，整張臉龐亮了起來，她向女友要求：「我要開始學習擊劍。」

凱特琳溺愛地笑了笑，說道：「重要的是安娜寫的備註，你們看書頁右上角的那幾行小字。」

「都是數字，似乎是日期和時間。」潔絲敏喃喃說道。

「對，都是安娜每次變身為人魚的記錄，她一次次把時間拉長，最後一次是整整八小時。」凱特琳說。

「那又如何？我變身的時間比她長得多。」玫芮迪絲十分不以為然。

「我懂了！」阿娣麗娜恍然大悟，她問：「凱特，妳想表達的，是不是我們所有習得的知識，都是前人的點滴智慧？」

「也就是說，也許法器還有什麼值得我們探索之處。」尼可拉斯搭腔。

凱特琳滿意地點點頭。「這就是最有趣的部分，我們是誰？法器的極限是什麼？索亞之書並不是一本法器使用說明書，我相信還有無限探索的可能。」

「換句話說，從現在開始，我們又得完全靠自己了。」潔絲敏悲觀地做出結語。

梵蒂岡

教宗的個人秘書抱著卷宗步入宗座辦公室時，教宗正兀自佇立於窗邊，遙望遠方山丘構成的模糊稜線。

「閣下在看什麼呢？」秘書佩卓問。

教宗動也不動，目光落在千年前聖彼得的遺跡之上，口中呢喃道：「你往何處去？」

「閣下可是在瞻仰聖彼得？那位對抗行邪術的馬革斯的聖人？」佩卓問。

「你可還記得聖彼得蒙難的故事？跟我說說。」教宗要求。

雖然不明就裡，佩卓仍開口娓娓道來：「尼祿皇帝為了娛樂而放火焚燒羅馬城，惹得群情激憤，於是尼祿將責任推給基督徒，並下令在城內四處拘捕且處死。彼得的信徒憂心如焚，勸他趕緊逃離羅馬避避鋒頭，他們說，彼得必須留下性命，方能繼續傳遞福音，所以彼得信了。他在出城的路上竟遇到日夜思念的耶穌，彼得說『主啊，您往何處去？』天主回答『我要回到城裡。』，彼得又問『您回城裡做什麼，現在風聲鶴唳！』天主回答『我要代替你，再回去讓十字架釘一次。』彼得聞言放聲大哭。」

教宗嘆了口氣，接著說道：「最後，聖彼得回到羅馬，被倒釘於十字架上殉教，因為他認為自己不能和天主一樣正釘於十字架受死，就在遠處的丘陵上頭。佩卓哪，我彷彿已看見了我的十字架。」

佩卓終於聽出了弦外之音，他急忙說道：「教宗閣下和聖彼得完全不同啊，使徒彼得是個熱心卻衝動的人，他拒絕耶穌基督對他的受難預言，在最後的晚餐中也拒絕為耶穌洗腳，在克西馬尼園時，當神殿警衛企圖逮捕耶穌，彼得還激動地拔劍護衛，他總是先行動後思考。」

「是啊，可是，有時我還向天主祈禱，希望自己多幾分彼得的勇氣呢。」教宗喃喃說道。

德國　萊比錫

攻擊遠方敵人可以用步槍，想與多人為敵時可以用機槍和衝鋒槍，若沒打算殺死敵人，只要對方無力抵抗時用的是霰彈槍，如果想在狹窄的場所先發制人，則半自動或轉輪手槍會是優先選擇。

李歐的茶几上擺著黃油、發泡式清潔劑和抹布，旁邊則擱著一把沙漠之鷹、一把柯特蟒蛇、一把H&K的USP點四五以及22和45口徑子彈彈匣各兩個。茶几上還有一個生鏽的糖果盒，這些都是他珍藏的物品。

沙漠之鷹號稱世界最強的大口徑自動手槍，又稱掌中砲，是硬漢猛男的代名詞。柯特蟒蛇的外型設計洗鍊，製造時會經過槍匠親手加工調整，所以準度奇佳。而H&K的USP點四五是他的最愛，老派、經典、不盲從潮流，是面臨生死存亡時最可靠的夥伴。

李歐將他的槍枝們一一取出加以保養上油，他仔細擦拭每一塊零件，一邊思忖著也許該買把牆角槍，便能躲在遮蔽物後方以攝影機瞄準潛入的敵人，不過，前提是他下定決心要將公寓給轟爛。

稍早以前，請朋友代為調查的資料已經出爐，經過精密儀器的比對，確認除了娜塔莎以外，進出羅馬達文西國際機場的六人身分。截至目前為止還算滿公平的，他位於萊比錫的巢穴曝光，同時卻也掌握了敵方的背景資料。

該放棄這間充滿回憶的公寓嗎？李歐還沒決定，他把前開式肩掛槍套穿戴上身，打算只要多活一天就乾脆這樣一直穿著，然後舉起H&K的USP點四五，虎口緊貼槍枝握把，準心與手腕相連，單眼瞄準公寓大門，讓照門和準星在同一條直線上。

步槍子彈的秒速可以超過七百六十公尺，倘若距離夠近，能讓頭蓋骨像西瓜一樣爆炸。雖然手槍的破壞力沒那麼驚人，但以現有手頭上的三件武器應付闖入者絕對綽綽有餘。

不，是四件，他還有尋人石呢。

李歐放下手槍，拿出祖傳法器尋人石於掌心把玩。這陣子以來他和尋人石的默契愈來愈深厚，在不斷練習下已經能單次擲出五顆石子並分別瞄準不同的目標，準度有了，再來就是增加強度，假以時日，尋人石的效果會比手槍來得更好。

這時電話響了。李歐看看時鐘，猜出是凱特琳的來電。

「哈囉？」

「李歐，」果然是凱特琳。「我只能講六十秒。」為了不被追蹤，電話必須儘快掛斷。

「凱特，妳那邊怎麼樣？」李歐問。

「訓練進行得很不錯，大家都有明顯的進步。你呢？查出什麼了沒？」凱特琳問。

「呃，我等等再確認一次消息有沒有更新。」李歐刻意迴避問題。他還沒準備好坦承『死亡』聖騎士和自己的關係。沒有正面回答就不算說謊，對吧？

「我有一個想法要跟你談談，」凱特琳迅速接著說道：「你對守門人了解多少？」

「不多，但是可以打聽看看。」李歐表示。

「我認為我們可以透過守門人和梵蒂岡進行談判，你想想，在這之中守門人扮演什麼樣的角色？不就是一腳踩在原罪這邊、一腳踩在教廷那邊嗎？」凱特琳說。

「唔，的確值得一試。」李歐思索著。

「那就去試——」話筒傳來嘟嘟聲，電話斷線。

結束交談後，李歐反覆咀嚼凱特琳的提議，請守門人居中協調的確是個可行的方法，從塞林鎮七角樓取得索亞之書後，是他親手把書交還給現任守門人安東的，以雙方禮尚往來的交情而言，守門人應該不會拒絕請求。

李歐邊想邊將尋人石收回束口袋，這時注意力挪至茶几邊緣的生鏽糖果盒上，他打開盒蓋，賞玩起裡頭的東西：幾張「學生之吻」巧克力糖果紙、一只樣式簡單的男性婚戒、結婚證明書、離婚協議書和一疊舊相片。

若是問起李歐對婚姻有何想法，他會說婚姻制度本身就不人性化，讓一紙書面契約為隱形的束縛，奉八股的道德教化為圭臬，將大腦構造完全不同的兩種性別綁在一起過日子，根本不科學。愛是恆久忍耐又有恩慈？真是大錯特錯。

愛就是愛，忍耐是忍耐，恩慈是恩慈。愛是純粹的感受，是給予和付出，婚姻把愛給複雜化了，李歐倒是想知道，究竟是誰發明這玩意兒的？

交換誓言與戒指不代表日後不會出軌，倘若愛已經消失殆盡，卻依然強迫夫婦兩人對彼此不離不棄，那麼，婚姻不是形同監獄？

不過，他和娜塔莎並非不愛彼此了，只是婚姻賦予他們的責任和義務太過沉重，兩年婚姻的最後，娜塔莎對孩子的渴望凌駕於一切之上，她的行事曆與排卵期重疊，想懷孕簡直想瘋了，愈是得不到的東西她就愈想要。

李歐不想要小孩，他害怕生出和自己那不負責任的「父親」擁有相同血緣的小孩。

父親，這個名詞好陌生。

李歐想不起來那個年紀比自己大、拳頭比自己硬的男人可曾盡過為人父母的責任，他們甚至沒有過一場地位相當的對話。無論如何往記憶深處挖掘，印象所及都是父親以暴力逼迫他就範的畫面。

沒寫功課，揍。考得太差，揍。和鄰居打架，痛揍。因為飢餓吃掉父親的宵夜甜甜圈，狠狠綁起來毒打一頓。

嗯，會說話的拳頭。

李歐猜想父親還是有手下留情，倘若傾盡全力，自己早就被打死了。李歐的父親是鐵籠格鬥的選手，當然，鐵籠格鬥屬於檯面下的非法競技賽，所以表面上父親處於失業，他們家有資格請領救濟金，但是父親總有些奇奇怪怪的發財門路，嚴格說起來，家裡應是不愁吃穿，假使父親有把收入花在兒子身上的話。

他的工作需要消耗高度熱量，所以父親不是在揍人就是在大吃大喝——在擂台上痛毆對手、在家中暴打小孩——所以當李歐不小心吃掉了父親的甜甜圈，父親的惱羞成怒也是可以被理解的，幸好他常常不在家。

兒子的不善表達也是可以被理解的。從前娜塔莎才譏笑他缺乏說話的藝術，兩人常常因溝通不良而起衝突，都是一些沒講清楚而引起的誤會，後來真正意識到自己有這個問題時，似乎也來不及了。

好笑的是，身為暴力的象徵和打不倒的巨人，李歐唯一的血親居然死於一場車禍。因此，李歐很能理解潔絲敏失去雙親的處境，對於賽門在寄宿學校長大的生活多多少少也能體會，某種程度而言，他自己大概像是在孤兒和寄宿的夾層世界長大。

思及至此，他忽然慶幸娜塔莎對於他收養潔絲敏的事情毫不知情，若是讓前妻曉得他名義上有了個女兒，就算不是親生的，八成也會找他算帳。

娜塔莎個性好強，李歐也懂得她的人格特質其來有自，正因如此，他更是無法輕易將苦衷說出口，就怕傷了娜塔莎的自尊。一個是原罪貪食的傳人，另一個爭強好勝，這樣的結合會孕育出什麼來？李歐想都不敢想。

「你是什麼變態殺人魔嗎？」初次逮到李歐偷偷把玩這些紀念品時，潔絲敏曾這樣問他。

命運真是捉摸不定哪，他居然多了個始料未及的女兒。倘若問他，再過十年，會不會冒出一個新的妻子呢？答案絕對是否定的，李歐這輩子就只有娜塔莎一個女人。

雖然，提出離婚時他真心認為，放手讓娜塔莎自由是正確的抉擇。她年輕貌美，人生擁有無限可能，不需要跟沒有未來的他綁在一起。可是，再次聚首以後，他對自己的判斷不那麼確定了，他懷疑自己是不是無意間毀了娜塔莎？就像寂寞差點兒擊潰他一樣？

現在，空蕩蕩的公寓裡，李歐面對的只有一堵冷冰冰的牆。

義大利　羅馬　馬爾他宮

若是問起娜塔莎對婚姻有何想法，她會說男人都不是好東西，骯髒又懶散，洗澡可以省下來，碗盤也可以堆上一整個禮拜。更糟糕的是有些丈夫還會對妻子不忠，簡直跟發情的低等動物沒有兩樣。

呸，豬玀。

她對那三個怪裡怪氣的聖騎士同樣缺乏好感，他們三人的時尚品味讓人不敢恭維，其中一個渾身穿孔、一個染成七彩，最令她不舒服的是那個佈滿刺青的史諾，也是三人之中類似首領的傢伙，雖然以上帝的天使軍團為名義，私底下卻幹些偷雞摸狗的勾當。就像現在。

史諾的行蹤不難掌控，教宗會定期告訴她其他聖騎士們的去向，這讓娜塔莎很容易追蹤到其他人。她在羅馬達文西國際的機場大廳等候史諾，接著一路開車尾隨他來到馬爾他宮坐落的大街上，目擊史諾大搖大擺地穿越那道富麗堂皇的大門。

娜塔莎將租來的銀色寶馬停在街角，她必須距離夠近，但又不能近得讓衛兵產生疑慮，上回在李歐家中襲擊史默夫的事跡差點兒敗漏，她必須更加小心。

停妥車後，她拎著包包走向附近的服飾店，假裝只是在逛街。

今天她扮演成一位丰姿綽約的貴婦人，戴著能遮住半張臉孔的大墨鏡，飄逸的長髮裹在絲巾裡，穿著合身的緞織裙裝。滿街都是作類似打扮的女子，她確信自己不會被認出，聖騎士和貴婦的對比就像藍波刀和絲巾、古墓奇兵裡的蘿拉和購物狂異想世界的蕾貝卡一樣，兩者天差地遠。

娜塔莎走入店內，在成排摺疊整齊的上衣前閒晃，模仿隔壁的女人在衣料間東翻西揀，然後很自然地從包包中翻出手機，撥了通電話。

「哈囉，是我。」娜塔莎以歡快的口吻說道：「你準備好了嗎？」

「當然，按照妳的要求處理好了，我買通了該航班的空服員，在刺青傢伙的手提行李上安裝了竊聽器。」溫和的男人聲音說道。

「戰爭，謝謝你。」

「我們合作那麼多次了，幹嘛跟我客氣？」

「上次的事也謝謝你，就是地中海那次。」

「妳說什麼我聽不懂。我記性不好，向來只記該記的。」男人裝傻。

娜塔莎莞爾輕笑，戰爭聖騎士是她最信任的夥伴，非常懂得拿捏分寸。「再聯絡。」她說。

一旁的女子古怪地瞟了她一眼，娜塔莎透過墨鏡鏡片冷冷地瞪了回去，然後動手整理頭上的絲巾，其實是藉由這個動作偷偷戴上迷你耳機，將精巧的竊聽設備塞入耳廓。

服飾店內生意很好，店員忙著招呼熟客，沒有空閒理會她，於是娜塔莎自由自在地在店內踱步，一會兒翻弄懸掛的洋裝，一會兒又拿起毛衣走到鏡子前方搔首弄姿，孤傲的神情將貴婦演繹的恰如其分。

然而，躲藏在偽裝下的聖騎士卻保持警覺，她凝神傾聽，不打算錯過一絲雜訊。

基本上，只有教宗本人能對聖騎士下達行動指令，史諾進入馬爾他宮必然有古怪。況且，教宗的命令是活捉，史默夫潛入李歐在萊比錫的家中時，卻表現出沒有要讓李歐活命的意思，貿然違背教宗旨意只有一種可能：他們臨陣倒戈。

忽然，竊聽器傳來收訊了——

「史默夫搞砸了，我無法連絡上他。」一個低沉的嗓音說道，語調充滿不容置喙的權威。

「無所謂，會在任務中消失的傢伙留著也沒用，請再給我們一次機會。」第二個聲音是機器人般的平板語調。

娜塔莎想起被她軟禁在飯店房間裡的那個傢伙，現在看來還真是個明智的決定。

「我很不想這麼說，史諾，我對你的期望可是遠超過那些表現。」

「假設沒有十足的誠意，我也不會親自造訪。」

「我以為你們兄弟最為人稱道的就是辦事乾淨俐落，怎麼這回和江湖上的傳聞天差地遠？」

「再一次，再給我一次機會，這回我將親自出馬，保證不只帶回原罪貪食的法器，還會找出其他六人的所在地。」

聽到李歐的名字讓娜塔莎心頭一凜，她惴惴不安地咬住下唇，十指緊捏手裡的衣裳，感到全身都在發冷，彷彿置身天寒地凍的極地。

「好吧，千萬別再搞砸了。」第一個聲音說。

「絕無可能。」這時第二個聲音又問：「賈斯汀大教長，我的獎勵準備好了嗎？」

「當然。等我入主梵蒂岡，我將會替你和你的兄弟正名，並讓你享有聖騎士之首的所有好處。教宗那個老傢伙得意不了多久了，他能有今天的地位，靠的是我的扶持，我能把他拉上寶座，自然也能把他一腳踢開。」第一個聲音說。

娜塔莎緊蹙眉頭，驚覺自己淪為權力鬥爭下的一顆棋子。

表面上看來，教廷是為了正義而開戰，實際上卻是不同派系藉由消滅原罪邪惡的理由剷除異己，無論結果是成是敗，只要把事情鬧大，教宗都逃不過世人悠悠之口，而執行任務的聖騎士則通通會給拉去陪葬。

一股蓬勃的怒氣自體內萌生，就像急著發芽的春草，娜塔莎咬緊牙關，她很想高舉聖伯多祿鑰匙然後彈出刀鋒，在史諾和賈斯汀大教長的臉上狠狠劃個幾刀，以洩心頭之恨。

「小姐？小姐！」有人喊她。

「嗯？」娜塔莎驀地回神。

一名打扮時髦的年輕店員不知何時來到她身旁，正一臉苦惱地看著她手中的商品。娜塔莎這才發現她的指尖因用力過度而泛白，揣在手心的絲質上衣也揉成皺巴巴的一團，像是一把醃菜。

「呃，」娜塔莎斂起眼中懼色，不自在地撫平裙擺，順勢將衣服塞進店員懷裡。「我要買這個。」

「沒問題，我替您包起來。」店員鬆了口氣，她綻放笑容，為了不用冒犯客人而心花怒放。「結帳櫃檯那邊請。」

「好。」等到娜塔莎尾隨店員走向收銀台，掏出皮夾抽出鈔票時，竊聽器彼端的交談已經結束了。

雖然沒聽到多少，卻意外挖出了史諾和賈斯汀大教長勾結的真相。教廷高層鬥爭時有所聞，娜塔莎向來不太聽信八卦，也認為那些問題與自己無關。顯而易見，賈斯汀大教長在這些年來已經成長茁壯為一股能和梵蒂岡抗衡的勢力，娜塔莎身不由己地被扯進爭權奪利的泥濘之中，恐怕再難脫身。

十分鐘後，娜塔莎帶著多餘而無用的購物袋回到悍馬車上，反覆思索梵蒂岡與聖約翰醫療騎士團的對立關係。半小時後，她拎著購物袋回到飯店房間，仍處於一種悵然若失的狀態。

她的初衷是如此單純，怎麼現在搞得那麼複雜？

娜塔莎嘆了口氣，不確定該不該找人商量。此刻，空蕩蕩的旅館房間裡，娜塔莎面對的只有一堵冷冰冰的牆。

第九章

摩洛哥　費茲

這些日子以來，潔絲敏總是感到一籌莫展。她覺得自己心裡按部就班的林奈花鐘被摧毀了，什麼時節該開什麼花全亂了套。

她日復一日地閱讀、研究，學習以毒攻毒的解毒劑和各種儀式圖騰符號，希望魔豆能適時派上用場。但是，搞不清處要對付的是什麼，實在很難掌握準備方向，就像只有考試的科目卻對應考範圍一無所知一樣，只能祈禱自己幸運猜中正確章節了。

洋金花和顛茄可以解豹斑毒傘、毛銹傘和杯傘等蕈類的毒；毒蠅鹼會令副交感神經興奮，所以用能抑制副交感神經的阿托品作為解毒劑；沙林毒氣透過抑制乙醯膽鹼酯酶來破壞神經系統功能，讓呼吸道肌肉麻痺，阿托品則能攔截乙醯膽鹼傳遞訊號……

五芒星是以五條等長直線畫成的星星，分別代表風、火、水、土、靈五個元素，是魔法陣的基本圖形，可以作為連結大地能量的出入口結印；安卡又稱生命之符，就像是有柄的十字架，象徵子宮、生命，可作為護身符……

潔絲敏推想過許多種不同狀況，她查遍了娜芙蒂蒂影子書的每一頁，仔細尋找能讓人打消不軌念頭的魔藥或儀式，可惜一無所獲。所以她只能盡力以知識填滿自己，讀得愈多，也愈是茫然無措。

尤其，在得知原罪祖先中竟有大名鼎鼎的海盜和交際花後更是讓她心亂如麻，人生沒有絕對，萬一他們的後代子孫中有人成為罪犯怎麼辦？就算不想得這麼遠，萬一不幸的際遇讓他們其中一人個走偏了怎麼辦？這個世界可禁不起另一個伊莎貝、希妲或朱利安了。

擔憂折磨著潔絲敏的心，她深知自己拋出的想法猶如石子掀起陣陣漣漪，連帶也影響了其他人的情緒，卻不能不去想。

潔絲敏沒有玫芮迪絲的樂觀和阿娣麗娜的自信，更沒有凱特琳的實事求是與冷靜，如果他們七人像是同心圓，把共同目標包圍在內，那麼，潔絲敏認為自己會是最弱的那一環。

幾撮淺棕色的頭髮從綁緊的髮髻上鬆開，她闔上書本，從領口掏出聞香瓶項鍊，凝視心型玻璃瓶中的五顆翠綠的魔豆，這個動作讓她想起父母和弟弟，彷彿得到來自另一個世界的祝福。接著她放慢呼吸，讓北非的空氣充滿肺葉，感受活著的美好，在緩慢的呼與吸之間穩定心緒。

片刻後她離開臥房，打算下樓找點事做，隨便什麼都好，只要能暫且讓她拋開植物學充塞腦中的字句、忘卻研究帶來的煩憂，就算得幫約拿洗車都沒問題。

潔絲敏在廊間聽見阿娣麗娜的笛聲，顫動的音符譜成了溫柔的曲調，穿透牆面和木門，在中庭的樑柱間繚繞不去。潔絲敏深受吸引，任由腳步帶領她走向阿娣麗娜的門前，她輕輕敲了敲房門。

笛聲驟然而止。「請進。」

潔絲敏推開房門走入室內，看見阿娣麗娜站在譜架前，手裡握著一把銀色長笛，譜架上則空無一物。所以阿娣麗娜並不是視譜吹奏，也許她將曲調熟記在腦海裡，也許她是即興演出。

「我經過妳房外時聽見了演奏，覺得很悅耳，這是什麼曲子？」潔絲敏問。

「我試著吹奏一些流行樂曲和兒歌，看看能不能表現出足夠的意境。」阿娣麗娜高舉手裡的普通長笛，不到重要關頭，她不會輕易取出祖傳銀笛。

「兒歌？真是新鮮的點子。」

「其他人都保持在最佳狀態，賽門和尼可拉斯每天鍛鍊體能，凱特也在幫玫兒特訓，昨天她們倆請我去當裁判，我發現在凱特沒有放水的情況下，玫兒幾乎能跟她打成平手了。所以我當然不能怠惰，希望在危急時刻，我能以最簡短的旋律達到最好的效果。可惜目前唯一的進展，就是大為提昇了我去應徵幼稚園老師的錄取率。」阿娣麗娜洩氣地說。

「別灰心，銀笛是可塑性最高的法器了，它能和其他人作搭配，例如增加魔豆的效果或者強化金斧的特性。」潔絲敏勸道。

「是啊，銀笛確實可以讓我們的力量一加一大於二，前提是我得找到適合的曲目，假使能和母親商量就好了。」阿娣麗娜嘆氣。

潔絲敏走近幾步，問道：「阿娣麗娜，妳還是很擔心梅蘭妮嗎？」

阿娣麗娜放下手中的長笛，嘆道：「說不緊張是騙人的，畢竟她現在隻身一人，可是我們已經為她請了貼身保鏢，能做的都做了，其實，少了母親日以繼夜的疲勞轟炸，我也多少能喘口氣，這種心情挺矛盾的。」

潔絲敏理解地點了點頭，又問：「那妳找到適合的曲子了嗎？」

「還沒。」阿娣麗娜咬著下唇。「大部分流行樂曲的意境都不夠純粹，兒歌又缺乏深刻的意涵。」

「要簡潔有力，又要意境深遠……」潔絲敏思索了半晌，道：「妳試過鵝媽媽童謠了嗎？」

「抱歉，我對童謠不太熟悉，童年時期我母親以歌劇取代兒歌，用《西城故事》作為搖籃曲，關於妳說的童謠，能解釋給我聽嗎？」阿娣麗娜問。

「妳知道些什麼童謠呢？」

「《麥當勞先生有塊地》、《字母歌》、《划啊划啊划船去》……」阿娣麗娜掰著手指數了起來。

「聽起來沒什麼用。要不要試試看鵝媽媽童謠？鵝媽媽童謠是小朋友們耳熟能詳的英國民間童謠，包含了故事、謎語、遊戲、催眠曲和繞口令，其中有幾首甚至有些黑暗。」潔絲敏靈機一動。

「黑暗？」

「對啊，十八世紀的英國正好是工業革命的時候，大多數人生活困苦，而歌曲剛好反應了時代背景，歌詞內有發瘋的人、賣掉小孩的父母和殺人犯。」

「說說看，拜託。」

「例如其中一首最出名的《誰殺了知更鳥》，雖然旋律輕快優美，內容卻是殺人審判，帶有因果循環的意味。另一首《莉琪波登拿著斧頭》，則是改編自莉琪波登殺害父母的真實事件，其他還有一首是描寫精神錯亂的人，也許妳可以藉由曲子讓敵人發瘋？」潔絲敏建議。

「謝謝，我會查一查！」阿娣麗娜說。

離開阿娣麗娜的房間以後，潔絲敏繼續往樓下走，她經過賽門的房間時聽見拳擊手套猛捶沙包的砰砰聲，玫芮迪絲的房內傳出凱特琳指導防身術的聲音，間歇摻雜玫兒的嘻笑聲，尼可拉斯的臥室則很安靜，潔絲敏猜想他大概又跑到頂樓天台去了。

隨後，潔絲敏來到中庭，在八角星型噴泉旁坐下，她的目光在結實累累的檸檬樹和柳丁樹上打轉，瞪著一片片墨綠的葉片和散發芬芳的果實，等待某個靈光乍現。

在過去，她以魔豆創造出的植物不外乎用來解毒、防禦和拖慢敵人的腳步，現在她努力背誦植物，希望找到主動出擊的方法。潔絲敏可以感覺到靈感正在轉角處等待她。

「小姐，要來點薄荷茶嗎？」尤藍妲迎上前來。

「好啊，謝謝。」潔絲敏說。

漫長的思考令她頭皮發麻，她索性來杯熱茶休息一下，放空腦袋後或許會有意外的收穫。

尤藍妲興高采烈地走回廚房，再現身時帶著銀質茶壺和一只同樣款式的茶杯，尤藍妲以茶壺高高地倒出一杯充滿泡沫的薄荷茶，又把杯中熱茶倒回茶壺，俐落的動作有如舞蹈般流暢，陸續來回了好幾次。

薄荷的清新氣息讓整個中庭充滿馨香，是能鎮定安神的美好滋味。

「為什麼要這樣反覆倒茶呢？」潔絲敏問。

「為了讓糖塊溶解得更均勻啊，小姐。」尤藍妲回答，她將準備好的茶遞給潔絲敏。

潔絲敏捧起茶杯，啜飲了一口。「哇，好甜，妳放了幾顆方糖？」

「八顆。」

「八顆？」

「不甜怎麼會有味道？」

是啊，就跟血月儀式一樣，不重複施行，怎麼會有足夠的效果。潔絲敏再次嚥下茶水，發現入口甜膩，薄荷清爽的餘韻卻在提味後更能長時間留在唇齒之間。

然後她在薄荷葉的芬芳之中，嗅出了另一股淡雅的香味。

她的視線掠過杯緣，落在尤藍妲手背上的黑色刺青。那是一幅由花朵、圓點、水滴以及弧線組成的圖樣，精緻猶如繁複的蕾絲，又像是一圈一圈的曼陀羅藝術畫，與賽門身上的刺青圖騰很不相同。

「妳的刺青好漂亮。」潔絲敏誇讚。

「這不是刺青，是黑娜彩繪。」尤藍妲羞澀地笑了笑。

「黑娜？那是什麼？」潔絲敏問。

「就是用散沫花的上層葉片為顏料，把圖案以軟管染在皮膚的角質層上，並不會深入皮膚。起先著色時是深紅色的，乾掉的顏料脫落後，皮膚上的彩繪會呈現橘紅色，然後隨著時間慢慢變淡，大約一兩週就掉色了。」尤藍妲解釋。

一說起植物就讓潔絲敏產生濃厚興趣，她接連問道：「散沫花長什麼樣子？妳說是用上層葉片為染劑，那其他部分也有用途嗎？還有，摩洛哥的氣候適合栽種散沫花？」

「散沫花適合在乾燥高溫的地區栽種，像是摩洛哥、埃及、蘇丹、印度等地。除了最適合作為黑娜顏料的上層葉片以外，其他葉片也可以做成頭髮染劑，粉紅色的花朵還能製作香水呢。」尤藍妲說。

「哇，這算是某種宗教儀式？」潔絲敏問。

「不算吧，黑娜在傳統上是被用於慶典的妝扮，代表祝福和祈願，因為彩繪需要大量體力和耐心，畫完之後還得等上三四個小時才會乾硬脫落。」尤藍妲回答。

忽然間，潔絲敏彷彿瞥見了躲在轉角的靈感，她順著邏輯尋思，若是把女巫影子書中的圖騰畫在大家身上，成為最直接的加持力量，不曉得效果如何？

「妳可以教我畫嗎？」潔絲敏問。

「可以，我還能帶妳去親眼瞧瞧散沫花的模樣呢。」尤藍妲熱心地說。

「太好了。」潔絲敏微笑。

彷彿撥雲見日一般，她深信自己找到了屬於魔豆的一線曙光。魔豆沒辦法像銀笛一樣幫助其他法器，女巫的魔法符文卻可以。

德國　萊比錫

羅曼蒂克大道，又稱童話大道，沿路上遍佈格林兄弟的足跡。童話大道北起「動物音樂家」之城不來梅，到以「花衣魔笛手」聞名的哈梅林，格林兄弟的居住地卡塞爾、「小紅帽」的故鄉艾爾斯菲爾得以及格林兄弟的出生地哈瑙，沿著這條大道觀光需要花上一至二週的時間，據娜塔莎所知，李歐曾經像個興奮的觀光客，前後遊歷過兩次。

一次是在念大學的時候，當時他獨自上路；另一次則是他們倆的蜜月，算是一趟拮据卻甜蜜的公路旅行。娜塔莎從前不曉得李歐為何著迷於那條長達好幾百公里遠的道途，現在終於明白了，李歐是在尋根。

想通以後，娜塔莎大概能夠理解前夫的心情，畢竟她本身也是個沒有根的人，不知道祖先是誰、不知道故鄉在哪裡，偶爾好奇心也是會從故作堅強的淡漠中抬頭，試圖一探究竟。

她和李歐相約在萊比錫的一家運動酒吧，名字不太好記，但位置非常容易找。離開德國以後，她就不願在萊比錫以外的城鎮出沒，尤其是童話小鎮途經的幾個地點，而萊比錫對她而言也只是洽公。

娜塔莎在準十點時推開酒吧的門，瀰漫酒味與菸味的滯鬱空氣迎面而來，室內裝潢採粉橘色調，水晶吊燈映照出繽紛有如撒落彩紙的光線，讓酒吧呈現出復古的華麗氣氛，彷彿重回八零年代。

穿越繚繞的煙霧，娜塔莎找到了那雙殷殷期盼的藍眸，正坐在吧台旁的座位朝門口張望。這樣的場景她見過多次，每一次都沒有好收場，娜塔莎心想，但願這回不帶敵意而來，也能化干戈為玉帛地不帶歉意而歸。

李歐在兩人視線交會時咧嘴一笑，朝她揮揮手。

娜塔莎畢竟還是太耀眼了，她的出現讓慵懶的酒客們精神一振，然而，娜塔莎無視於周遭貪婪的打量，她接連拒絕幾個張口欲言的搭訕者，快步走向視線像被膠水黏在她身上的前夫。

「嗨。」

「嗨，要喝點什麼？」李歐嘴上有禮地問著，目光卻從她的靴底一路向上游移，經過皮短褲包覆的臀部時停了幾秒，接著又在她穿著背心的胸前逗留。

「還真是毫不客氣啊。」娜塔莎悶哼。

「嗯？」李歐心不在焉地抬起頭來，問道：「妳剛剛說什麼？」

「一杯伏特加。」娜塔莎對酒保說。

李歐點點頭，他搖晃杯中冰塊，接著啜飲了一口面前的波本威士忌。「要吃什麼嗎？這裡的肉腸和酸菜豬腳都很不錯。」

「不用，都說了不是來找你敘舊的。」娜塔莎冷道。

「喔。」李歐訕訕地回應。

娜塔莎意識到自己的無禮，態度跟著軟化下來，她看著酒保把伏特加送到面前，然後舉杯大口嚥下，咂咂嘴道：「你怎麼曉得這裡的食物好吃?常常來嗎？」

「我沒有來過，但是出發前查過網路評價。」李歐回答。

娜塔莎輕輕嘆氣，是啊，對自己節省，對別人大方，約會前認真做功課，的確很像前夫會幹的事。思及至此，娜塔莎忍不住又吁了口氣。

「塔莎，」李歐稱呼前妻的小名，「以我對妳的了解，妳八成可以猛嘆氣直到明天早上。說吧，今天找我來，主要是想談什麼？」

娜塔莎感到一陣既陌生又熟悉的悸動，她對酒保比出一根手指：「再來一杯。」接著她將手指轉向李歐。「我有情報要給你。」

李歐微微頷首，表情從一本正經趨於凝重，就像舞台上的燈光暗下，響起主角出場的前奏，其中細微的變化只有枕邊人辨識得出來。

娜塔莎知道，「前夫」這個角色即將退場，隨之而來的會是「國際刑警」李歐。他就是這樣，投入工作時除了嚴肅什麼也不剩，他是那麼憤世嫉俗，不在乎金錢名利，一身舊大衣、舊褲子和舊皮鞋本身就代表著沉默的抗議。

「目前你掌握了多少個聖騎士的背景資料？」娜塔莎拋出問題。

「沒幾個。」李歐聳肩，他精明地問：「我以為妳是打算告訴我答案，而不是從我口中套話。」

「嘖嘖，你的防衛心還真重。是啦，我發現有幾個聖騎士的舉止很奇怪，好像偷偷進行教宗命令以外的任務，所以跟蹤了其中一個，然後發現了一些事。」娜塔莎賣關子似地眨眨眼睛。

「是什麼？」李歐緊盯著她看，眼裡毫無溫度，只有動物本能的警覺。

「你果然還是很緊張你那些小朋友吧。」娜塔莎無奈地笑了笑，決定坦白一切。「梵蒂岡雖然是宗教立國，卻和所有國家一樣有派系紛爭，現任教宗是個缺乏背景和手腕的人，教廷內卻山頭林立，尤其目前教宗受制於有權有勢的聖約翰醫療騎士團，給我的感覺是一直讓賈斯汀大教長牽著鼻子走。」

「聖約翰騎士團？區區一個比梵蒂岡還迷你的國家居然有牽制教宗的力量？」李歐驚異地問。

「別忘了，樞機主教靠選舉當上教宗，而所有選舉都是可以被操控的。」娜塔莎說。

「好吧，說說看妳實際掌握了什麼線索？」

「那個叫作史諾的聖騎士，你已經見過幾次了——」

李歐摩拳擦掌，插嘴道：「每次見面的結果都不太好看。」

「——那是自然，除非你刀槍不入，否則怎麼可能勝過無痛症患者。」娜塔莎大翻白眼，揮揮手道：「好了，言歸正傳，史諾私底下和賈斯汀大教長有協議，他們打算聯手奪取七原罪的法器和教宗聖座。」

「妳怎麼知道？妳親耳聽到還是親眼看見？」

「不要問我的消息來源。」

李歐狐疑地瞇起眼，他審視前妻的雙眼，像是在尋找說謊的跡象。「他們要法器和聖座做什麼？教廷不是一向鄙棄跟原罪有關的一切？」

娜塔莎忽略他的質疑，逕自推敲道：「我猜，背後還有更大的陰謀。」

「妳的意思是建議我轉而支持教宗？聯合次要敵人打擊主要敵人？」

「別做夢了，聖潔尊貴的教宗閣下怎麼可能運用邪惡勢力的支持保住聖座？我的意思是看有沒有辦法進行和談，也許透過聖騎士作為溝通橋樑，會是一個好的開始，教宗本來就不贊成殺戮。」

李歐搖搖頭，同時擠出慘澹的苦笑。「誰肯幫我們？」

娜塔莎注意到李歐說的是「我們」。儘管心中泛起一股酸澀，她還是逼自己迎向前夫的視線，臉上寫滿果敢堅決。

「妳當真願意？」李歐看懂了她的意思。

「這是你們最後的機會了。」娜塔莎肅穆地點頭。

「聽起來不錯，那就請妳幫忙安排吧。」李歐笑了笑，凝視前妻的眼裡浮現暖意。

娜塔莎的心臟突然不聽使喚地亂跳起來，就像活潑的鳥兒不斷衝撞胸膛，這種久別重逢的心動幾乎令娜塔莎感到疼痛。

「很奇怪吧，我們居然像朋友一樣聊天。」娜塔莎別開視線。

「如果我們是朋友，我會告訴妳別穿成這樣進入酒吧。」李歐以惡狠狠的神情逼退周遭覬覦的眼光。

「就算裸奔也不干你的事吧？」娜塔莎啞然失笑。

「包緊一點，就算不為自己著想，也得為那些即將被揍得送進醫院的正常男人想一想啊。」李歐誠懇地說。

娜塔莎聞言笑彎了腰，她已經很久沒讓一個男人逗得如此開懷了。

接著，李歐傾身靠近，給了前妻一個友善的吻頰禮。「塔莎，謝謝妳特地告訴我這些，我得回家好好想想怎麼展現誠意，說服教宗我們是無辜的。」隨即替兩人的酒前買單，然後起身離開。

娜塔莎咬緊下唇，也許她臉紅了，但是酒吧內燈光太暗，急著和凱特琳聯繫的李歐沒看出來。

李歐以最快速度回到家中，其實，內心的某個部分正吶喊著要他快點從酒吧離開，他怕自己再多待一分鐘，就會重新愛上自己離異的妻子。

娜塔莎的倩影彷彿如影隨形，每一次眼尾餘光的掃視都能瞥見，在腦中揮之不去。六年了，她和六年前一樣美艷不可方物，黑曜岩般的墨色眼眸、撒落星光般的雀斑，尤其是她身上的香味，噢，那宛若薑花的馥郁香氣總是讓他目眩神迷，娜塔莎甚至很少擦香水。

彷若唾手可及的回憶令李歐垂頭喪氣，他想念那頭柔順黑髮滑過指間的滋味，此時此刻甚至能清楚感受到股間的腫脹和內心的空虛。

「喵嗚。」臥房傳出虎斑貓的聲音。

「ＰＢ，你在哪兒？肚子餓了嗎？」李歐邊喊邊走向廚房，打開裝有貓飼料的櫥櫃，倒了些餅乾進ＰＢ的碗裡。

虎斑貓沒有回應，李歐狐疑地以指節敲敲碗，ＰＢ還是不吭氣。

「你是因為我的晚歸而生氣嗎？」李歐放下手中的貓碗，往臥房走去。「ＰＢ？」

娜塔莎霍地現身眼前，懷裡抱著ＰＢ，她溫柔地輕撫虎斑貓的毛，心滿意足打著呼嚕的虎斑貓。

李歐一怔，瞬間被驚愕釘在原地，他的前妻就在那兒。

就在那兒。他的前妻。

「妳怎麼會在這裡？」他支吾其詞。

「問錯問題了，你該問的是為何而來。」娜塔莎回答時雙眼直勾勾地盯著他。

那眼神他認得，是充滿情慾的眼神。

李歐驚覺自己雙頰發燙，他無法挪開視線，只能愣楞地看著娜塔莎放開貓咪，脫下遮蔽曲線的該死外套，然後褪去那件讓人血脈噴張的緊身上衣，最後一路脫到只剩黑色蕾絲胸罩，露出光裸優雅的雙臂和纖腰，就像從前從外面回到家那樣。

娜塔莎的黑髮散落肩頸，將奶油色的肌膚映襯得若隱若現，她挺直腰脊，彷彿向他獻上那對飽滿挺立的乳房。

娜塔莎猶如一朵盛開的鮮花，正在朝他散發費洛蒙。

某種類似靜電的劈啪響聲在李歐腦中迸發，瞬間摧毀了他的理智，令他全身血液騷動起來，熱流自四面八方唰地湧向核心肌群，促使那些組成複雜的小肌肉們充血挺立。

體內的陽極磁鐵遭受難以抗拒的牽引，令李歐既羞愧又亢奮。李歐感到異常混亂，腦中亂，心裡亂，只有勃發的慾望不亂，「小李歐」想要什麼非常清楚。

他決定聽從直覺。

一切都發生得如此自然，娜塔莎和李歐的肢體相互交纏，在摸索中很快地找到了臥室的床和從前的默契，熱情像爐火上的濃湯一樣沸騰翻滾。娜塔莎一個靈活的側翻，轉眼間就到了李歐的上頭，彷彿重溫那晚的夢境。

許久、許久、許久以後，他們倆氣喘吁吁地從床下撈出被踢開的枕頭，躺在亂糟糟的床單上重新安頓好，娜塔莎躺在李歐的臂彎中，兩人無所事事地瞪著天花板，耗盡氣力後再也懶得多動一下。

娜塔莎以手指勾著髮絲玩，李歐則心不在焉地輕輕撫觸前妻的手臂。

也許是認為這樣的沉默實在太尷尬，就算只是一夜情的陌生人，睡過以後也該以虛應故事的場面話填補空白，這時恰巧ＰＢ跳上了床，窩在床尾的棉被上方加入他們，於是這對離婚夫妻展開了一場睽違多年的對話。

「真不該把ＰＢ留給你的，」娜塔莎嘟囔，「你看看，牠都瘦一圈了。」

「亂講，就算我常常出差，不在家的時候也會請莫摩亞太太代為照顧，ＰＢ從來沒有少吃一頓。」李歐踢踢被子，腳邊的ＰＢ發出不滿的低吼。

「當初是你把牠撿回家的，就應該要善待牠。」

「嚴格說起來，是妳站在街邊一直不停地嘮叨『好可憐的小貓咪』、『牠一定會被餓死』，我才勉強同意把牠帶回來的。」

「哼，你根本不疼牠，甚至連名字都不幫牠取。」

「有啊，ＰＢ呀，靴貓嘛（Puss in Boots）。」

娜塔莎懶洋洋地翻了個白眼，接著問道：「對了，你們以後打算怎麼辦？」

「什麼怎麼辦？」李歐反問。

「別裝蒜。」娜塔莎嘆了口氣，同時用力捏了李歐大腿內側一把。

「唉喲。」

「你知道我最討厭你這樣。」

有時候她真的覺得他們像兩隻刺蝟，一邊擁抱對方，一邊刺傷對方。他們的人生就是在徒勞地相互競爭追逐。

「好啦好啦，我投降，妳知道守門人嗎？」

「從來沒聽過。」

李歐花了些時間將關於守門人的職責以及相關事蹟全盤托出，包括他們第一次見面的情況和與索亞之書的關聯，他聰明地避開索亞之書的內容，隱藏了許多細節，娜塔莎則嘟著性感豐厚的雙唇專心聆聽。

「或許我可以和守門人談一談，請他們擔任仲裁或者仲介，居中協調我們和梵蒂岡的歧義。」李歐思忖。「不如這樣，妳先別出面，以免在教宗心裡留下不好的印象，畢竟這世界上的女性聖騎士可沒幾個。」

「是獨一無二。」娜塔莎吻了吻李歐挺立的鷹勾鼻。「謝謝你這樣為我著想。」

李歐報以熟悉的溫柔微笑，目光在她慧黠的雙眸與周遭點點繁星似的雀斑上逗留片刻，揉揉眼睛打了個呵欠。

「我也好想睡。」娜塔莎往他的頸窩深處鑽，安心地摟住他寬闊的胸膛。

幾分鐘後，筋疲力盡的兩人被彼此熟悉的氣味包覆，像是蓋了一張舒適習慣的舊毯子，接著沉沉陷入夢鄉，鼾聲此起彼落。就連PB也在被窩上給自己弄了個彷如小動物的巢，安穩地打起盹來。

午夜來臨之際，娜塔莎從一場廝殺的夢境中驚醒，嚇出了一身冷汗，一時半晌弄不清自己身在何方。她用力眨去眼中的惺忪，隨即發現躺在身旁的李歐，這才讓全身緊繃的肌肉鬆懈下來。

她悄悄鑽出棉被，避免吵醒熟睡中的李歐，下床後穿上短褲，還隨便套了件男人的襯衫，赤腳在自己曾經住過幾年的家中行走。

起居室、廚房、餐廳，地板傳來陣陣涼意，但不影響她四處閒晃走動，法藍絨衣料散發著前夫的氣味，撫平了她皮膚上的雞皮疙瘩，娜塔莎複習著公寓中的一景一物，指尖滑過溫潤的木質家具和石灰石牆壁，眼前所有物品都還維持著多年前的樣貌，窗簾、沙發、時鐘甚至咖啡杯組和擺放的位置——都是她親手佈置，彷彿女主人從不曾離家。

隨後娜塔莎再度回到起居室，突然注意到一件之前不曾看過的物品，茶几上擺了個破舊的金屬餅乾盒，乍看之下還以為是吃剩忘了丟的包裝垃圾，然而鐵盒上的圖案都已經模糊不清，表示這東西年代久遠，不是李歐最近用來解饞的零嘴。

她一屁股在沙發上坐下，跟著又發現餅乾盒上的保存期限是五年前，這下子確認了那是個用來裝東西的盒子。李歐就是這樣，跟老爺爺一樣節儉又愛囤東西，什麼舊玩意兒都捨不得扔，寧可修修補補繼續使用。

以前她就經常抱怨，他把家裡搞得跟撿破爛的資源回收場一樣，打開他的衣櫃，還以為是二手清倉大拍賣呢。

好奇心驅使著娜塔莎，盒子裡究竟裝了什麼呢？香煙？女明星寫真？還是色情光碟？娜塔莎掩嘴偷笑，像逮到前夫的小辮子似地掀開了餅乾盒的盒蓋，在披露事實的剎那間，她的笑容也凝結在臉上。

盒子裡放的是他們的合照，從戀愛時期到結婚以後的都有，娜塔莎拾起最上方的婚紗照，照片中的娜塔莎笑靨燦爛如花，穿著一襲精緻的古典蕾絲禮服，和西裝筆挺的李歐兩人頭碰著頭，洋溢的幸福彷彿要滿出照片以外。

她還記得捧花是一束粉紅色的黛安娜玫瑰。娜塔莎從來就不喜歡粉紅色，覺得太夢幻、太可愛，可是不知為何，那天就覺得非常適合。娜塔莎依稀還能嗅到玫瑰花濃郁的香味，還能聽見賓客的祝賀和李歐靦腆的笑聲，她默默地放下照片。

娜塔莎在搬離公寓時沒帶走任何一件與兩人婚姻有關的物品，她有的只剩下記憶，李歐卻把跟她有關的紀念全部悉心收在一起，為此她感到慚愧。不後悔，但是慚愧。

接著，在結婚證書和離婚協議書的紙片空隙間，一束璀璨光芒吸引了她，娜塔莎撥開紙張，找到了李歐的婚戒。那是一枚樸素簡單的金戒指，樸素，是因為當年結婚時沒什麼錢，買不起做工複雜的奢侈品；簡單，則是因為李歐天性如此。

李歐的婚戒，彷彿是李歐本人的化身。至於娜塔莎自己的呢，早就捐給路邊的流浪漢了。

娜塔莎將婚戒捧在手心，感到苦甜參半，有些暈淘淘的，就像喝了一杯摻了奶酒的咖啡，凝神細看了一會兒後，乾脆直接把戒指塞進短褲口袋。

隨後她闔上餅乾盒的蓋子，將之恢復原狀並且推回原位，然後自沙發起身走進浴室，呆呆的盯著鏡面反射而出的自己。

她還是當年的那個娜塔莎嗎？也許。

她還愛李歐嗎？可能。

她有辦法放棄聖騎士的任務嗎？難說。

也許該吞顆百憂解，讓一百種煩憂全都煙消雲散。

娜塔莎的手無意識地打開藏在鏡子後方的置物櫃，想取出平常固定服用的白綠雙色膠囊，赫然驚見兩種她非常熟悉的藥物——一瓶是抗憂鬱的百憂解、一瓶是治療失眠用的史蒂諾斯。

看來，一分為二的破碎婚姻就像聖伯多祿鑰匙組成的雙面刃，割傷對方的同時也劃傷自己。

第十章

義大利　羅馬　馬爾他宮

拿破崙曾說，天主教是暴風雨中唯一的穩定力量。在這樣經濟掛帥、貧富不均的亂世中，賈斯汀大教長覺得自己像是一只安定的錨，讓馬爾他教團得以揚帆挺進。

辦公室內，賈斯汀大教長和麥克斯副教長對外宣稱兩人正在諮商國情，實際上則是研議不可為第三人知情的密謀。

「你和兩位樞機主教聯絡了嗎？」

「是，按、按照您的意思告訴尚皮耶樞機，馬爾他教團將在下、下一次教宗選舉中成為他堅實可靠的夥伴……另外也告知馬可樞機，只要他乖、乖乖配合，作為我們在梵蒂岡內的聯絡人，馬爾他教團將確保他的教區……再無戰事、平安無虞。」

麥克斯重複大教長的話，他就像是大教長的回聲，有環繞音響效果的回聲。

「結果呢？」

「尚皮耶樞機……口頭允諾了，但我懷疑他只是敷、敷衍我們，馬可樞機則掛我電話。」

「老頑固。有時候我真懷念文藝復興時期，那時每個人都有個價格，每個人都不能信任。多美好！」

「可惜……生不逢時。」

「倒也不會，每個權力結構都有一個意識型態，而維持體系的人將會受到拔擢，馬可樞機還沒看清棋局，我們卻是眼明手快的布局者。」

賈斯汀大教長並沒有受到挫敗影響，相反地，他容光煥發，嘴角隱約含著笑意，彷彿將前幾天的陰霾全都一掃而空。

「大教長，您……似乎心情不錯？」

「我們的天使送來禮物，猜猜怎麼來著？是索亞之書。」

德國　科隆主教座堂

從萊比錫到科隆說近不近說遠不遠，五百公里的路程，開車大約四小時半，準確來說，是四小時又三十六分。

雖然時值冬季，路況卻意外的不錯，李歐利用這四小時多的時間反覆思索，他必須想辦法說服安東，讓安東相信「守門人」的存在既是責任也是義務，為免百年來的傳統毀於一旦，在關鍵時刻有必要伸出援手提供協助，而現在就是那個關鍵時刻。

但李歐並不是那麼有自信。

他透過一支位於英屬維京群島的電話和一個電子郵件信箱聯繫安東，電話在層層轉接後被一位自稱為建築工會秘書的女士接起，然後宣稱沒有安東這個人。至於電子郵件，李歐寄出了不下十來封信要求會面，卻全都石沉大海，直到昨天才臨時收到一則難以追查來源且沒有署名的通知，裡頭只寫了中午十二點、在科隆主教座堂這兩行字。

訊息是來自守門人嗎？

安東會前來赴約嗎？

李歐能做的只有祈禱。他必須臨危不亂，所有人都仰賴著他。

安東曾經說過，守門人的責任是保護好《索亞之書》，並非出手干預原罪傳人們的生活。

李歐是這麼想的：假設守門人掌握七原罪的祕密並擁有制裁能力，又怎能眼睜睜地看著七原罪將祖傳法器拱手讓人？況且，梵蒂岡打算介入原罪們的生死存亡並奪取法器，這將會影響百年來守門人與原罪傳人達成的協議以及和平共處的默契，守門人八成不會願意與外人分享這項權力。

不會……吧？

若是法器落入教廷手中，還需要什麼狗屁守門制度，擁有索亞之書卻制衡不了法器擁有者，守門人形同名存實亡。

安東是站在他們這邊的，一定是，否則不會在穆薩挾持他們時現身幫忙，他可是親眼見識過那不起眼的老頭子以足以媲美年輕小伙子的體力與身手痛揍恐怖分子。

不過那次的對手是第三世界的士兵，這次卻是萬人景仰的教廷，守門人的立場還會堅定不移嗎？

連續四個多小時，李歐的心思就不停地在這些問題上打轉，他想破了頭，仍然得不到確切的答案。他發現自己對守門人的了解少得可憐，雖然已經動用各種人脈追查安東的個人資料，那名神出鬼沒的老者依然像是不具實質形體的幽靈，彷彿不曾存在似的，他不禁懷疑地中海一役並肩作戰只不過是一場夢。

抵達約定好的科隆主教座堂後，李歐就近把車停在路邊，他摸摸暗袋內的尋人石，並再次確認彈匣裝滿子彈，然後將組合完畢的H&K的USP點四五塞入槍套，以卡其風衣遮蓋後離開車內。

他下了車，信步走向眼前完美結合所有哥德建築裝飾元素的中世紀大教堂。一百五十七公尺高的聳立雙塔是科隆主教座堂的重要標誌，宛若兩株拔地而起的巨大石筍，讓這座風光一時的聖堂在十九世紀初一度成為世界上最高的建築。

可惜他現在可沒有風花雪月的心情，此刻除了人滿為患的遊客，建築工人也是進進出出，這種規模恢宏的大教堂總是修個不停。

李歐尾隨一群操持法文的觀光客進入教堂，銳利的目光好比X光掃描儀器，將四面八方的動靜盡收眼底，他步入教堂的同時仔細打量造型繁複的壁龕——那是混淆視線、隱匿蹤跡的絕佳之處。他也抬頭檢視高處切割細膩的彩繪玻璃——那是有可能造成爆破傷害的危險物品。歹徒可以躲在壁龕裡遙控炸藥引爆，漫天飛舞的碎玻璃肯定能引起不小騷動。

職業病使然，李歐依序對所有潛在風險進行沙盤推演，華美的教堂在國際刑警眼裡儼然成為難以進行損害控制的麻煩區域，太大，而且太複雜，加上人來人往，對於想要幹點偷雞摸狗壞事的簡直再完美不過——想來可笑，他自己也成了偷雞摸狗的一份子。

還差十分鐘十二點整。

隨著約定時間的接近，李歐的被害妄想症彷彿落入水中的墨跡般一發不可收拾，將他的思緒染得一片漆黑、毫無希望可言。他穿越細高的墩柱和拱券，擠過人群繼續往前走，偶爾學著遊客一臉痴迷地仰望偌大穹頂上方雕飾精巧的立體窗飾，最後他從自群驚呼連連的法國人當中脫隊，在唱詩台附近留步。

十一點五十八分，焦慮佔領了他的心。

約他前來的人沒有明確指出會面位置，李歐不曉得該在祭壇前方等待，還是某座雕像旁邊逗留？據說科隆主教座堂中祭壇裡的鍍金三王聖龕存放著東方三博士的遺骨，使的這個祭壇被認為是西方最重要的祭壇。而駐足於唱詩台的原因，則是這座中世紀晚期風格的唱詩台號稱是全德國最大的一個，甚至特別留有給教皇和皇帝的座位。

「多麼令人歎為觀止。」一名拄著拐杖的老先生欺身靠近。

李歐不動聲色，僅以眼尾餘光瞥了對方的拐杖一眼，立刻認出那柄頂端嵌有金箔葉片、握柄則是雕飾圓珠的深褐色守門人法杖。「嗨，安東。」

「好久不見。」一骨瘦嶙峋的老先生頂著凌亂灰髮，身穿不起眼的灰夾克，眼裡卻流轉著精明快活的光芒。「聽說你找我找得很急？」

「連這個你都知道？我還以為對你來說我的急事根本無關緊要，所以你才避不見面。」李歐刻薄地說。

「此言差矣。」安東呵呵笑了一陣，問道：「找我來莫非是為了梵蒂岡派出聖騎士一事？」

李歐奇怪地瞥了他一眼，道：「我開始懷疑你在七大家族裡安插眼線了。」

「守門人無所不知。」

「既然你都曉得啦，乾脆直接告訴我到底要不要幫這個忙？」

「你希望我怎麼幫？」

「介入？仲裁？替雙方召開會議促進良性溝通？或者直接告訴梵蒂岡我們是好人，叫他們不要苦苦相逼？」

「沒辦法。」安東豪邁地一口拒絕。

「什麼？」李歐大失所望，這不是他企盼中的回答，應該說，他預料中的回絕起碼應該經過一連串你來我往的斡旋談判，而非連好處都還沒祭出、條件都還沒談，就這麼無情的否定他的提議。「為什麼？」

「李歐啊李歐，和那群孩子混久了，怎麼連你也變得這樣天真？說真的，你認為守門人介入能得到什麼好處？」安東笑問。

「世界和平？」李歐垮下臉來。

「守門人的利益建立於目前的危險平衡上，無論天秤兩側的石頭怎麼此消彼長，天秤怎麼搖擺不定，我們都沒必要親自出手翻覆平衡，拿石頭砸自己的腳吧？」安東說。

李歐聽明白了，來時的滿頭熱現在被澆了盆冷水，臉色也愈發難看。他不是沒猜過守門人可能置身事外，只是沒想到他們居然樂見其成。「所以你們打算坐收漁翁之利？」

「別講得這麼難聽，有些事情並非外人能夠干預。」安東說。

「說真的，守門人究竟是什麼身分背景？」

「我只是個普通的石匠而已。」

石匠。石匠？

頃刻間，「石匠」這兩個字猶如五雷轟頂，李歐猛然想起神學院所學，一個由字母G、方矩和圓規組成的象徵符號霍然浮現眼前，那是代表共濟會的徽章，源自一二五零年於德國科隆成立的石匠行會會徽。

石匠等於共濟會。

關於共濟會的來源眾說紛紜，有一說源自《創世記》中夏娃和亞當的共助精神，一說則與所羅門王有關，學者普遍認為共濟會是來自中世紀的「石匠工會」，據說他們是打造巴別塔的石匠，在觸怒上帝後被改變口音，從此分散到世界各地。他們在耶路撒冷建了所羅門王的神殿，中世紀時更造了無數的教堂。

共濟會組織自認為是「精神石匠」，是世界上最大的祕密組織，偏重教義和祕儀。方矩和圓規都是石工測繪使用的工具，在共濟會思想中它們代表著會員完善自身所使的道具。尺規中間的

G代表偉大的造物主幾何學家，要所有生命學著創造美好，從而完成偉大的作業。

傳說中的會員包括美國第一任總統喬治．華盛頓、英國前首相邱吉爾、大文豪歌德、哲學家伏爾泰、音樂家貝多芬、莫札特、華格納、海頓和李斯特等人。

這就難怪了。

共濟會成員遍佈世界，其中不乏操控華爾街和聯邦政府的達官顯貴，他們掌握政治經濟命脈，與基督教信仰中心梵蒂岡分庭抗禮，對他們來說，看著原罪傳人和教廷互鬥，就像是觀賞競技場上的鬥狗一樣，剛好能讓兩者削弱彼此的勢力，咬個滿嘴毛順道忙一忙。

「共濟會。」李歐咬牙切齒地說：「真是卑劣。」

「千萬不要誤信傳言，我們是非宗教性質的兄弟會，基本宗旨為倡導博愛、自由、慈善，追求提升精神內在，並促進人類社會完善，一點兒都不卑劣。」安東似乎對身為共濟會的一員非常引以為傲。

「這樣啊，我還以為共濟會是富人和權貴的陰謀組織呢。」李歐冷笑。

這是真的，流言盛傳共濟會有著不為人知的統治世界祕密計劃：『新世界秩序』。意識到守門人制度牽連廣泛後，李歐認為談判瀕臨破局，也沒有繼續商量的餘地了。

「既然不願意幫忙，幹嘛還約我前來？」李歐斜睨對方。剛才他的語氣中還有少許溫度，現在一掃而空。

「讓我搞清楚一件事，教宗派出七位聖騎士，是不是希望原罪傳人交出法器和索亞之書，最好還能乖乖受洗成為教徒？」安東轉頭注視李歐。

「是又怎樣？」李歐發出嗤之以鼻的悶哼。

「有件事我必須當面告訴你。」安東原本明朗的語氣驟然降溫，他面容嚴肅，以呢喃般的音量低語：「勸你打消和梵蒂岡和談的念頭，我身為第十二屆守門人，同時也是共濟會三十三度導師，在此對原罪貪食下達最後通牒，切勿透漏任何關於守門人與索亞之書的隻字片語，否則共濟會將視為毀約，對七原罪之相關人等格殺勿論。」

安東口氣冷酷，話中涵意又比語氣更為森寒。李歐愕然瞪著安東深埋於皺紋內的眼眸，在裡頭讀到殘忍無情的認真。

這下可好，教廷以七原罪的性命逼迫他們交出法器和書，守門人則以七原罪的性命要脅他們不得交出法器和書，那他們到底是給還是不給？

「就這樣吧。」安東拄著拐杖，轉身準備離開。

「等等，我從來沒有求過人，」李歐猛地拽住安東的膀子，他洩氣地說：「我懇求你幫幫忙，潔絲敏、玫芮狄絲她們都還是少不更事的孩子……」

安東拍拍李歐的胳膊，搖頭說道：「你扛的是七條人命，守門人扛的是整個世界。我很抱歉。」

第十一章

摩洛哥　費茲

直覺告訴凱特琳，螢幕上的鬼祟人影就是梵蒂岡派出的聖騎士。

「不好，真的很不好。」凱特琳弓起的背肌肉緊繃，猶如一隻受驚的貓。

此刻，眾人齊聚於軍情室內，讓原本就略顯狹隘的空間更是擁擠得讓人喘不過氣。尼可拉斯、賽門、阿娣麗娜、潔絲敏以及玫芮迪絲簇擁著凱特琳，視線順著她手指的方向，落在左側的螢幕上。

那人身披淺灰色長袍，頭罩尖頂兜帽，乍看之下和普通穆斯林沒什麼不同。類似穿著的人在街上來來去去，幾個禮拜過去，他們早都看習慣了，對於神祕的巫師袍也已經麻痺。

「背部寬闊，肌肉發達，看他的身材像是男人。」潔絲敏蹙眉。

賽門以炯炯有神的目光仔細打量對方，斷言道：「走路的姿態像是戰士。」

「一直在附近探頭探腦，絕對有鬼。」玫芮迪絲偏著頭。

「那傢伙在附近徘徊兩天了，每一支監視器都拍到他的身影，卻又沒有一支拍到他的臉部，他懂得刻意避開鏡頭，很專業，我想很有可能是聖騎士。」焦慮讓凱特琳美麗的五官擠在一塊兒，像是嘴裡含著一顆酸梅。

「唯一的辦法就是親自檢查。」語畢，尼可拉斯倏地轉身，邁開步伐準備離去。

「你要去哪兒？」阿娣麗娜神色驚恐地扯住他的袖子，「不行啦，我們根本沒有周全的計畫。」

尼可拉斯停下腳步，他回過頭來，輕輕地拉開女友的手，他深邃的眸子滿溢溫柔，語氣卻異常堅定，他說：「我可以假裝不小心撞到他，唯有掀開他的帽兜，看看他長什麼樣子，才能確定有沒有問題，別為我擔憂，我每天都在訓練自己。」

阿娣麗娜猛搖頭，棕色辮子在腦後甩啊甩。

尼可拉斯亮出家族法器，露齒而笑道：「別忘了我還有金斧呢，為了妳，我一定會回來。」

阿娣麗娜仍不肯放手，她愁容滿面地問道：「你打算把金斧藏在哪裡？萬一他真的是聖騎士呢？聖騎士肯定已經看過我們的照片，他會認出你來。」

這時，凱特琳自座位上起身，她對大家說道：「還是我去吧，我可以用魔鏡幻化為老婦人，十拿九穩能騙過對方。」說著，便從口袋取出一面精緻繁複的古董鏡。

眾人沒有吭氣，他們知道這回一定得推派個人去，約拿和尤藍妲沒有受過專業訓練，所以無從判斷對方身分，而六人之中，確實是凱特琳的易容術最有可能蒙混過關。

凱特琳在玫芮迪絲沉默的注視下以魔鏡變身，幾分鐘後，她以老婦的模樣來到門畔，年紀變大讓她的身高縮水了幾公分，臉上佈滿歲月的刻痕，她手裡挽著菜籃，身上是樸素的舊長袍，鼻翼還鑲了一枚從尤藍妲那兒借來的菊花形狀金飾，活脫脫是個尋常的本地人。

「我還是覺得不妥，太冒險了。」阿娣麗娜哭喪著臉說。

其他同伴圍繞在凱特琳身邊，有人仔細替她拉好長袍，有人叨叨絮絮交代些該注意的事項，眾人七手八腳，終於合力打造出完美的老太婆。

凱特琳不是沒注意到，玫芮迪絲自始至終緊咬著嘴，她把淚水逼回眼裡，不願表現出懦弱的模樣，卻在裂開的唇邊嚐到了類似的鹹腥味。其實殺手找上門來早在凱特琳預料之中，身為伴侶的玫芮迪絲最清楚不過，為了迎接這一刻，凱特琳在心裡沙盤推演了不下百遍，現在只不過是把計畫付諸實行罷了。

凱特琳藏在長袍內的戰鬥腰帶上懸著魔鏡，另外還有一把防身用的藍波刀，只要距離夠近，隨時能抽出來給對方致命一擊，但玫芮迪絲希望凱特最好能備而不用。

「我只在附近繞一圈就回來。」凱特琳以粗糙的手掌摸摸玫芮迪絲的臉頰。

玫芮迪絲歪著頭，用臉龐和肩膀夾住了凱特琳粗糙的手掌，然後才不情願地緩緩放開。

「等等，凱特，」這時，賽門破天荒地穿上他厭惡至極的長袍。「我也去，我會在一百公尺外掩護妳。」

「沒關係，你不需要跟著我。」老婦人徐徐搖頭。

「當然要，妳現在是老太太，跑不贏年輕人的。」潔絲敏斷然說道：「保全系統尼可最熟悉，所以我們需要他待在軍情室內，讓賽門當你的後援，我們比較放心。」

「我會守在監視畫面前方，隨時和賽門保持聯絡。」尼可拉斯搖了搖手中的微型對講機。

凱特琳朝朋友們微微一笑，隨即裝出蹣跚駝背的模樣，費了點兒力氣推開厚重的木製大門，然後踏著老太婆特有的細碎步伐往外走，迎向紛擾吵鬧的大街。

賽門默數了二十秒，跟著走出門外。

又過了一秒，其餘留守的人衝進軍情室，待在監視螢幕前方嚴陣以待。

然而，沒有人發現剩下來的五人之中，竟悄悄地又少了一個。

尼可拉斯坐立難安地盯著螢幕，緊握對講機的掌心不斷冒汗，軍情室內焦慮的氣氛陡然驟升，讓他彷若又重回被鯨鯊綁架至拉斯維加斯小教堂的那一刻，當時他眼睜睜看著凱特琳的姊妹海柔死去，此後下定決心絕不重蹈覆轍。

「看見凱特琳了！」阿娣麗娜雙頰泛起紅暈，撫著胸口低喊。

透過畫面，可以看見凱特琳以老太太辦得到的最快速度現身在可疑人物方才流連的地點，不過她還是慢了一步，對方已經離開原處了。

老婦人在鏡頭涵蓋的視野範圍內徘徊，為了掩人耳目，她的頭部低垂，只用帽簷下方的眼尾餘光不斷掃視周遭，如果她抬起頭來，路人會看見一雙不屬於老太婆的蔚藍眼睛，所以她很努力掩飾青春倉促留下的證據。

一頭馱著貨物的驢子搖著屁股經過，凱特琳微微抬起頭來，朝攝影機瞥了一眼，似是在向夥伴們使眼色，接著，便毫不遲疑地轉入距離最近的一條巷弄，突然又消失了蹤跡。

「她去哪兒了？」潔絲敏憂心地問。

「那裡。」尼可拉斯指向另一格畫面。

阿娣麗娜喘了口氣，伸手握住潔絲敏的指頭，潔絲敏則捏了捏她然後回握。

他們重新找到凱特琳扮演的老太太，她正沿著木屑滿天飛的雕刻街前進，一名兜售手提袋的孩子朝她走來，孩子沿途叫賣貨物，與凱特琳擦身而過卻沒有特別注意到她，這是個好現象，表示凱特琳喬裝的細緻程度足以瞞過土生土長的本地人。

「尼可？」對講機傳來聲音。

尼可拉斯一邊密切注意凱特琳的動向，一邊回答：「賽門，什麼事？」

「我把凱特跟丟了，她現在在哪兒？」賽門問。

尼可拉斯確認了一下賽門的位置，告訴他：「你繼續往前走五十公尺，下一個路口右轉。」

「了解。」賽門結束通話。

凱特琳轉入了販賣現宰肉品的肉攤街，牲畜屍首被高高懸掛在肉販的攤位上，有牛羊的腦袋、肉片肉條以及整塊蹄子，深受吸引的蒼蠅在附近群聚飛舞，像蜜蜂緊黏花蜜一般，垂涎生肉的原始滋味。

這時，凱特琳忽地停下腳步。

只見相距幾步之遙的前方，引起他們懷疑的灰袍男子正迎面而來，與凱特琳狹路相逢。凱特琳維持慢吞吞的速度，從容不迫地向男子走去，一切都按照計畫進行——

緊接著，凱特琳用肩膀撞了對方一下，還神不知鬼不覺地拉開了男子的帽兜。

帽子落下，剎那間露出了男子光裸的頭皮和面孔，對方身分曝光，連帶監視螢幕後方的眾人也跟著倒吸了一口氣。

「老天爺，他絕對是聖騎士！」阿娣麗娜失聲道。

聖騎士的年紀大約三十上下，臉上的穿孔多得看不清他的原貌，除了眉環和鼻環以外，穿透皮膚的銀珠沿著眼周和下巴繞了兩圈，規律的排列活像是有人在他臉上種植銀珠，又像是寄生蟲下的卵，能讓患有密集恐懼症的人驀然陷入恐慌。

他的耳垂也嵌著擴大用的錐型金屬飾物，從耳廓上方一路往下，一顆比一顆碩大，眼前這番景象太過前衛又恐怖，他不像活生生的人，反倒像來自地獄的詭異生物，驚人的外貌讓路旁的穆斯林側目不已。

「這傢伙似乎很享受疼痛，肯定和刺青人是一掛的。」潔絲敏鄙夷地說。

「你們覺不覺得，他脖子上露出來的那截金色鍊子，看起來很像刺青人當作武器的十字架項鍊……」尼可拉斯臉上浮現一抹陰鬱。

任務達成後的凱特琳轉身想走，卻被聖騎士搶先一步，他目露兇光，一把抓住凱特琳的衣袍，猶如飢餓許久的狼撲向綿羊。

雖然凱特琳身形修長動作靈活，但年老的體態讓她的反應也跟著變慢，頓失原有優勢。聖騎士突如其來的動作令她一個重心不穩，猝然撞倒了一旁的肉攤，肉末脂肪像是被炸開了花似地齊飛，路人怕惹上麻煩，也嚇得紛紛走避。

「糟了，賽門到底在哪裡？」潔絲敏急得臉色發白，她一把搶過尼可拉斯膝上的對講機，慌張呼喚男友的名字。

下一秒，不曉得從哪裡冒出了個身穿棕色長袍的年輕女孩加入混戰。

「玫兒？」尼可拉斯回首張望軍情室內，果然沒瞧見玫芮迪絲。「可惡，她什麼時候溜出去的？」

玫芮迪絲奮力扯下傾倒在地的一隻肥厚羊腿，像揮出球棒一樣對準聖騎士的臉猛地一砸，對方馬上被攻擊得踉蹌後退。

「噢，天哪。」螢幕後方的眾人聽不見現場的聲音，一顆心卻都跟著畫面上的動靜起伏不定。

玫芮迪絲忽地卸下長袍帽兜，露出滿頭耀眼紅髮，還對聖騎吐出舌頭扮鬼臉士，瞬間成為整條街上最明顯的目標。

聖騎士回神後擠出一抹歪斜的笑，臉頰上的銀珠全皺在一起，他遲疑地瞅著凱特琳幻化的老太太，又回頭看了看玫芮迪絲，像是個三心二意的客人。

玫芮迪絲見狀乾脆大方亮出人魚匕首，勾勾手指朝對方挑釁。

接著，彷彿下定了決心，聖騎士往玫芮迪絲的方向跨出步伐。

「別欺負老太太，有種來抓我呀，討厭鬼！」

確認自己成功轉移聖騎士的注意力後，玫芮迪絲拔腿就跑。

帶有濃厚中世紀風貌的古城費茲由九千多條蜿蜒巷弄組合而成，路上看不到汽車，運輸仰賴驢子和平板車，小路曲折又沒有門牌，擁擠得只能步行，活像一座佔地三百公頃的大迷宮。

就算事前看過費茲的地圖，但是當深入其中，二維空間升級成三維，錯綜複雜的街道內還是會讓人暈頭轉向。

玫芮迪絲卻清楚知道自己在哪裡。

她和鯨魚一樣擁有磁覺，走在路上宛如內建磁鐵的人形羅盤，腦海中的費茲街道圖雖然不甚精確，但只要掌握了正確方向，她有自信在甩開聖騎士後返回約拿和尤藍妲的家。

玫芮迪絲不停地跑，長袍拍打著她快速擺動的雙腿，宛如受驚的鳥兒振翅，她如一陣狂風晃眼而過，這一秒，打鐵街的鏗鏘敲打聲充斥耳畔，下一刻，她又衝進食品街區，路人只瞥見一抹稍縱即逝的棕色殘影。

玫芮迪絲賣力撥開人群，在一件件移動的摩洛哥長袍之間推擠穿梭，她像是一枚滾動的炸彈，所經之處不但引起驚呼，還造成滿地狼藉。她在粉末香料店外踹翻了裝有辛香料的簍子，還推倒一名穆斯林，隨後引爆的骨牌效應將店家辛苦疊成金字塔的堅果蜜餞給全毀了。

但是，她仍感覺到聖騎士緊緊尾隨，猶如不可分割的影子。

難以擺脫的陰影籠罩背後，那是一種小魚被大魚追逐時敏銳的危機意識，短短幾分鐘卻彷彿長達整個世紀，玫芮迪絲的腿痠了，胸腔好比炸開似地疼痛。聖騎士比想像中的還要難纏，讓她疲於奔命，街上沒有一處安全，玫芮迪絲無法假裝自己是躲進海葵的小丑魚，也絕不能把殺手帶回約拿家裡。顯而易見的，她更像具有高度智慧的靈巧海豚，於是她的思緒快速轉動起來。

這時，她跑過販售銅製鏡子和手工製古董的禮品街，不小心掀翻整桌包裝精美的可蘭經和法蒂瑪護身符，霎時間，掌心鑲有眼睛的「法蒂瑪之手」圖騰掛飾、項鍊和耳環隨之震飛，繽紛色彩宛若鮮豔的落雪，惹來背後憤怒的阿拉伯語咒罵。

漫天飛舞的千隻眼睛注視著她，令玫芮迪絲不禁心頭一凜。

這種西亞和北非常見的掌型符號起源於腓尼基人，被穆斯林認為是先知穆罕默德之女法蒂瑪的右手，能反射邪惡力量。黎凡特基督徒則稱之為「瑪麗之手」，意指耶穌基督之聖母瑪利亞；而猶太人則稱為「米利暗之手」，米利暗是先知摩西的姊姊。

無論在哪一種宗教信仰中，法蒂瑪之手都意味著對抗邪惡，這個突如其來的念頭給了玫芮迪絲新的力量。

聖騎士依然在眼尾餘光裡如影隨形，每個轉角都潛伏著恐懼，同時也充滿契機。

腎上腺素逼她快跑，她循著明顯的阿摩尼亞刺鼻氣味，在轉過幾個彎後來到皮革街，那股恐怖的味道來自天然防腐劑——鴿糞。商店老闆忙著跟客人兜售皮件，玫芮迪絲繞過討價還價的兩人，一鼓作氣衝上樓去。

位於頂樓的是皮革染製區，一甕甕石砌的千年染缸被左右住宅包圍，缸內的水位有八分滿，分別被填入不同顏色的染劑，彷彿巨人在此清洗他的水彩筆。

玫芮迪絲踩著紅褐色的缸緣行走，張開雙手維持平衡，以免不慎踩空落入澡盆般大的染缸，她可不想溺死或臭死在染料裡。

才走過幾個缸，只差了不到一分鐘的光景，窮追不捨的聖騎士便出現在樓梯口，他脫去身上的長袍隨手一扔，露出渾身綻放森寒的銀珠和銀環，嵌在皮膚上的成排銀環彷彿是道邪惡的疤，銀珠則鑲進了他的肉裡，成為他不可分割的一部分。

與其說他是上帝麾下的聖騎士，不如說是撒旦的傭兵。

「噁。」玫芮迪絲頓覺兩眼直發疼。

聖騎士露出掠食者特有的凶殘目光，他解下頸上的金色十字架項鍊，一手握住十字架，另一手拉緊鍊條，將它變作一段取人性命的利器。接著他舔舔嘴唇，玫芮迪絲瞥見他有一對嗜血的虎牙，倘若面前有塊生肉，聖騎士八成會毫不猶豫地大快朵頤。

玫芮迪絲也跟著抽出匕首，她的每一個細胞、每一條神經都處於備戰狀態，她正握匕首，讓刀刃從拳眼伸出向上，調勻呼吸準備正面迎擊。

對方以迅雷不及掩耳的速度衝了過來，陸續跳過幾個染缸，下一刻便出現在玫芮迪絲面前。

凱特琳替她惡補的格鬥技巧立刻派上用場，玫芮迪絲戳刺、砍切，凱特琳教得很好，玫芮迪絲學得很快，她是個好學生，人魚匕首適中的刀身寬度劃破空氣，刀面在敲擊鍊條時迸發火光。

匕首的長度介於小刀與短劍之間，短小鋒利且容易隱藏，是刺客必備兵器，玫芮迪絲愈使愈順手，她矮身躲過聖騎士甩出的鍊條，將匕首拋起後再次接住，換成右手反握，刀刃從拳心伸出向下。

偌大的頂樓上，匕首和鍊條交擊的清脆　噹碰撞成為唯一聲響。

玫芮迪絲挑起、突刺，接連劃破聖騎士的衣袖和褲管，轉眼間佔了上風。短兵器是近距離攻擊時的絕佳選擇，銳利的刀身可以割穿肌肉和骨頭，揚起拳頭朝下攻擊則是人類本能。

信心大增讓她得意地想起凱特琳曾經說過：在戰場上，匕首常被用來給重傷受苦者一個了結，神聖羅馬帝國皇帝查理曼甚至要求所有騎士配戴匕首。

現在，換她來給聖騎士一個痛快。玫芮迪絲滿心驕傲，勝利近在眼前，她只需要伸手去拿。

沒料到對方屢屢退敗，就等玫芮迪絲欺身靠近的那一刻……

聖騎士倏地蹲低，金鍊纏上玫芮迪絲的腳踝，宛若吐信毒蛇咬了玫芮迪絲一口。玫芮迪絲側摔在地，慌忙之間為了撐住重心，反而失手落下匕首。

聖騎士迅速從染缸中撈起人魚匕首，他拽住玫芮迪絲的頭髮，一腳抵住玫芮迪絲的肩胛骨，將她的頭往後扯，玫芮迪絲痛得顫聲吸氣。

蝕骨涼意自玫芮迪絲的皮膚透出，法器被奪連帶毀滅了所有生存下去的可能性。

「妳知道在歷史上，戰士有割去敵人帶髮頭皮的習慣嗎？沿著頭髮輪廓線深深 切下，然後猛力一拉，讓整塊頭皮像破布一樣從頭顱上扯下來，我一直很想試看看。」聖騎士冷笑。

「儘管來，我的朋友絕對會宰了你。」玫芮迪絲渾身發抖，拚命咬緊亂動的牙關。

「還嘴硬？」聖騎士心滿意足地縱聲大笑。

她覺得自己快要被拆解成兩段，尖銳刺耳的笑聲和頭皮與背部施加的力道同樣折騰，玫芮迪絲閉上雙眼準備受死，在瀰漫的痛楚中以微渺的理智在心裡和凱特琳道別，同時也向遠在澳洲家鄉的外公道歉。

她以為過程會充滿痛苦折磨、言語凌辱以及敵人的歡暢笑聲，然而過了幾秒鐘，背後卻絲毫沒有丁點動靜。

緊接著砰的一聲，聖騎士蹬著她後背的腳突然鬆開了。

「嘿。」一個熟悉的聲音自耳畔傳來，有人走到面前，輕輕碰觸了她的鼻尖。

玫芮迪絲睜開濕潤的眼睛，看見的居然是賽門自負的招牌微笑。他一臉開懷，光潔的牙齒閃閃發亮，彬彬有禮地向玫芮迪絲伸出了手。

玫芮迪絲讓那隻結實的背膀將她自染缸邊拉起，隨即發現身後的聖騎士已臥倒在地，半張鑲滿銀珠的鬼臉泡在鮮紅色的染劑裡。

「他死了嗎？」玫芮迪絲心有餘悸地問。

「成了睡美人，我把臨門一腳留給妳。」賽門灰綠的眸子閃爍笑意：「還有什麼可以為妳宰的，儘管告訴我。」

梵蒂岡

黯淡無星的夜晚，彷彿連上帝都閉上眼睛，城市陷入沉睡，只剩一道黑影在梵蒂岡的巷弄之間來去自如。

黑色的風衣將史諾隱藏得很好，城門關閉後，負責當地治安的瑞士衛隊沒有發現他在街尾徘徊，教堂大門闔上後，當班巡邏的神父也沒注意到多了個不速之客，史諾就這樣如入無人之境。

因為他想要禱告，不，是他需要、需要需要需要需要禱告。

史諾在半小時前潛入教堂，獨自一人在祭壇前跪了許久，向天主懺悔他即將犯下的罪，祈求主的赦免。

聖經經文刺青烙在他的皮膚上，同樣也烙在他的心裡，他是聖騎士，以驅逐莉莉斯的天使史諾為名，倘若你以為他是為了雙手沾染鮮血而懺悔，那就大錯特錯了，他的懺悔來自於擔憂，擔憂自己太過沉醉在殺戮的過程裡。

史諾調勻呼吸，強迫自己保持超然的態度，血腥味讓他興奮，就像體內寄生了飢渴嗜血的蟲，而那些蟲正在萬頭鑽動著，企圖鑽出他的皮膚、擠開那些刻劃封印的經文。他的手臂和大腿肌肉緊繃，密密麻麻的刺青彷彿高聲鼓譟，用希伯來文不斷嚷嚷。

回去吧，史諾壓抑蠢蠢欲動的興奮，回去回去回去回去，通通滾回地獄去吧，天主允許他扭斷別人的脖子，卻不允許他從中感到快樂，他應該服從旨意才對。

終於，史諾感覺到血管中急促奔騰的血流緩和下來，不再集中於代表力量的雙手和澎湃激昂的心，執行任務只需要一顆冷靜的腦袋。

他徐徐睜開雙眼，合十交握的雙掌也鬆弛下來垂到腿邊，吵鬧的經文刺青安靜下來，接著，他吻了一下胸前的十字架項鍊，這才緩緩起身，往修女宿舍的方向走去，沒有眼白的黑眸融入空蕩蕩的虛無。

夜闌人靜，梵蒂岡城內的居民都已安然入睡，他們大多是神父和修女，暇餘沒什麼娛樂，只能躺上床早早沉入夢境。史諾心想，這城內果真是一片淨土，沒有3C產品和流言緋語的疲勞轟炸，多麼祥和寧靜？所以，從這片淨土上拔起一兩根雜草總是可以的。

完全沒有理虧，完全心安理得。

他來到一幢不起眼的公寓前，胸腔內依然維持平穩心跳，很好，他按照計畫爬上階梯抵達二樓，然後從口袋中取出準備已久的萬用鑰匙。

冷冰冰的金屬自掌心傳來幾近溫熱的戰慄，這一連串的動作他已經在心裡演練了不下百次，實際操作經驗也有近十次，果然不消片刻，門鎖發出順利開啟的喀噠聲，史諾悄然潛入了修女的家。

他不清楚修女叫作什麼名字，對他來說，莎莉和瑪莉、安娜和安妮都沒什麼不同，就是一具行走的軀殼，裡面裝了不潔的靈魂，如同行尸走肉，簡直是濫用上帝的慈愛，若耶穌必須殉道，這些人憑什麼好端端地活著？

賈斯汀大教長的指令非常清晰，一個字：殺。

殺，殺殺殺殺殺殺殺殺……當你把一個字說成了一串句子，聽起來就像一首詩。

史諾輕輕踩過起居室，地板很硬，史諾盡量放輕腳步，不發出任何聲音，連偶然的輕喘也沒有。多年來的訓練讓他的步伐輕盈如貓，他一邊挪移一邊側耳傾聽，臥室內傳出的鼾聲沒有中斷，修女依然熟睡著。

空氣似乎傳來震動，史諾感覺到肢體末梢傳來一股興奮的抖動，他舔舔嘴唇，品嚐著陌生家具散發的陌生氣息，勝利在望的滋味格外甜美，很快地，史諾就會讓這塊他人的領域臣服於自己腳下。

推開臥室門後，史諾的灼灼目光將室內掃視一圈，然後攫住了幾件重要物品：衣櫃旁的保險箱、書桌上的筆記型電腦和一疊草稿。

找到目標以後，史諾望向躺在床上的年輕修女，黑暗之中，依稀能看見修女蓋著一條破舊的棉被，被褥的邊緣給磨得粗糙，和成對的枕套有相同的問題。她的胸脯微微起伏，髮絲垂落額際，覆蓋住了半張臉孔，史諾屏住氣息傾身端詳，發現她五官姣好，面容安詳有如教堂內的天使石膏塑像，做修女真是可惜。

他想摸摸她嗎？不，不想。

史諾搖搖頭，甩開腦海中那些撥弄弦琴的天使畫面，他認為這一定是個試煉，惡魔不見得長得恐怖，也不會把魔鬼兩字寫在臉上。經驗法則告訴他，偽善和虛假的笑容才最難提防。

短暫的遐思來了又去，史諾再次站定，從而瞥見床邊放著一支拐杖。原來這修女是個跛腳。

惻隱之心也在轉瞬間來了又去，史諾提醒自己，不要被表象欺瞞。

不要不要不要不要不要被表象欺瞞。

鎮定下來以後，史諾伸出右手握住胸前的十字架鍊條，輕輕將項鍊自頸邊摘下，接著雙手各持一端，用力拉直鎖鍊。

他重新靠近她，在她耳畔吹氣。「莎拉修女。」

莎拉修女被詭異的機器人說話聲音驚醒，她倒吸了一口氣，臉上寫滿訝然，隨後單手探向拐杖。

可惜史諾沒有給她一個公平競爭的機會。

不過半個心跳的剎那間，史諾將十字架銜在嘴裡，左手抓住修女的頭髮猛地一拉，再將鎖鍊纏上那纖細的頸子，愈繞愈緊、愈繞愈緊……

修女像溺水之人，轉而以亂抓的指甲攻擊他，史諾蹲好馬步，隨即腰間一轉、使勁一絞，修女的頸椎應聲斷裂，整個人摔向生命盡頭。

事成以後，史諾漠然收回鎖鍊，「願主賜福予妳。」他藉由語氣平板的機器發聲。

臥房內的時空像是被按了暫停鍵，訝異有如塗抹過度的妝容，永恆停留在修女逐漸僵硬的臉孔。

上帝花了七天賦予世界生命，史諾奪走一條生命只需要七秒。

第十二章

梵蒂岡

第一位教宗在將近兩千年前、羅馬帝國剛誕生時，從聖彼得大教堂繼承寶座。聖彼得大教堂的圓頂內圍，有一行距離地面六英呎高的文字，這段文字引自馬太福音第六章，基督對使徒彼得所說的話——

「你是彼得，在這磐石之上，我將建立我的教會，我要把天國的鑰匙交給你。」

這段文字被銘刻在使徒之墓上，隱藏於崇高的祭壇之後，而這使徒之長、塵世教會之首的地位則一代又一代地傳承給彼得的繼承者，也就是歷代教宗。

宗座辦公室內，眉頭深鎖的教宗在窗邊踱步。

主啊……噢主啊……

透過這扇拱型玻璃窗可以遠眺聖彼得廣場，兩百八十四根鈣華石圓柱排列成寬敞的走廊，上方頂立著一百四十尊神情各異的宗教聖人雕像，柱廊呈半圓形，宛若雙手環抱中央的廣場。廣場正中心是聳立的方尖石碑，是羅馬皇帝尼祿時代的聖彼得殉教見證者，兩側則各有一座噴泉，絡繹不絕的往來人群在池邊拍照、休憩、餵鴿子。

教宗清楚看見，底下遊客的腳步是欣喜且迫不及待的，他們在廣場上奔走讚嘆，仰望盡頭的聖彼得大教堂，反觀教宗本身的步履卻沉重且猶豫，拖泥帶水猶如在沼澤中行走，和他遲滯的思緒一樣。

室內空氣凝結，思考需要時間，下定決心也需要時間，教宗還沒做出決定，可是這個節骨眼上，他們最缺乏的就是時間。

天主啊……

他的私人秘書佩卓站在兩公尺外，心跳跟著教宗腳步的拍子走，他的雙肩下垂，臉上明白寫著莫可奈何，眼裡儘是教宗白色長袍的殘影。

站在門邊的瑞士衛隊隊長還在等待，他不時向佩卓樞機主教拋出探問的眼神，佩卓則搖搖頭，示意對方按兵不動。

「我真是想不透，」教宗終於開口了，他以含糊的口吻徐徐埋怨道：「梵蒂岡的保全可以說是滴水不漏才對！」

「是。」

「你們告訴我，上次《聖殤像》被人塗鴉，惡作劇的人順利通過檢查，因為……」

「因為有可能攜帶的顏料和物質不具有放射性，器材則是塑膠的。」隊長替教宗把話說完：「閣下，梵蒂岡城的每個入口都裝設了最先進的感應設備，有放射性同位素掃描儀、金屬探測器和X光掃描儀，還有美國緝毒署設計的嗅覺過濾器，可以偵測出可燃物和毒素最細微的化學成分。」

「這次濺血可不是惡作劇。」教宗嘀咕。

「不是，這次是血淋淋的謀殺案。」佩卓搶先回答。

「其實上回監視系統遭到入侵後，瑞士衛隊便加強了巡邏和訓練，照理來說，不該再發生類似事件。」隊長意有所指地說道。

教宗停下腳步，他聽出了弦外之音，狐疑問道：「保安並非我所熟悉的領域，你的意思是？」

「閣下，我認為這回是內賊幹的。」隊長神情嚴肅地說。

噢，天主，請給我們力量……

教宗深深吸入一口氣，然後再慢慢吐息，他撫著胸口，眉間的皺紋更深了。「佩卓，你也這麼想嗎？」

「教宗閣下，我實在不想無的放矢，問題是馬爾他教團最近的行為太囂張了，對梵蒂岡頻頻試探。」佩卓沒有把話說完，話中之意卻明顯將矛頭指向賈斯汀大教長。

「小心你的用詞。」教宗戒備地瞥了門口一眼。

「外頭都是自己人。」隊長偏著頭，對門廊比了個手勢，又道：「莎拉修女是網路辦公室的主管，若您不下令撤查，消息走漏後絕對會引起國際關注，到時就更麻煩了。」

佩卓繼而說道：「我非常贊同隊長的看法，即便網路辦公室的職員們全都簽署保密協定，我們也無法想出一個完美說詞應付莎拉修女所屬的教會，所以，息事寧人是不可能的。」

教宗嘆了口氣，半晌後再次抬起腳跟沿著窗台來回踱步，彷彿那是一趟沒有盡頭的苦行，心思則陷入回憶……

教宗候選人有些必要條件，包括年齡介於六十五到八十歲之間，必須通曉義大利語、西班牙語和英語，還得沒有見不得人的醜事，記錄必須無懈可擊。

每屆閉門會議，總有一位候選人的呼聲比其他人更高，他參選的那一年也不例外。當時一共有四名候選人，在樞機主教團投票以前，有裙帶關係的樞機們私底下拉票遊說，因為名單上的其他人比他更具資格，所以他以為自己是陪榜的，也就沒有費心爭取選票。

沒想到最有可能當選的保羅樞機居然在票選前失足墜樓，讓閉門會議好似被踩了一腳的蟻丘般亂成一團，陰謀論甚囂塵上，最後西斯汀大教堂上方的煙囪冒出白煙，他莫名其妙地當選了。

其實，在保羅樞機發生意外以前，他曾撞見賈斯汀大教長與保羅樞機在樓梯口竊竊私語，但是短暫的談話算不上什麼證據，他也不敢貿然指控馬爾他教團從中作梗。

事後他將整件事情反覆仔細想過，比起其他候選人，自己究竟有什麼能耐？不過就是更寬容、更沒有架子罷了，出身自保加利亞的教宗深知貧苦的滋味，千萬窮人的痛苦重擔，好似時常壓在他的肩上，使他的背直不起來。

教宗經常感到懊悔不已，尤其是當賈斯汀大教長伸出指爪對梵蒂岡政務比手指腳。但是他沒有勇氣開口，說穿了，既得利益者正是他自己，假使真相公開，他會變成全世界的笑柄，選舉也將成為他職業生涯中難以忽視的汙點，光是這個念頭便讓他難以呼吸。

再者，他也不認為自己是霸佔教宗的寶座，他只是想替世界做更多事……

主啊主啊主啊……

瑞士衛隊隊長和佩卓樞機主教的分析都很實際，可是和馬爾他教團對著幹只有百害而無一益。賈斯汀大教長的要脅成為教宗靈魂的枷鎖，他不知道該如何獲得救贖。

在辦公桌最上層的抽屜之內躺著一封密函，瑞士衛隊隊長敲門以前，他曾短暫瞥過一眼，也還來不及銷燬，是他的密探傳來捷報。可是，光是一個好消息，還沒辦法與足以震撼整個梵蒂岡的醜聞相互抗衡。

他該拿那封信怎麼辦？他該拿馬爾他教團怎麼辦？

「教宗閣下？」佩卓忍不住打破沉寂，他出聲道：「閣下，聖經並不是一本充滿教條、規則、必須墨守成規的手冊，而是對信仰的沉思。」

「若我們默許，則會形成結構性罪惡。」隊長附和。

梵蒂岡最高安全主管與行政主管各自表態，話雖然說得含蓄，語句中的重量卻沉甸甸地拽著教宗的心。莎拉修女的死亡彷彿成為一把利刃，硬生生將梵蒂岡的安全網劃開一個大洞，所有人都惴惴不安。

所有人，包括將教宗和他的文武副手、甚至全梵蒂岡城。網路辦公室職員被謀殺，其他人又怎能安心苟活？

主啊主啊主啊主啊主啊主啊主啊……

教宗轉動僵硬的頸子，眨眨乾澀的眼睛，超乎想像的壓力讓他感到吃不消。教宗的年齡門檻形同豐富的經驗和智慧，卻也等於日漸凋零的身軀。

隨後，他拖著愈來愈不聽使喚的身軀，弓著背走向懸於牆面上的十字架，在胸前劃了個十字，雙手交握開始默禱。

「仁愛的主啊，當人們恐懼灰心，當世間萬般多難，懇求您訓誨我們，保守我們，使我們對於不能動搖的事情能堅決穩定，使我們有豐富的希望，恢復我們的信心……」

摩洛哥　費茲

尼可拉斯結束清晨的操練，他沖了個澡，在滌去身上的汗水與肌肉的疲憊後頓覺神清氣爽。消耗熱量後，飢餓明目張膽地大舉入侵胃部，於是他帶著咕嚕咕嚕喧鬧的肚子來到中庭。

廚房傳來烤麵包和肉串的氤氳香氣，讓尼可拉斯口水直流。在摩洛哥住了好一段時間，他已經十分習慣這種和大夥兒住在一起，像是半旅遊半集訓的宿舍生活，尤其他舌頭更是適應良好，對小羔羊庫斯庫斯或肉串來者不拒。

「先生，用早餐嗎？」約拿問。

「是的，麻煩您。」尼可拉斯答。

「沒問題。」語畢，約拿便退至廚房，交代他的妻子尤藍妲準備食物。

尼可拉斯環顧四周，美輪美奐的中庭他永遠也看不膩，在歷代建築師的家學淵源薰陶之下，尼可拉斯比一般人更能欣賞注重細節的阿拉伯風格，他明白那些細緻的幾何、花草和阿拉伯文圖紋裝飾得來不易，是工藝家苦練十年出師後才能獨立作業的極致作品。

「先生，您的女伴呢？要不要替她也準備早餐？」等候妻子上菜時，約拿問道。

「阿娣麗娜去找凱特琳了，每天早上她都要等到遠在美國的母親向她報平安後才能安心。」尼可拉斯說。

「那等到小姐下樓再幫她備菜好了。」約拿說。

尼可拉斯道謝，隨即轉而說道：「我注意到伊斯蘭建築受到波斯影響很深，細節精美絕倫，而且還特別注重左右對稱。能不能告訴我，如此複雜的馬賽克圖案究竟是怎麼拼出來的？」

約拿的神色閃爍驕傲，他表示：「製作方法是工匠先把設計好的圖案記在腦海裡，然後把彩釉磁磚背面朝上，在無法辨認色彩的狀況下想像鏡面反射，敲出美麗的紋路，最後再整面貼到牆上。」

「了不起。」尼可拉斯稱讚。

「伊斯蘭式的建築物因為禁止偶像崇拜，所以不會出現人物或動物圖案，但是，有經驗的工匠能將植物和幾何變化出多采多姿的樣貌。」約拿說。

聊了幾句後，尼可拉斯發現約拿私底下頗為健談，於是又深入問起了中庭式居住空間的由來。

約拿回答：「因為非洲氣候比較乾燥，為了隔絕外面吹來的熱風，以及遮蔽強烈的日照，所以房屋都只有大門而沒有對外的窗戶，住宅的基本格局就是所有房間都面向中庭敞開門戶，中庭四周則環繞著起居室、房間和廚房，還會有一座石砌水池。」

「還有果樹。」尼可拉斯伸手撫摸一棵鮮綠的檸檬。

「對，愈是講究的家庭，就愈會種植許多盆栽。」約拿咧嘴一笑。

這時，尤藍妲端上滿滿一盤食物，尼可拉斯滿懷感激地衝著她傻笑，接著攫起一塊麵包，塗抹上厚厚一層果醬，接連張嘴咬了幾口，火速囫圇吞下麵包，然後又伸手拿了第二塊。

食物還沒靠近嘴巴，忽然一道黑影掠過，賽門伸手火速搶下尼可拉斯的麵包，接著便往自個兒嘴裡送。

「謝啦。」賽門津津有味地咀嚼搶來的食物，咕噥道：「你的寶貝金斧呢？今天試過點金術了嗎？」

尼可拉斯沉下臉來，回答：「說過幾百遍了，我不喜歡你開這種玩笑。」

「小氣什麼，我還沒說要跟你五五分帳哩。」賽門訕訕地繼續啃麵包。

「我對邁達斯國王的故事深表懷疑。」尼可拉斯不以為然地說。

「原罪貪婪的法器能夠創造財富，其實說得通啊。」賽門道。

尼可拉斯不理他，逕自往盤內添了些水果，一邊問約拿道：「對了，我一直很好奇，李歐怎麼會認識你們？我的意思是，他怎麼會涉足摩洛哥呢？」

「其實我們是透過理查神父認識李歐先生的。」尤藍妲臉一紅，靦腆地勾起嘴角。

「尤藍妲來自敘利亞，家裡是做生意的，我們唸大學時在伊斯坦堡認識，就在我向她求婚後的不久，尤藍妲的家鄉發生戰爭，她因為擔心父母而返回敘利亞，就再也出不來了。」約拿朝妻子瞥了一眼，深沉的目光中蘊含憐惜，接著又道：「理查神父說他有個朋友或許幫得上忙，後來，我拜託李歐先生救出我的未婚妻，於是李歐先生親自趕赴敘利亞和約旦交界的難民營，把尤藍妲給帶了出來。」

「原來如此。」

「當時情況真的非常危急，正常人都想往其他地方跑，只有李歐先生義不容辭地往戰火綿延之地鑽。」約拿感動地眼眶泛紅。

「李歐先生非常重義氣，他是我們全家人的朋友，也是一輩子的恩人。」尤藍妲害羞地說。

「是啊，他就是這種人，老是把責任往身上攬，但願我們也有能力替他分憂解勞。」尼可拉斯說。

忽然間，一陣伴隨著凌亂腳步的喧譁聲從樓上一路狂奔而下，約拿和尤藍妲嚇了一跳，尼可拉斯則放下手中麵包，審慎戒備地瞪著出現在樓梯口的凱特琳、阿娣麗娜和玫芮迪絲。

「怎麼了？」尼可拉斯問。

「我媽的保鏢今天沒有報平安。」阿娣麗娜臉色有如槁木死灰，捏緊的拳頭裡藏著東西。

「也許是忘了或遲到了？要不要再等一下？」尼可拉斯安慰。

「不，應該不是，剛剛我們收到李歐的留言，凱特琳解密以後抄在紙上了。」玫芮迪絲苦著臉說。

尼可拉斯從座位上霍地起身，問道：「留言寫些什麼？」

阿娣麗娜攤開掌心，扯平皺巴巴的字條，以顫抖的聲音唸道：「致影夫人，鴿子，奶油公爵留。」

「誰是奶油公爵？」

「你問錯問題了，」玫芮迪絲唇色泛白，輕輕吐出字句：「該問的是，誰是叼回橄欖枝的鴿子。」

「是莎拉。」凱特琳哽咽。

第十三章

德國　萊比錫

「再一杯。」李歐對酒保說。

夜晚有如一片柔亮的黑絲絨，將李歐緊緊裹在裡面，哄他入睡。李歐下班後沒有回家，心不在焉，加上潛意識內逃避面對與娜塔莎曾經共同擁有的公寓，那代表著他們夫妻倆小心呵護的夢想和共同編織的未來，此刻，什麼夢想和未來，都被他親手給搞砸了。

原本手中談判的籌碼有很多，潔絲敏等人在摩洛哥藏得好好的，他們還握有七件法器與索亞之書的翻譯，和教廷斡旋的管道有很多種，也許是對娜塔莎的保護欲蒙蔽了他的雙眼，讓他竟像個喪失理智的賭客，在最不了解的賭局裡下了注，把全身家當壓在守門人身上，導致最後身無分文。

想了很多天仍然一籌莫展，惡劣的心情帶領他來到上回和娜塔莎見面的酒吧，然後一杯接著一杯，威士忌、龍舌蘭、琴酒以及更多的威士忌，酒保還是同一個人，蓄著落腮鬍的中年大個子，令人倍感親切，好似多喝幾杯也沒有關係。

酒精的確發揮了相當效果的作用，麻痺了他的感覺神經，在他的雙頰抹上友善迷濛的顏色，可是不知怎麼的，李歐卻覺得思路更為清晰，彷彿痛飲後灼燒喉頭的酒不是進入胃裡，反而沿著某種神祕路線直接衝上大腦，把一根根腦神經給擦得發亮。

他辜負了他們。

尼可拉斯、阿娣麗娜、潔絲敏、賽門、凱特琳、玫芮迪絲，還有他的老友克勞德夫婦與理查，他承諾過會照顧好潔絲敏，現在卻爽約了。

他辜負了他們每一個。甚至是梅蘭妮、朱利安、卡莉和希妲，還有、還有，還有娜塔莎。

他覺得自己好失敗，除了買醉，別無他法。

落腮鬍酒保送上不曉得是第幾杯的威士忌，冰塊漂浮在琥珀色的液體中，透明玻璃杯閃閃發亮，李歐腫脹的舌頭已經有些味覺遲鈍，但是他仍一把舉起杯子將酒灌進嘴裡，還不慎灑了幾滴在大衣的袖子上。

「不要緊吧？」酒保湊了過來，探問道：「一個人喝悶酒，莫非是和上次那位漂亮小姐沒戲了？」

「以酒保而言，你還真八卦。」李歐抬眼。

「以酒保來說，我很清楚如何把自己的工作做好，有一種顧客會抓著你拼命講話，另一種顧客則是悶不吭聲，面對前者，酒保必須讓顧客說個沒完的嘴巴緩一緩，才有空間容納酒；面對後者，酒保則要從顧客嘴裡挖點東西出來，免得一個勁兒的喝悶酒，一下子就醉倒了。」酒保拾起一只空杯，邊以毛巾擦拭杯子邊說道。

「讓我猜猜，抓著你說話的都是女的？」李歐嗤笑。他想，這就是男人和女人最大的不同，女人朝外吐苦水，男人把苦往肚裡吞。

「這可不一定喲，上次跟你在一起的那位小姐，口風可緊得哩。」酒保的嘴角促狹上揚。

李歐吁了口氣，沒打算答腔。這些日子以來，他無時無刻處於緊繃狀態，權衡每件事情的利弊，他已經太累了。「再一杯。」

酒保聳了聳肩，他放下手中物品，取來一個新杯子後轉身去酒櫃拿酒。

「我去一下廁所。」李歐在吧台桌面上留下幾張鈔票。「幫我留著位置，這裡風水好。」

他離開高腳椅，拖著不穩的步伐往廁所的方向走，如果醉意能從一分到十分計算，他猜自己大約有五分，剛好能讓他感官遲鈍、行動變慢，卻還不至於分不清小便池和洗手臺。

如廁後李歐按照原路往回走，在經過大門附近時感覺大衣口袋傳來震動，他邊走邊掏手機，在回到吧台時開啟手機螢幕畫面，發現是來自聯邦刑事局的訊息。

一封黑色通報。

和一封黃色通報。

世界一顛，李歐渾身一震，頓覺呼吸困難且失去平衡。

「嘿，你的威士忌。」酒保將杯子推向他。「臉色怎麼那麼難看？算了算了，這杯是最後一杯，我請客，你別再喝了。」

李歐從茫然中回神，他向酒保眨眨眼，接著在酒杯上瞥見自己的倒影——因煩憂而頭髮凌亂、因睡眠不足而眼袋沉重的中年男子，落魄潦倒、沒有家人，但絕不是個對吃虧逆來順受的男人。

刑事局的通報宛若警鐘，瞬間點燃了李歐的意志。

「謝謝你請客。」李歐顧不得酒還沒喝，飛快地自高腳椅上起身，便往大門口拔足狂奔，遁入綿延無盡的黑夜。

李歐請聯邦刑事局的同事替他留心幾個特定人物和區域，只要一有消息就會通知他，黑色通報，指的是通報人員為已死亡人口，各國際刑警組織成員國中心可立即據此對通報人員進行情報搜尋。

黃色通報的層級則又更高，意即通報人員為重要失蹤人口或無法自我辨識，國際刑警組織成員國接到黃色通報後，可立即對通報人員進行搜尋。一個人死了，一個人失蹤，這表示梵蒂岡派出的聖騎士再度行動了。至於究竟通報人員是誰，還得等到他與有關單位聯絡上才會知道。

李歐感到又急又氣，有點兒埋怨娜塔莎沒能管好自己的人。接著他想到自己的公寓，以及總是偷偷溜進去的娜塔莎。

照道理來說，李歐的公寓應該是最危險的目標，七名聖騎士當中已經有兩名造訪過他的藏身處，若真要下手，他無疑是靶子中央那一點明亮招搖的紅心。所以到底是誰出事了？

擔憂如影隨形，胃裡的焦慮翻攪不停，李歐衝向停泊在一個路口以外的車子，迫在眉睫的危機逼迫他以最快速度回家，除了確認娜塔莎在不在以外，還必須打開筆電收信。

說時遲那時快，聒噪的手機鈴聲再度響起。

李歐腳步趨緩，手忙腳亂地從大衣口袋掏出手機按下通話鍵，吼道：「幹嘛？」

「李歐……」凱特琳的鼻音濃重。

李歐隨即將凱特琳的來電和方才的黃色通報聯想在一塊兒，這一定是報喪的通知。他停在人行道上，咬牙追問自己根本不想知道的答案。「誰出事了？」

「是莎拉。」凱特琳向來冷靜的聲音隱約發抖。「她沒去上班，辦公室也聯絡不上人，結果同事在公寓發現她的屍體……」凱特琳安靜了半秒，聽得出來正在收拾心情，接著她繼續說道：「她是被勒死的。」

「噢凱特，噢，我很抱歉。」李歐的眉頭糾結，用力抓著頭皮。他對凱特琳和莎拉的舊情略之一二，而凱特琳鮮少聽起來如此飽受打擊。

「李歐，我不能通話太久，昨晚梅蘭妮也遭遇襲擊，幸好她雇用了保鏢，現在已經轉換安置地點了。」凱特琳的語氣趨於急促。「你還記得渾身刺青那傢伙嗎？他胸前是不是掛著一條鎖鏈？」

「是。」李歐低低地說。

「絕對是聖騎士謀殺了莎拉。李歐，快告訴我天啟四騎士的背景，你都查到了些什麼？」凱特琳懇求。

李歐猶豫不決，倘若對凱特琳開誠布公，等於是將娜塔莎的身分攤在陽光下。然而，隱瞞與說謊也是一體兩面。

「不可能過了那麼久都沒有進展。我們時間不多了。」凱特琳催促。

「這……」沒有考慮太久，習慣把困難保留給自己的李歐決定再守密一段時間，直到想出兩全其美的解決之道。「他們一共是四個人，分別持有貝桑松權杖、樞機銀槌、伯多祿鑰匙和聖體盒十字弓。」

「這些莎拉早就說過了。」凱特琳不耐地提高音量。

「他們一共是四個人，分別持有貝桑松權杖、樞機銀槌、伯多祿鑰匙和聖體盒十字弓。」李歐重複。

「該死的，李歐，別拿官腔打發我！」凱特琳怒吼：「是你硬要找莎拉幫忙翻譯的！他們要的是索亞之書，所以才會找上她……」

六十秒的時間結束，電話自動斷線。

凱特琳吶喊的聲音化作一陣悲傷的呢喃，莎拉莎拉莎拉……莎拉這個名字在李歐的耳畔低迴、在他心裡激起漣漪，愧咎的苦澀久久不肯散去。

聯邦刑事局的黃色和黑色通報果然和七原罪有關，不幸喪命的那個是莎拉，僥倖逃過一劫的則是梅蘭妮，他心裡五味雜陳，替兩人的遭遇感到傷心難過，同時也為其他人感到慶幸不已。

起碼，這表示摩洛哥的藏身地點很安全。

現在怎麼辦？聖騎士的大動作將他們逼入新的絕境，李歐無言以對，守門人絕不可能交出書來，他該情商娜塔莎出面施壓嗎？

李歐耽溺在自責之中，雙眼瞪著十多公尺遠的車子，許久後重新抬起腳跟，卻在下一秒被震天價響的爆炸衝擊給彈飛原地——

聲音像是被黑洞吸去，周遭一片死寂，世界安靜無聲彷若消音。

片刻後，李歐在渾身疼痛中自地上爬起，朦朧嗚咽般的耳鳴漸退，車用警報器的鳴響和路人的驚叫也跟著陸續浮現。灰塵、火藥、焚燒物等各種氣味充塞鼻孔，在路燈有限的光照下，街道上呈現一種末日降臨般的景象。

灰白色的煙硝宛若一陣入侵城市的濃霧，霧氣之中好多人跑來跑去，他們有男有女，一個個張大嘴巴，像是梵谷的畫作《吶喊》。距離爆炸最近的倒楣鬼臥地不起，膝蓋以下整片腥紅，白骨依稀可見，這下子非得截肢不可，身旁已經有熱心人士正在打電話報警。

再遠一些，人行道上的水泥塊像是切碎的豆腐般被炸飛，路人倉皇四散、車輛起火燃燒，整個路口猶如一鍋翻攪不停還灑出爐子的稀爛醬料。

李歐抹去臉上的灰塵定睛一看，發現爆炸的起源正是那輛自己開了十多年的老爺車。有人想要他的命，這是宣戰！

一股翻騰的血氣頓時上湧，他顧不得路邊的傷患和燒成廢鐵的車，拔腿就往公寓的方向狂奔而去，一口氣衝過好幾條街，還差點被往來疾駛的車輛擦撞。險象環生之間，李歐一心掛念著娜塔莎的安危，現在確認摩洛哥那邊安全無虞，他自然而然將首要重心挪至前妻身上。

公寓大門近在眼前，李歐三步併作兩步，幾乎是用跳躍的方式衝上樓，就在此時，他注意到莫摩亞太太家不太對勁。

樓下鄰居向來家門緊閉，今天卻門扉微啟，室內光線流洩而出，沿著縫隙映照出一條窄窄的光影。就算是不學無術的山繆回家後懶得遵照祖母指示連續上三道鎖，也不至於忘記順手帶上大門，絕對事有蹊蹺。

李歐剎那間冷靜下來，危機四伏的時刻就像一觸即發的引信，瞬間點燃了他國際刑警的專業。他左顧右盼，接著小心翼翼自樓梯間仰望三樓，沒發現樓上有什麼動靜，反倒是莫摩亞太太家中隱約傳出聲響。

於是李歐伸手探向槍套，他取出手槍、上膛，然後以極其輕緩的動作接近門畔，再火速踹開莫摩亞家的門，槍口瞄準前方。

燈亮著，眼前卻一片狼藉。

莫摩亞太太引以為傲的珍藏瓷器碎了滿地，那些點綴著碎花的碗盤彷若被一陣勁風狂掃而下，李歐看到這幕驀地心一沉，轉而環顧四周，從被推開的餐桌椅掃視至起居室的沙發，還不住嘀咕山繆究竟都交了些什麼朋友，到底是哪兒來的小混混尋仇，把莫摩亞家搞成這樣？

然後，李歐注意到除了凌亂不堪的廚房，公寓內其他地方都完好如初，就像莫摩亞太太剛打掃過一樣。

不，不對，小混混不會只製造出這樣的紛亂。

李歐再次回眸，確認瓷器碎片集中在面對櫥櫃的牆角下，這表示碗盤都是朝著同一個方向砸的，也就是說，扔擲的人很有可能是莫摩亞太太本人，這是自衛。

緊接著，李歐的視線和一對鬼火般晶亮的動物雙眼四目交接。虎斑貓蹲踞在起居室的高處，一座古董玻璃櫃的頂端。

「ＰＢ？」李歐以氣音呼喚他的貓，還伸出手想抱牠。

「喵──」齜牙咧嘴的ＰＢ揮舞尖爪，一躍而下的同時竟攻擊了李歐，那副兇猛的模樣好似不認得自己的主人。

李歐一怔，只覺得手背熱辣辣的，猛一瞧才發現多了幾道抓傷，虎斑貓則在落地後一溜煙竄出門口，跑得不見蹤影。

這一切讓李歐覺得更不對勁了，李歐於剎那間頓悟，無論是破碎的瓷器還是遭受過度驚嚇的ＰＢ眾多跡象直指聖騎士，史默夫見過ＰＢ，是那隻虎斑貓讓聖騎士聯想到鄰居與他的關係。

該不會……該不會聖騎士知道樓下鄰居家保留了李歐公寓的備用鑰匙？

「莫摩亞太太？」李歐狂吼著衝進主臥室。

國際刑警當久了，李歐親眼見過很多命案現場，但都沒有一個比起眼前的更讓他暈眩想吐，只見身材矮小的友善鄰居被雙手反綁在梳妝台前的椅子上，她的臉龐是醬紫色的，瞳孔放大且空洞無神，鼻孔滲出血跡，黑色的舌頭從口中露出短短一截，灰白髮絲散落額際，癱軟無力的頸子再也支撐不了頭部的重量，讓她整個人微微向前傾，莫摩亞太太已經沒了氣息。

李歐的目光在老太太短胖的脖子上停留最久，她的喉部有一道深刻明顯的紫色痕跡，那是勒斃窒息的證據，就像死神本尊的簽名。

他判斷莫摩亞太太像莎拉一樣，死於頸動脈受到壓迫。人體的兩條頸動脈供應大腦所需的九成血液，一被壓縮就會大幅減少血流，唯一值得安慰的是整個過程只會持續短短幾分鐘，她們應該會先喪失意識，接著才迎接死亡。

先是莎拉，再來是莫摩亞太太，無以復加的自責壓得李歐喘不過氣。

這時他聽見樓上有腳步聲，李歐轉身奪門而出，他跨大步衝上三樓，門一推就開了，樓上的情況沒有比樓下好到哪裡去，貌似已經有人把公寓搜過一遍，李歐瞥見原先擱在茶几上的鐵盒被人打開，裡頭的結婚證書和照片被扔的滿地都是。

房間倏地閃過人影，李歐把槍塞回槍套，繼而取出尋人石，他想到莫摩亞太太的淒慘死狀，覺得要是一槍斃了兇手未免太便宜對方了。

「瞧瞧這是誰啊。」李歐冰藍色的眼中滲出寒意，衝著出現在臥室門口的聖騎士獰笑。

這傢伙比之前那些穿孔的、染色的看起來正常許多，他是個高大魁梧的黑人，就連李歐也只能與他平視，這名聖騎士身穿紅色衣褲，腰間繫著一把短棍，根據李歐託人調查的結果，他應該就是來自南非的隱修士——「戰爭」聖騎士，曾於撒哈拉沙漠進行為期兩年的苦行，而那把頂端有聖母雕像、裝飾著紫水晶和紅寶石的金色短棍正是教宗碧岳九世的貝桑松權杖。

「我還以為闖空門的是聖騎士哩，原來是聖誕老公公啊。」李歐譏諷。

戰爭聖騎士冷眼瞅著李歐，說道：「如果你是想找個人清算樓下的那筆帳，很抱歉，你找錯對象了，老太太不是我殺的。」

「我都還沒提起呢，你倒是先開口了，做賊心虛嗎？」話還沒說完，李歐便拋出尋人石。尋人石色澤幽暗，跟他心中的憤怒一樣純粹。咻的一聲，黑色石子劃破空氣，於弧線彼端擦過目標物。

戰爭聖騎士側身閃避，在下一次襲擊來臨前扯下腰邊的短棍然後奮力一甩，短棍馬上延伸為約莫一百五十公分長的貝桑松權杖。

戰爭聖騎士雙手虎口均朝棍稍正握，掄起貝桑松權杖便往李歐劈去，李歐迅速退至茶几另一端，隨後又拋出數顆尋人石，這回全都瞄準敵人下盤。

「喝！」戰爭聖騎士以權杖擋開其中幾個，但仍有一顆尋人石擊中他的右側膝蓋。

戰爭聖騎士以權杖作為支點撐住體重，他拿出隱修士的刻苦與耐力，在幾次嘗試後重新站穩，還以更加快速流暢的動作揮動棍把，他眉頭一皺，棍法變得更為複雜難辨，貝桑松權杖的長度優勢很快地讓他站了上風，不一會兒棍身一掃，棍稍便命中李歐。

李歐硬生生以胳膊擋下一棍後益發憤怒，他屢屢擲出尋人石，雖然法器的速度不及手槍，但威力和靈活度更勝子彈，在一次戰爭聖騎士的戳刺與上撥之間，李歐猛然一躍，繼而指節轉動，趁著錯身而過之際打算瞄準對方的後腦杓——後腦是腦神經最集中之處，亦是心血管系統和呼吸系統的中樞，擊打後腦輕則使人昏迷重則致死。

「住手！」娜塔莎的聲音像一條憑空揮來的鞭子，啪的一甩，讓兩人無法動彈。

李歐在聽見前妻聲音的剎那渾身一僵，掌中的尋人石因而錯失擊發的黃金時間。

「住手，拜託。」娜塔莎走到兩人中間，高舉雙手拉開戰線。

「聖騎士只有殘殺手無縛雞之力老太太的本事嗎？居然還找了幫手來，我真是感到無比榮幸哪。」李歐啐道。

「你誤會了，李歐，戰爭聖騎士半小時前通知我，說史諾偷偷潛入你在萊比錫的公寓，我請他暗中盯哨，然後火速趕了過來。」娜塔莎懇切地說，黑眸中滿溢憂慮。

「那史諾人呢？」李歐的下顎緊繃。

「十分鐘前走了。」戰爭聖騎士表示：「他一離開我就進來查看。」

「滿嘴謊話，假使你們真的有心監視史諾，又怎麼會讓他隨便濫殺平民？」李歐怒火中燒，渾厚語調陡地上揚，變得尖刻無比。

「沒有教宗的命令，我無法干預其他聖騎士的行動。」戰爭聖騎士漠然答道。

李歐不屑地乾笑兩聲，對於聖騎士的辯解完全不能接受，也沒打算掩飾。「現在廢話少說，兩個一起上吧。」他舉起雙手，兩手各握著一把尋人石。

是不是戰爭聖騎士或娜塔莎親自動的手，都已經無所謂了，現在，他只想找個人來怪罪。

娜塔莎一接獲通知，立刻便趕往李歐的公寓，當她衝進三樓起居室內，戰爭聖騎士與李歐之間對峙的敵意已經濃的好比硫磺，幾乎能讓她裹足不前。

悲痛在李歐臉上形成一種重擔，把他的嘴角和雙眼往下拉，娜塔莎想起浴室內的大把藥物，李歐的藥，每一把都讓他更加蒼老。他看起來不只三十六歲，比三十六歲老多了，而且比那個年紀的人更加疲憊。

「莫摩亞太太的死，我也很難過。」娜塔莎垂頭喪氣。

「少來，妳對她根本一無所知。」李歐的整張臉封閉起來，像用力拉上的百葉窗。

娜塔莎的確和樓下的老太太沒什麼交集，只知道她獨立撫養一個孫子，那男孩多大？八歲，還是九歲？但娜塔莎不是鐵石心腸，即便是素昧平生的路人，她也不會樂見對方死亡。然而，李歐的憤怒彷彿能燙傷她的意識，讓她愈想解釋愈是顯得笨拙。

「就算不是妳親手幹的，難道不正因為妳的緣故，才讓聖騎士找到這間公寓嗎？先是史默夫，然後是史諾，好吧，妳說妳是無辜的，但是妳能夠監視他，他也能反向操作啊。」李歐暴怒。

「我……」娜塔莎的舌頭像打了結，「你怪我？」

前夫的埋怨剛好戳中娜塔莎的痛處，從前沒完沒了的爭執通通跳進她的腦海，火氣也跟著上來。

「太侮辱人了！意思是說我和你上床……」娜塔莎往後退縮，像是被打了一巴掌。「意思是說我犧牲色相繞了一大圈，只為了假裝我的清白？真可笑，你又來了，又把一切擴張解釋。」

憤怒彷彿越過了界，形成嶄新的疼痛。絕望像是傷口的濃水不斷流淌，一種心如止水的沉痛感充塞娜塔莎的胸口，幾乎讓她麻木。

「怎麼這麼巧，就在妳和我接觸過後沒多久，我在梵蒂岡的朋友被謀殺了，方式就和莫摩亞太太一樣！還有，原罪高傲的傳人也被突襲。」李歐說。

「又在說你那些邪惡的同伴。」娜塔莎怔怔地說。

「他們只是小朋友！」李歐冷道。

李歐果然還是最重視那些原罪傳人們，娜塔莎心碎地想。她腦裡一片空白，什麼也不知道，只知道李歐再次毀了他們相愛的可能性。

「死亡聖騎士？」戰爭聖騎士朝娜塔莎投來徵詢目光。「只要妳下令，我立刻動手拿下原罪貪食。」

娜塔莎嘆了口氣，從李歐臉上別開目光。就在今天，她聽說史尼威找到了其他原罪傳人位於摩洛哥的基地，同樣的，史尼威也在北非丟了小命。本來她打算把情報提供給李歐，現在大概也沒必要了吧。

「不需要，教宗已經下了最後通牒，要七原罪帶上索亞之書，三日之後，我們土耳其凡城見，把這件事情一次解決。」娜塔莎告訴他們。

「看來妳還是選邊站了。」李歐酸溜溜地說。

「你又何嘗不是？」娜塔莎悲傷地說。

娜塔莎與戰爭聖騎士轉身離開公寓，甫跨出大門，李歐便走向電視櫃，開啟武器室，除了原本藏在臥室的H&K的USP點四五以外，還取出沙漠之鷹、柯特蟒蛇和搭配使用的子彈彈匣，另外，他還取出點滴攢起的高磅數炸藥。

義大利　羅馬　馬爾他宮

賈斯汀大教長一臉肅穆地坐在辦公桌前，除了規律敲打桌面的指關節，他一動也不動，猶如一座靜止的萬年冰山，任何人都看不出海平面以下——也就是他不苟言笑的儀態底下，大教長究竟在盤算什麼。

指節敲擊木頭的清脆聲響於空氣中震盪，像是節奏穩定的行軍，賈斯汀大教長略微調整坐姿減緩臀部的麻木感，低垂的視線落在面前攤開的紙張上，他正反覆檢視本週的行程表，逐字逐句地確認，這些會晤和商議奠定了馬爾他教團的根基，是不可動搖的國本。

這個禮拜，他必須和聯合國安全理事會主席共進晚餐，溝通如何集結聯合國和教團的力量，為一些過渡到民主政體的中度開發國家提供階段性協助，貫徹《世界人權宣言》宗旨。他還得和世界衛生組織的秘書長開會，針對目前教團提供的醫療服務進行討論，希望能改進公共衛生和疾病防治的推動。

他與這些官員們都是老朋友了，從很久以前，賈斯汀大教長便致力於培植人脈，其中有些人甚至借助馬爾他教團無遠弗屆的辛勤耕耘和彪炳功績爬到目前的位置，大教長可說是功不可沒。

於公於私，他們都得賣馬爾他教團面子，大教長十分懂得何時該把需要償還人情債的口袋名單拿出來複習，官員們有時得略施小惠，有時則對大教長的私下作為視而不見，世界自有一套遊戲規則。

也就是說賈斯汀大教長沒有公開的私人行程是被公認默許的，反正大教長像是走在鋼絲上的特技演員，其他人只觀賞看而已，沒有必要介入。

對馬爾他教團而言則需要一張安全網，情勢岌岌可危的鋼索上，大教長朝著目標前進，手中用來平衡的竿子承載了人民的福祉，那些見不得光的協議、關說、謀劃、聯繫讓諸多了不起的計畫得以順利執行，就像羅織一張縝密的網，才不會讓教團任由一丁點風吹草動便受到影響。

禮拜一到禮拜天，賈斯汀大教長日以繼夜地織著他的網。

「大教長，車……已經備好了。」前來敲門的是麥克斯副教長。

「副教長，你進來一下。」大教長吩咐。

麥克斯推開門，不解地問：「馬上就要出發去機場了，請、請問您準備好了嗎？」

「來，幫我看看這身衣服，是不是不太合身？」賈斯汀大教長自座位上起身走向立於牆邊的穿衣鏡，面對鏡子兀自調整衣領。

麥克斯以嚴謹的目光將大教長從頭到腳掃視一遍，就像務實苛刻的X光掃描儀。大教長身披教團的標準制服，紅色上衣潔淨如新，勳章、袖釦也端端正正毫無偏差，下半身褲子線條燙得筆直，黑皮鞋更是擦得晶亮好比閃爍星空。

人要衣裝，元首出訪自然是以最考究、最細膩的高規格予以辦理。

「大教長的服裝完美無暇……我、我想唯一的問題來自於您的腰圍，想必是操勞過度，所、所以您整個人瘦了一圈，也許褲子小個半吋會更合適？要、要不我請裁縫師替您修改一下？」麥克斯提議。

大教長盯著鏡中人影許久不出聲，他何嘗不明白自己消瘦了憔悴了，圓滾滾的肚子消風後導致上衣鬆垮了些，褲頭也像是吊掛在衣架上似的搖擺不定，鏡中倒影就是最佳見證，班白的兩鬢和額際的皺紋也都千真萬確。

他一路上戰戰兢兢，距離成功只剩最後幾步，這些犧牲將會灌溉出甜美的果實，他的每一分辛勞、忍辱和夜不成眠都會淬鍊為養分，在這樣的關鍵時刻，他需要有人認同他的作為，為他加油，然後為他喝采。

「我把皮帶再扣緊一格應該會好些，等行程結束再找裁縫處理吧。」賈斯汀大教長邊說邊繫緊皮帶。

「您辛苦了，大教長的付出一定、一定能獲得豐碩成果。」副教長不愧是跟了他許多年的左右手，馬上能適時作出正確回應。「至於其他看好戲的人，哼哼，就等著大吃一驚吧……」

「哼，說得好！有些不明事理的樞機主教居然說什麼啟用聖騎士有違教義、和教宗令諭背道而馳，真是愚蠢！」賈斯汀大教長在副手鼓勵之下，不自覺吐露了心事。

「要是樞機們明白大教長的宏願，曉得您打、打算用法器來做的好事，就不會那麼不識實務了。」麥克斯答。

「的確，可惜在事成之前沒辦法昭告天下。」賈斯汀大教長惋惜地說。他是這麼打算的：倘若得到魔豆，便可以為全球性糧食危機解套，馬爾他教團將以全新的辦法養活全世界。

上個世紀，大饑荒導致七千萬人死亡，現在每年還有兩百三十萬名孩童死於飢餓，另外有二十億人口在營養不良的狀態下生活。魔豆能縮短生長時程、加倍農作收穫量，所以，這件法器是他的首要目標。

麥克斯順著話說道：「大教長上次跟我提到魔豆的用處，呃，我想了想……發現除了讓世人免於挨餓，魔、魔豆同時還能解決全球暖化的問題，一舉兩得？」

賈斯汀大教長面露讚賞，接口又道：「有了人魚匕首，便能協助發展海洋研究，別說馬里亞納海溝了，就連地心都有可能潛進去。尋人石可以協尋失蹤人口幫助破案，紡錘則能夠讓癌症病患進入休眠狀態，等待生物科技足以治癒腫瘤細胞的那一天再被喚醒。麥克斯，你想想看，七件法器對醫療、農業甚至航太等各項科技的幫助會有多大？馬爾他教團將率領全球，開啟科技發展的新紀元！」

「即使有些人還無法理解，但將時間軸拉、拉遠來看……就會看出大教長的遠見。」

「沒有人會記得革命的過程，只會讚頌最後的結果。我希望讓這個世界達到零疾病、零犯罪、零戰爭的境界，真正落實上帝建造伊甸園的概念。」賈斯汀大教長的雙眼炯炯有神，彷彿燃燒著熊熊烈火般的渴望。

「您認為……一舉拿下七件傳說中的法器，成、成功機率有多高呢？」麥克斯小心翼翼地探問。

「十拿九穩。」大教長挺胸，代表馬爾他的十字徽章綻放銀光。

「太好了。」麥克斯偷瞄了辦公桌面一眼，問道：「上回讓您頭疼不已的那、那些文件——」

賈斯汀大教長舉起手打斷他。「全都簽好了。」

麥克斯副教長鬆了口氣，喜形於色說道：「誰能想到……睡、睡美人的童話故事將會成真呢？倘若休、休眠技術有辦法安全且成功的運用，亦是太空移民的一大步，不過到時候地、地球會成為適合居住的人間天堂，人類大概也沒有移居火星的需要了吧？」

「麥克斯，」賈斯汀大教長從鏡面反射對副教長微笑。「還是你了解我。」

「您、您必然會名揚千古，和使徒聖彼得一樣，最終獲、獲得封聖。」麥克斯說。

「封聖？」

「是呀。」

封聖。多麼悅耳的一個字眼，賈斯汀大教長閉上雙眼，品嚐這個語詞在舌間殘留的韻味。

第十四章

土耳其東南　凡城

舊約聖經《創世紀》中記載，上帝耶和華計畫以洪水消滅惡人，於是祂令好人挪亞造了一隻船，帶著他的家人以及每種動物各雌雄一對登上方舟，在汪洋中飄零了三百七十天。據信，後代的探險隊在土耳其東部的亞拉拉特山附近找到了挪亞方舟的船隻殘骸……

眼前高聳的山峰覆著大雪，傳說中的方舟正在土耳其海拔最高之處長眠。十二月伸出酷寒的指爪，一把扯下綠意，令雪線下一片枯黃。山腳下則又是另一番景象了，土耳其境內最大的內陸湖─凡湖與凡城相互依偎，湖水是所謂的土耳其藍，而大地尚未遭受冷風染指，在日光照映的幾個角度下，濃艷的藍妝點了蒼翠的綠，明媚色澤猶如點翠。

這裡曾是庫德族人的放牧之地，至少，在大地震前仍舊是。歷經幾年前造成死傷無數的七點二級大地震後，眾多建築物傾毀頹圮，凡城人口去了大半。

娜塔莎以灰色皮革的緊身戰鬥服關住橫衝直撞的心，也許是第一千次，又或者是第一萬次，她向天主誠心禱告，期許自己能在信仰中獲得力量好克盡死亡聖騎士的職責。

八年前的她也曾有過類似經歷，在靈魂暗夜裡兀自憂傷，生命幽谷中踽踽而行，當時她被交錯複雜的情緒淹沒，在茫然、哀痛、心碎與受挫之間，娜塔莎發現了閃閃發光的恨意，於是她緊抓住那股明亮的恨意，才慢慢地從低潮中爬起。

此刻，娜塔莎駐守於凡城古城堡破敗的塔樓上，以鞣韌的皮革馬甲、短褲以及長靴武裝自己，可變幻為雙面刃的伯多祿鑰匙則插在腰際。生理上的她已經準備好了，娜塔莎可以感覺到全身上下每一吋肌膚都在吶喊著戰鬥、戰鬥！

她的目光在前方的一片荒蕪上逡巡，戰爭聖騎士、瘟疫聖騎士和饑荒聖騎士則分散於左右，負責保護年邁的教宗和他的副手佩卓、賈斯汀大教長與麥克斯副教長，並且貫徹梵蒂岡的理念。

天啟四騎士被記載於《啟示錄》第六章，上面寫道：「羔羊揭開七封印中第一印的時候，我觀看，就聽見四活物中的一個，聲音如雷，說，你來。我就觀看，看哪，有一匹白馬，騎在馬上的拿著弓，並有冠冕賜給他，他便出去，勝了又要勝。

「羔羊揭開第二印的時候，我聽見第二個活物說，你來。我就觀看，看哪，另有一匹紅馬出去，騎在馬上的得了權柄，可以從地上奪去太平，使人彼此相殺，又有一把大刀賜給他。

「羔羊揭開第三印的時候，我聽見第三個活物說，你來。我就觀看，看哪，有一匹黑馬，騎在馬上的手裡拿著天平。我聽見在三活物中，彷彿有聲音說，一個銀幣買一升麥子，一個銀幣買三升大麥，油和酒不可糟蹋。

「羔羊揭開第四印的時候，我聽見第四個活物的聲音說，你來。我就觀看，看哪，有一匹灰馬，騎在馬上的，名字叫作死亡，陰間也隨著他。有權柄賜給他們管轄地的四分之一，用刀劍、饑荒、瘟疫、地上的野獸去殺害人。」

這一天她幾乎等了一輩子，最後的聖戰，苦苦磨練八年的成果驗收。

娜塔莎付出一切努力成為死亡聖騎士，正是為了能親自迎接《啟示錄》上輝煌的一頁，現在，她和李歐是天堂和地獄各執一方的守門人，非黑即白，立場敵對。

趁著技巧還沒生疏，娜塔莎在腦海中複習起與李歐重逢後的片段，溫言軟語的調情、耳畔廝磨的激情和完事後的翻臉無情，娜塔莎一點一滴累積逐漸高昇的恨意，是李歐將她永恆定格在分手的那一刻。

在這片荒涼的高原上，賽門廣闊的人脈起不了作用，凱特琳高超的駭客技術缺乏支撐設備，尼可拉斯令人咋舌的銀行存款也買不到精良的武器，於是李歐索性單刀赴會。

李歐在凡城弄來了一輛交通工具，破舊的小卡車，是他跟一位老奶奶買杏仁糕糖、碎果仁奶酪燒和果仁蜜餅的時候，不抱希望地隨口問問租車，結果老奶奶的兒子剛好有台二手車要賣，事情就這麼成了。

至於購買甜食，並不是因為李歐想要解饞，事實上血月儀式成功控制住他的貪吃原罪，效果奇佳無比，就像憂鬱症服用百憂解、失眠就吞史蒂諾斯一樣，對於前述這兩種藥物，李歐可是熟悉得很。

破舊的二手卡車行駛在凹凸不平的砂石路上，躁動不安的引擎發出怒吼，車身隨著丘陵起伏不定，滾動的車輪揚起片片黃沙。

李歐左手握著方向盤，右手捏起一塊開心果千層糕便往嘴裡塞，聽說甜食能促進合成腦內啡，讓人心情愉悅，在嚐到了滿嘴的羊油味道後，李歐馬上又灌下大半瓶礦泉水，漱去口腔中那股難以言喻的滋味。

「什麼心情愉悅？真是屁話。」李歐啐道。

話當然是說給他自己聽的，因為車上除了他也沒有別人，這也沒什麼好奇怪的，每個人都會與自己對話，李歐只不過是把腦中的自言自語給說出來罷了。在這樣寂寞的時刻，他發覺這麼做還挺紓壓的。

李歐在褲子上擦拭手指，他放慢車速，接著在橘紅色城牆的幾十公尺外停下車。

「有什麼遺言想交代嗎？」李歐自問自答：「理查，兄弟，我們很快就能一起喝一杯了。」

理查神父的鬼魂沒有回答，耳畔只有冷風如泣如訴的嗚咽聲，李歐跨出車門，一腳踩在黃褐的砂土上，覺得自己彷若誤入美國西部牛仔小鎮的外地人，陌生、笨拙、即將在對決中命喪黃泉，差別在於此地更為陰冷，也許離死亡更近一些。

李歐拎著袋子不疾不徐地登上小丘，他身上的液態防彈衣無法阻擋步槍的近距離衝擊，但是，他知道自己大概還能苟延殘喘個幾分鐘，在教廷沒有得到想要的東西以前，應該還不會要了他的小命。

隨著距離縮短，李歐看清楚了對方一共有九個人，包含娜塔莎，其中作戰士打扮的有五個。身穿黑、灰、白、紅四色的是「天啟四騎士」，第五個是幾度交手的刺青人——代表驅趕莉莉斯的天使「史諾」的聖騎士。

另外四人身穿樣式簡單低調的黑色教士袍，白髮蒼蒼的教宗雖然矮小，凜然神色和從容氣勢在人群中卻特別顯眼，聖騎士兩名在前、兩名在後，娜塔莎則佇立於教宗身邊，形成一堵堅固的牆，保護梵蒂岡的最高元首。

李歐的目光來回逡巡，他曾向莎拉打聽過幾人底細，知道另外三人分別為教宗的個人秘書佩卓樞機主教、以及聖約翰醫療騎士團的賈斯汀大教長和麥克斯副教長。賈斯汀大教長是個身高將近兩公尺的巨漢，他抬頭挺胸面露得意之色，彷彿自己才是今日的主角，而麥克斯副教長和佩卓樞機主教頻頻更換姿勢，顯得坐立難安。

李歐的目光最後落在他的前妻娜塔莎臉上，膠著的視線好一會兒都無法轉開，只見她嘴角下垂，收縮的瞳孔漆黑冰冷，裡頭完全沒有溫度，彷彿不認識自己的前夫。她美麗卻扭曲的臉蛋上刻劃著許多情緒，最清晰的一種叫作「勢不兩立」。

李歐感到心頭刺痛難忍，彷彿胸膛裡頭塞的是個插針包，任千萬根尖銳的細針來回戳刺。他可以不在乎敵人的態度，卻沒辦法不受前妻影響，頓悟來得突然，他本以為自己準備好了，現在才發現眼前這種情況或許永遠都不可能準備好。

李歐黯然收回視線，他朝教宗走去，然後在十公尺外停下步伐。等待。

風起時濕冷的沙塵拍打李歐的臉頰，刻蝕著他眉宇和額頭的紋路，讓他宛若一尊飽經風霜的雕像。李歐緊抿雙唇按兵不動，在這戒急用忍的時候，反正估計是沒有安然離開的可能了，他的計畫是多活一秒鐘，就多貪得與娜塔莎團聚的片刻。

「怎麼只有你一個？其他人呢？」賈斯汀大教長以嚴峻的嗓音問道。

李毆打量眼前彷彿高聳阿拉拉特山的高壯男子，賈斯汀大教長比身旁彎腰駝背的教宗更具領袖氣質，而且顯然沒打算浪費時間跟李歐耗著。

「重要的是我來了，還把其他人的法器和索亞之書都給帶來了。」李歐搖了搖手中的帆布袋，裡面裝滿了老奶奶的杏仁糕糖和果仁蜜餅。

不等大教長發難，一旁的麥克斯副較長不悅地開口說道：「這和……和我們講好的不一樣……我們當初說的是七個人都到場，才、才符合談判的條件。」

「他們推舉我為代表，如果你們不接受，那就另外改約時間吧。」李歐作勢轉身離開。

「等等，」身材矮小的教宗終於開口說話，他的聲音有如緩緩流動的河水。「留下你的法器作為保證，如此一來，我們方能相信你有和談的意願。」

「我看直接把他押進地牢，剩下的盟友就會出現了。」賈斯汀大教長冷冷地說。

「虧你們自詡為上帝的代言人，就這麼想把無辜之人趕盡殺絕？」李歐怒道。

賈斯汀大教長聞言縱聲大笑，教士袍也跟著抖動，猶如一面陰森漆黑的旗幟。「你們是罪惡的來源，是女巫之母莉莉斯的後代，消滅你們只不過是實踐天主的正義。」

「笑話，你親眼看見我們作奸犯科了嗎？」李歐張開雙手，將邊緣磨損的卡其大衣、破牛仔褲和皺如乾菜的皮鞋全都攤在陽光下。「你看我像吃香喝辣的大壞蛋嗎？」

「你的存在本、本身就是罪惡。」麥克斯啐道。

「呵呵，對唷，在梵蒂岡左派份子的努力下，身為凡人，貧窮也是一種罪孽。」李歐冰藍色的雙眼閃爍嘲弄。

「不准你侮辱天主！」佩卓說。

「你說你被推舉為代表，那好，四十九條神父的性命現在就跟你算一算。等到清算完了，我們再來討論如何處置你跟你的盟友們。」賈斯汀大教長抓到了李歐的語病，不懷好意地盯著李歐手中的帆布袋。

「這……」李歐蹙眉。

雖說那是伊莎貝犯下的謀殺案，但身為原罪「嫉妒」大家長以及凱特琳的母親，伊莎貝的確是他們之中的一員。既然他決定一肩扛下，確實必須對七個家族犯下的過失概括承受。

「先行搜身。」教宗囑咐。

立於左右兩側的戰爭聖騎士和瘟疫聖騎士立刻行動，兩人整齊劃一地走上前去，其中一個亮出教宗御賜權杖，另一個則取下懸於腰際的銀槌，他們從不同方向夾擊李歐，除了彼此掩護之外，也提防李歐突如其來的動作。

但是李歐沒有動作。

戰爭聖騎士來到面前，瘟疫聖騎士佇立於背後，這時，瘟疫聖騎士往李歐的膝蓋凹陷處用力一踹，緊接著戰爭勝騎士甩開手中的伸縮權杖，揮舞著權杖往李歐背上補了一記，李歐便撲倒在地。

瘟疫聖騎士在李歐身旁蹲下，一把搶過他宣稱藏有原罪法器的帆布袋，聖騎士敞開袋口仔細翻看，然後將袋子上下顛倒抖了抖，剎那間袋中物品有如潰堤，杏仁糕糖和果仁蜜餅傾瀉而出，賈斯汀大教長的臉色也跟著垮了下來。

「他耍我們。」瘟疫聖騎士踢了踢腳邊的甜品。

賈斯汀大教長滿面怒容，他激動地渾身顫抖，舉起拳頭咆哮道：「原罪，如果我不終結你，你將要毀滅全世界。現在，是你接受最後審判的時刻了，上帝的軍隊最終會得到勝利。」

瘟疫聖騎士和戰爭聖騎士紛紛回過頭來，等待教宗佈達指令。

聖騎士們願意執行天主的任何命令，可是教宗沒有回答，他蹙起的眉頭緊緊相連，原本篤定肅穆的眼神在關鍵時刻變得飄忽遲疑。

賈斯汀大教長煩躁地瞥了身旁矮小的老頭一眼，當機立斷說道：「聖騎士們，繼續搜身，看這罪人身上還藏了什麼。」

戰爭聖騎士上前掀開李歐的大衣，驀地驚叫：「他身上有炸彈！」

「驚喜。」李歐敞開雙手，眸子裡首度浮現笑意，悲傷的笑意。

「快幫教宗找掩護！」娜塔莎將教宗推向距離最近的饑荒聖騎士，大喊：「其他人找引爆器。」

「先把索亞之書給我搜出來！」賈斯汀大教長著急地高聲嚷嚷。

娜塔莎快步衝向李歐，兵荒馬亂之間，似乎有隆隆的引擎聲正朝著凡城的方向疾駛而來。

小貨卡像發射的砲彈般急速向前，潔絲敏自敞開的車窗沿途撒下魔豆，為了這一刻，她事先備妥了充足的庫存量，還以散沫花染料在雙肘內側紋上代表集中和放大力量的「黑娜」彩繪圖騰，搭配阿娣麗娜的家傳法器銀笛，讓詭異而凌亂的風向送出魔豆，兩人在安托利亞高原上遍地種下奇異的魔法。

潔絲敏驅趕多餘的思緒，在悠揚的笛聲中凝神祈禱，她將腦海當作一面空白畫布，藉由浩瀚的創造力先是繪出幾種植物的外觀特色，接著再添上色澤、氣味和觸感等細節，令憑空想像的植物栩栩如生。

第一種是捕蠅草。

捕蠅草的葉柄末端帶有捕蟲夾，捕蟲夾葉片上佈有許多的無柄腺，能分泌消化液來分解昆蟲，葉緣則長有齒狀刺毛，刺毛基部的分泌腺會分泌黏液，目的用於防止昆蟲掙脫以及黏合葉瓣。

當昆蟲進入形似貝殼的葉面部分時，碰觸到屬於感應器官的感覺毛兩次，葉瓣就會在零點五秒內迅速關閉，刺毛也會緊緊交互咬合，防止獵物逃脫，接著溢出消化液，恍如渾然天成的殘酷水牢。

那是生長於大陸型氣候的貧瘠溼地，因應補充養份而衍生出捕食機制。因為葉片邊緣有宛若睫毛的規則狀刺毛，所以英文名稱為「維納斯的捕蠅陷阱」，日文則有「蒼蠅的地獄」別稱。

現在，潔絲敏要讓蒼蠅的地獄變成敵人的地獄。

透過意念，她感覺到魔豆幻化而成的捕蠅草種子在和她拉扯，翠綠飽滿的豆子溜進土裡，因為不習慣當地環境而昏昏欲睡，潔絲敏要求魔豆立即回應她的要求，敦促捕蠅草發出嫩芽然後拔高，危危顫顫地冒出枝葉。

其實食肉植物有好幾百種，潔絲敏精挑細選，最後決定了葉片像是血滴子般的捕蠅草，她能想像當這些飢餓的植物纏上她的敵人時，心裡會有多痛快。

第二種植物比第一種更好講話也更容易催生，是豌豆。

豌豆起源於地中海及西亞一帶，喜歡涼濕氣候，能夠在貧瘠土地中生長。而潔絲敏本身又是童話故事《傑克與豌豆》的傳人，培養起來更是得心應手。

潔絲敏在腦中下達指令，魔豆向下紮根，衝出土壤的嫩芽則開始在地面上蔓延，頂端生出的靈敏卷鬚四處摸索，讓這種相互纏繞的草本植物像是舞動的鞭子，不久後羽狀複葉伸展而開，還長出白色花苞，生出蝴蝶形狀的花瓣。轉眼間雪白蝴蝶遍地飛舞，好似一縷縷冤魂化身前來鎖命。

父親、母親、奧利佛和血腥瑪麗的臉龐一一在潔絲敏的潛意識中浮現，還開口對她泣訴委屈，潔絲敏凝神思忖，若非得找個對象來怪罪，就選最初迫害他們的教廷吧。

光禿禿的高原在彈指間化為綠地，原罪傳人朝凡城鋪出綠色地毯，高調宣布他們的大駕光臨。潔絲敏宛若精靈女王，也像發號施令的統率，引領植物大軍前進。

她在心裡對親愛的教父呼喊：李歐，再等等，我們來接你了。

阿娣麗娜手持銀笛，正在吹奏柴可夫斯基《睡美人組曲》三幕劇裡的第一幕終場。

她靈活的指尖在冰涼觸感的按鍵上不停變換，熟練地演奏原本在管弦樂團配置中、英國管奏出丁香仙女即時趕來的旋律。阿娣麗娜彷彿從美好的樂音中瞥見拍打翅膀的小仙女翩然到訪，以自己的魔法修正了詛咒，讓整個國家陷入沉睡，接著以蔓生的野玫瑰將城堡保護在內。

那一幕幾乎是整齣戲的最重要高潮，是起、承、轉、合裡的「轉」，能澈底改變整個局勢。阿娣麗娜的銀笛也彷若仙杖，清脆悠揚的音色催促著潔絲敏的魔豆，而聖騎士則成為城堡中昏昏欲睡的人們，只能對來勢洶洶的植物大軍束手就擒。

早先以前，當她聽見潔絲敏提出「食肉植物」和「攀緣植物」的構思時，立刻就聯想到《睡美人組曲》，阿娣麗娜能讓豌豆有如攀附睡美人城堡的籐蔓般快速滋生，讓捕蠅草如帶刺的野玫瑰般張牙舞爪朝向敵人。

現在她的雙臂上也有「黑娜」圖騰，潔絲敏親自手繪的符文讓阿娣麗娜的銀笛效果倍增，在巫術的加持下笛音毫不停歇，捕蠅草和豌豆果然像是大口吞吃了最肥沃的養分，不僅以好比超音速的驚人姿態快速生長，還個個長到了正常尺寸的好幾倍大。

除了短暫的換氣，阿娣麗娜讓震盪的音符飄散在安托利亞高原上的空氣之中。演奏會才剛開始呢，接下來阿娣麗娜還準備了其他曲目，她有信心打贏勝仗。

在敵人面前，最不能做的一件事情便是猶豫。你可以殺戮、可以投降，就是不能遲疑不決。李歐亮出炸彈的同時在心裡高聲嘲笑教廷的失誤，但是，在那輛小貨卡猛地躍上地平線彼端時，他笑不出來了。

臉色灰敗的李歐自地面蹣跚起身，他滿肚子不爽，打算看看究竟是哪個傢伙壞了他慷慨赴死的計畫，然而，眼前那種興沖沖打算一頭栽進危險裡的駕駛技術，這世上除了凱特琳他也想不到第二個了……

既然連凱特琳都跑來瞎攪和，車上其他乘客也不會太難猜。意識到這個事實以後，李歐全身上下血液急速冷卻，他不畏懼從容就義，只害怕不能保護關愛的人。

「理查，你看看，要他們往東偏往西，真是一群不聽話的兔崽子。」李歐眼尾濡濕。

風沙飛掠時颯颯作響和轟隆隆的引擎聲混雜成喧鬧的背景音，在這團混亂之中，除了娜塔莎以外的四名聖騎士分散在教宗附近，他的前妻則朝他奔來。他沒有多想，掏出藏在大衣暗袋中的尋人石便往最接近自己的聖騎士——娜塔莎拋去，結果剛扔出去他就後悔了。

尋人石擊中娜塔莎的胳膊，這下子換娜塔莎火大了。

車都還沒停妥，賽門便一馬當先跳下了小貨卡，往目標最顯眼的刺青人史諾拔腿衝去，手上的紅寶石戒指綻放血腥般的異樣光芒。

同樣是冬季的兩年前，他們在美國的女巫鎮塞林交手過一次，所以他清楚知道史諾是個沒有痛覺的「無痛症患者」。

無所謂，反正賽門多的是精力，正愁無處發洩。

賽門高聲嘶吼，咬牙狂奔時全身肌肉鼓脹有如重裝戰車，他邊跑邊親吻指節上的「死亡之吻」戒指，接著扭轉紅寶石周圍的鑽飾，露出髮絲般纖細的針尖，臉上則換上一副瘋狂的笑容，那是雄獅才有的霸氣。

對付瘋子的最好方式就是派出一個瘋子應戰，所謂以牙還牙、以眼還眼。

史諾注意到那股旋風般的氣勢是衝著他來，於是褪下黑色大衣，將佈滿密密麻麻希伯來文經文刺青的肌膚暴露於外。頭皮、四肢、眼眸，尤其是眼眸，他的瞳仁四周沒有眼白，全都是雷射經文，雙眼就像兩個全黑的大窟窿。

電影裡的惡魔才長這副德性。賽門覺得聖騎士把自己搞成這樣，非常具有反諷的娛樂效果。激增的腎上腺素讓賽門忍不住哈哈大笑。

十公尺、九公尺、八公尺……

當賽門撲向史諾，後者同時也扯下了頸子上的十字架鎖鍊，史諾把項鍊當作釘頭錘來使，邊緣銳利的十字架劃過賽門耳畔，賽門矮身閃躲，僥倖避開鎖鍊掀起的冷風。

賽門旋身便給史諾重重一擊，不過他出的是沒戴戒指的左手，而非右手，倘若這麼快就解決刺青人，那未免也太無趣了。兩人分開後，賽門發現史諾完全不為所動，那渾身刺青的變態根本感受不到任何痛楚。

史諾在肉體接下重拳後隨即甩出鎖鍊，十字架掃過賽門胳膊時留下一道血痕，逼得賽門踉蹌後退，二人拉開距離。賽門驚訝地瞥了傷痕一眼，灰綠色的眸子裡迸發寒意，睡美人的戒指散放耀眼金光。

隨後，賽門大步走向史諾，他轉動胳膊熱身，然後邊走邊往地上扔東西，先是一把柯爾特沃克轉輪手槍，接著是一把瓦爾特P38，還有一枚手榴彈。賽門的金髮在風中飛揚，步伐隨性地彷彿只是在花園裡散步，每一次踩踏都濺起塵沙。

史諾則拉緊了手裡的鎖鍊，仍舊是面無表情。

在最接近的一步之遙賽門掄起拳頭砸向史諾的臉，他賁張的肌肉緊緊繃起，宛若最驍勇善戰的薩摩亞拳擊手，史諾被揍得跪倒在地。

史諾幾乎是立刻起身，他往側邊啐出唾沫，連帶吐出一顆沾有血絲的牙齒，他恨恨地瞪著地上的白牙，隨即以一記肘擊回敬賽門，賽門頭部往後一仰，鼻孔滲出血痕。

賽門抹去鼻血，接著咧嘴一笑，笑得像是個得到新玩具的孩子般樂不可支，然後他重新擺好架式。

賽門與史諾一人一拳，動作不慌不忙，態度不疾不徐，拳頭的磅數不相上下。

尼可拉斯向阿娣麗娜拋出意味深長的一眼，緊接著尾隨賽門下車，他鎖定貌似非洲裔、身穿紅衣的戰爭聖騎士，對方手持一把長約三十公分、裝飾著紫水晶和紅寶石的金色短棍。

尼可拉斯沒有賽門那般躁進，他信步來到聖騎士面前，銳利目光攫住對方，緩緩從背後的斧套取出銀斧。

戰爭聖騎士將權杖朝空中一甩，短棍頓時伸長為一百五十公分左右的權杖。他瞥了尼可拉斯的斧套一眼，操著濃重的外國口音說道：「見見教宗碧岳九世的貝桑松權杖。」

「不錯，希望別中看不中用。」

「你的斧頭也不錯，怎麼不用金斧？」

尼可拉斯微微一笑。「急什麼？趕著去見上帝？」

戰爭聖騎士悶哼一聲，接著便將權杖揮向尼可拉斯，他移動起來像是一團閃爍金光的火焰，既模糊又明顯，模糊的是他快如閃電的動作，明顯的是權杖上的紅寶石和他明亮的紅色服裝，成為點綴了綠地的荒原上唯一一抹殷紅。

尼可拉斯高舉銀斧擋下第一棍，接著是第二棍。

他和其他人一樣穿著黑色訂製套裝，宛若一隻行動敏捷的黑豹，是他今年改良過的戰鬥服，這種特殊材質能在危及時刻替他保住性命，柔韌的布料和適中的厚度卻不會拖慢他的速度。

「有沒有人說過你的衣服很華麗？」尼可拉斯故意挑釁，想讓對方分心。

「的確是有這麼一個白痴。」戰爭聖騎士冷道。

尼可拉斯深邃的黑眼與敵方的褐眼四目相對，彷彿瞪視本身也是一種較勁。

雖然斧頭無堅不摧，但權杖在長度上佔有優勢，戰爭聖騎士顯然對樵夫的法器略之一二，權杖化身的長棍總是刻意迴避鋒利的斧口，只攻擊平坦的斧面，尼可拉斯必須找機會靠近逼近對方，削鐵如泥的銀斧才有發揮戰力的可能。

戰爭聖騎士耍弄權杖，輪流以棍柄兩端擊打尼可拉斯，兩人在攻防之間仔細尋找對方的防禦破綻。戰爭聖騎士有種隱修士般道貌岸然的氣質，而尼可拉斯則是沉穩的武學家，他們冷靜自持的思考模式相當類似，幾個回合下來難分勝負，讓打鬥彷若一支永不停歇的雙人舞。

尼可拉斯自知必須改變模式才行，以食指撫觸斧柄上裹著的一圈圈鞣製皮革，同時思索著其他可能，這時他想到了自己最重要且獨一無二的優勢——他的夥伴們，阿娣麗娜的笛聲和潔絲敏的植物。

捕蠅草的感覺毛就像感應裝置，捕蟲機制則是一組精密的結構搭配。頃刻間，遍地的捕蠅草現在已經長到了足球大小，宛若一隻隻張著血盆大口的小怪獸。

而豌豆藤則彷彿擁有觸覺，碰到物體的幾秒內會彎曲並試著將其纏繞，就像你想將對手痛打一頓時，聽憑使喚的小嘍嘍。

倘若將尼可拉斯的戰場比喻為踢足球，現在他已不是單打獨鬥，他有守門員也有隊友。

想通以後，尼可拉斯藉由靈巧的步伐和苦練出來的平衡感，在戰爭聖騎士周圍兜圈子，他相信對方總有不小心一腳踩空的時候。

咻的一聲，一支箭硬生生插入擋風玻璃。

玻璃頓如放射狀的蛛絲般龜裂，銳利的箭頭埋入一吋，與凱特琳額頭的距離只差了二十公分。

「車交給妳們了。」凱特琳跳下了駕駛座，把阿娣麗娜和潔絲敏留在移動的遮蔽物內。

她一步一躍地在零散的綠地之間奔跑，左手握持魔鏡，右手揮舞藍波刀，避開飢餓的食肉植物和好奇的攀緣植物。沙漠中的綠地代表綠洲，代表水源和生命；他們創造出來的綠地卻意謂著陷阱，是死亡的代名詞。

凱特琳的軍靴輕巧跨過一株豌豆藤，在它的卷鬚逮到她之前迅速移開了腳步，凱特琳受過傭兵訓練，過去那段遊俠般的日子為今日的戰役奠定了基礎，讓她只花了不到三分鐘便適應這種左右躍動的步法，凱特琳恍若一隻動作優雅的高原羚羊。

這時，瘟疫聖騎士的視線對上了她的，對方擁有中南美洲血統特有的短小精幹和強健體魄，凱特琳加快腳步，身穿白衣的瘟疫聖騎士同時拉開十字弓，凱特琳在心中默數發射時間，在對方拉弓的瞬間身子一扭，舉起魔鏡格擋。

咚。

加速度的作用力彷若無物，弓箭與鏡面衝擊的力道沉入雕花魔鏡之內，箭矢彈開，尾端有麥穗花紋的箭矢以幾近同樣的速度折返，最後落在兩人之間。

聖騎士朝她齜牙咧嘴，彷彿被激怒的郊狼般低吼著露出犬齒，並再次於十字弓搭上了一支箭。

凱特琳衝刺的速度也快如箭矢，她奔向瘟疫聖騎士，躍起時高舉藍波刀，拇指抵住墩座，剛打磨過的刀面在光線下熠熠生輝。

即使只是一把藍波刀，在魔法力量的顯化下也有可能變成貫穿金鎧的穿甲劍。

「這一刀，是替莎拉討回公道。」凱特琳怒吼著，刀鋒劃破空氣。

玫芮迪絲打從一開始就不在小貨卡上，她從安托利亞高原的另一側躍入凡湖，接著悄悄登上湖水中央的小島，扭乾濕答答的紅髮再穿上尼可拉斯發明的快乾衣，潛伏於島上的聖十字教堂中以望遠鏡監看凡城。

這是她自己提出的點子，比起與其他人一起走陸路，她在水中更能發揮影響力。而儘管不願意玫芮迪絲單獨行動，凱特琳最終還是為了顧全大局勉強同意。

玫芮迪絲曾對凱特琳表達抗議。「我是妳有史以來最好的學生欸，況且我也跟賽門學了幾招戰略。」

「妳是我唯一的學生，也是唯一的伴侶。」凱特琳當時這樣回答。

有這句話便足夠了。玫芮迪絲心想。

她們透過遠端追蹤李歐的下落，然後再近距離掌控最新實況，最後根據玫芮迪絲的無線電通報，凱特琳等人才在關鍵時刻現身，準備將聖騎士們一網打盡。現在，阿娣麗娜和潔絲敏聯手將荒原幻化為叢林，凱特琳正與瘟疫聖騎士忙得不可開交，尼可拉斯應付戰爭聖騎士，賽門則與渾身刺青的史諾正面交鋒。

最耐人尋味的是李歐和死亡聖騎士，玫芮迪絲不曉得李歐究竟打著什麼鬼主意，難道是要示弱求和，所以才沒有傾盡全力？那個死亡聖騎士更是奇怪，她對李歐窮追猛打，卻又處處手下留情，不僅攻擊的力道只是虛晃一招，就連幾次李歐露出防守破綻，她都沒有藉機痛下毒手。

這種應付草率的態度就像職業球賽打假球，玫芮迪絲幾乎覺得可以不擔心李歐的安危了，反正他最多只會受點皮肉傷而已。

放眼望去，除了饑荒聖騎士以外，留守於教宗身旁的只剩下那幾個穿著黑色教士服的不中用傢伙，一看就知道手無縛雞之力，除了聖經以外什麼也捧不動，參加拼字比賽還行，戰鬥可能會讓他們嚇得尿褲子，應該很好解決。

所以，玫芮迪絲決定把她的目標放在搞定饑荒聖騎士——那個一身黑衣的亞洲人。

玫芮迪絲向小貨卡上的阿娣麗娜送出訊號，放下望遠鏡後再次縱身跳入水中，幻化為下半身佈滿鱗片的水中女妖——美人魚。

這次她沒有打算像希臘神話中的塞壬，把陸地上的人類拖下水裡，而是潛入靠近湖畔的岸邊最深處，開始不停地繞圈圈。

玫芮迪絲以最快速度在水中繞圈打轉，她拼命地轉，終於在水面之下形成一道漩渦，然後在阿娣麗娜笛聲的幫忙之下，漩渦在轉眼間壯大聲勢，半徑自一公尺增加到三公尺，然後是六公尺，幾分鐘後，玫芮迪絲在凡湖中養出了能吞噬一切的怪物。

巨大漩渦將周遭的一切拉向自己的中心，好比永遠無法滿足的黑洞，它貪心地向上發展，成為一根深不見底的吸管，連水面以上的濕氣和雲霧都想大口吞噬，最後在凡湖上方形成一股連結天空的氣旋，正式幻化為海龍捲風。

大功告成。玫芮迪絲心滿意足地遠離她的傑作，把操控海龍捲風的工作交棒給阿娣麗娜。

她將家傳的雙尾匕首插入刀鞘後銜在嘴裡，幾分鐘後溼漉漉地爬上岸，準備化身為偷走靈魂的鬼影刺客，或是挖取活體心臟的阿茲提克祭司。

尋人石打在身上的痛楚讓娜塔莎體內的野獸彷彿掙脫枷鎖，她的腎上腺素劇烈飆高，從裡到外散發熱能，血管中彷若有燃燒的熊熊怒火，讓血液紛紛蒸騰，全身每一個細胞都在飆罵髒話。

娜塔莎咬牙衝向前夫，交替揮出直拳和擺拳，每一次出擊都用盡力氣。李歐左移右閃，結果沒能躲過其中一記，他摀著耳朵連連倒退了好幾步，然後甩了甩頭，重新擺好架勢。

娜塔莎趁勢繞到李歐身後，她蹬起時以掌根重擊李歐的後頸，李歐脖子一縮回身閃避，卻沒能料到娜塔莎接著又以膝蓋衝撞他的軀幹，於是側腹挨了狠狠一擊。

李歐拼命喘息，娜塔莎即刻轉身後踹，但李歐成功抱住她的腳踝，借力使力將娜塔莎扭倒在地。

「可惡。」娜塔莎翻滾著甩開李歐。

「對不起。」李歐張開雙手。

「王八蛋！」娜塔莎低吼著匍匐起身。

她快速滑步向前，以一連串猛攻讓李歐節節敗退，她的黑髮甩動，協調連貫的動作彷若只是表演一項熟悉的體操。

這回李歐只是擺出防禦動作，他的膝蓋保持微屈，兩腳斜向四十五度穩固下盤，雙手屈臂抬起護住胸膛。

娜塔莎屈膝上提，在一個騰跳後踹向李歐的腹部。李歐只是緊收下頜，無論怎麼挨打都肘不離肋。

娜塔莎像個暴怒的潑婦，抓住李歐的頭髮猛攻他的臉部，李歐依然緊收下頜，無論怎麼挨打都肘不離肋。

她像灰色的鬼魅對他死死糾纏，他卻像黑色的雕像般死氣沉沉無動於衷。

儘管娜塔莎佔了上風，李歐這樣毫不回擊的行為反而讓她更生氣，好比一場裁判故意放水的比賽，就算贏了也不過癮。

李歐沒有再擲出尋人石。娜塔莎退後，忿忿不平地瞪著她的前夫，李歐悵然若失的目光凍得娜塔莎無比難受，娜塔莎是火，李歐是冰，兩人天生水火不容。

「你幹嘛不打回來？」她問。

「我發過誓，絕對不打老婆。」他說。

她以為自己千錘百鍊的靈魂已經無堅不摧，意外的是，當她和前夫視線交會時，那種瞬間的電光火石仍叫她心痛難耐。

不……這種遊戲她再也玩不下去了，她必須速戰速決。

周遭儘是呼嘯的風聲和嘶吼的打鬥聲，她提醒自己，是李歐先背叛她的，而且還不只一次。衝著兩度造成的傷害，將李歐千刀萬剮也不足為惜，教廷派出天啟四騎士對付李歐也只是剛好而已。

娜塔莎抽出教宗御賜的利奧十三世伯多祿鑰匙，按下十字架的中心點，將之幻化為銳利的短刀，接著，她將雕紋繁複的鑰匙兩兩相接，插銷固定後組成一把雙面刃。

好似為了呼應她的聖物出鞘，轉眼間晴朗天氣風雲變色，凡湖中央竟刮起了海龍捲風，畫面宛如啟示錄中的末日來臨。娜塔莎快步向前，以雙手迅速旋轉手中的雙面刃，鋒利金屬帶動氣流的咻咻聲中，刀光殘影步步逼近。

娜塔莎與李歐面對面。

然而，當她細看那張滿佈風霜和瘀青的臉龐，那頭缺乏妻子幫忙打理的亂髮，以及那身因戰鬥而更加破爛的舊大衣時，手裡的刀卻怎麼樣也砍不下去。

第十五章

「到此為止。」教宗要求。

佩卓立刻會意過來，他扯著嗓子喊道：「停戰、停戰，教宗閣下命令你們停戰！」

雖然一開口就吃了一把飛沙走石，但他仍不懈地換了三種語言呼喊，第一次是義大利文，第二次是法文，第三次則是英文，深怕有誰沒聽見。

其實佩卓早就看不下去了，眼前風雨飄搖，恐怖的海龍捲風挾帶大量湖水灑濺而下，被狂風捲起的砂石像褐色的遊行碎紙在空中翻滾，殺戮的叫嚷刮擦耳膜，恐懼竄上背脊，彷彿啟示錄中的末日降世。尤其聖騎士們和原罪傳人難分勝負的打鬥彷彿可以持續進行到天荒地老，就算是代表天主的聖騎士殲滅七原罪一役，這種流血場面也讓天天讀經祈禱的教士難以忍受。

聽見教宗下達命令後，除了守在教宗身邊的饑荒聖騎士以外，戰爭、瘟疫和死亡聖騎士也紛紛停下動作，眼見對手休戰，原罪傳人們決定暫時罷手，他們拉開距離保持警戒，等著看梵蒂岡打算祭出什麼和談條件。

「很精采的一架，我們應該打完。」鎖在史諾喉頭的儀器替主人說道。史諾已經滿臉是血，他冷冷地瞅了賽門一眼，將金色十字架鎖鍊重新套回脖子上，轉過身後往教宗和賈斯汀大教長等人所在位置的方向移動。

「勝利在即，為什麼下令停戰？」賈斯汀大教長不滿地逼問。

「我已經看夠了殺戮。」矮小教宗身上的一切似乎都被磨損得好憔悴，他搖頭嘆氣：「我謹代表梵蒂岡，在此宣布對七名原罪傳人頒佈特赦令，即刻起，聖騎士解除職責，需儘速返回宗座宮殿，繳交教廷聖物。」

「你說什麼？」賈斯汀大教長不敢置信地瞪著教宗。

教宗挺直了脊樑，以年邁老者能力所及的最大音量說道：「我們一直深信獵殺莉莉斯的後代是正義，認為啟動聖騎士是師出有名，可是，這些原罪的繼承者們除了名義上的罪孽，究竟有什麼過錯？」

「他們是七原罪！是肉慾、貪食、懶惰、暴怒、嫉妒、傲慢和貪婪的化身！」賈斯汀大教長咆哮。

「我們以偏概全地認為這七人是七原罪，卻遺忘與之相對應的美德。『加拉太書』中記載，『聖靈所結的果子就是仁愛、喜樂、和平、忍耐、恩慈、良善、信實、溫柔、節制』，在我看來，他們努力對抗原罪天性，即便身受污染卻還能表現出對彼此的忠誠和愛，這不就是人性真善美的展現嗎？」教宗態度堅定地說：「我希望，百年來的對立能在我們手中澈底和解。」

尼可拉斯等人鬆了口氣，他們鬆開拳頭，握著法器的手垂落下來，戰鬥從來就不是他們的首選，他們始終渴望一場公平對等的和談。幾秒鐘後，海龍捲風也消散無蹤，高原上方的天空撥雲見日。

佩卓偷偷咂舌，本來以為自己死期在即，連臨終禱文都選定了，在變化莫測的天氣恢復正常以後，他彷若從死神手中逃過一劫，格外珍惜這得來不易的和平。

賈斯汀大教長可不這麼想，他俯瞰足足矮了好幾個頭的教宗，斥道：「我看你是老糊塗了，竟敢違背上帝的旨意。」

「身為教宗，我已經受制於聖約翰軍事醫療團太久了，從現在開始我必須聽從自我的良知，即便這代表著我必須卸任也無所謂。」教宗厲聲道，毫無懼色地迎向大教長充滿責難的視線。

佩卓睜大雙眼，彷彿這輩子頭一回見識到教宗的震怒，直到今天，他又重新認識了自己幾乎服侍一輩子的老闆。

聖騎士們眼睜睜地看著兩人爭論不休，一時之間不知道該取信何人，在兩種立場之間徘徊不定。最後因為拿不定主意，只好通通向身為領導者的娜塔莎投以詢問目光。

「很好，我早就知道你老得不中用了，所以還有備案。」賈斯汀大教長擰起的粗眉鬆開，換成某種誓死方休的冷酷。

聖騎士們一陣騷動，交換不明所以然的惴惴神色。

「史諾，上。」大教長向渾身刺青的聖騎士示意。

史諾勾起嘴角，露出歪斜的笑。「遵命。」機器人聲音說。

佩卓還沒反應過來，倒是那個亞裔的饑荒聖騎士立刻趨前往擋住教宗，高舉手中御賜銀槌。

史諾抽出藏在衣服內的武器，居然也是一把銀槌。

那武器的槌頭為鍍金銀、握把是深色木頭的槌子，尾端則比頂端略粗，線條優雅流暢。而且，和饑荒聖騎士的御賜聖物一模一樣。

其他人都想通了，只有佩卓還沒。他驚呼：「那聖物怎麼有兩把？」

「真的早就被我掉包了。」賈斯汀大教長洋洋得意地說：「史諾，給他們點顏色瞧瞧。」

饑荒聖騎士沒有選擇，只能迎戰逐漸逼近的史諾。　噹一聲，兩槌交集時迸出火光，彷若白晝中的一記響雷，只見饑荒聖騎士臉色驟變，手中銀槌瞬間應聲裂開……

槌柄沒能擋下第二招，不均勻的破口再第二次　噹聲中斷成兩半。

下一刻，史諾便以他完好無缺的銀槌擊碎了饑荒聖騎士的頭蓋骨。

「饑荒……」娜塔莎失聲道。

宛若五雷轟頂，佩卓腦海一片空白，被眼前的景象給嚇呆了。

那把銀槌曾被用來確認教宗是否去世，總管樞機主教會用銀槌輕敲逝世教宗的額頭三下，並以領洗聖名呼喚教宗，是聖伯多祿大殿收藏的聖器，沒想到，此刻卻變成砸爛聖騎士腦子的凶器。

「梵蒂岡遲早會揭發你們的惡行，然後和聖約翰騎士醫療團畫清界線，讓全世界看清楚你們的真面目。」佩卓激動大喊。

「恐怕諸位沒機會回到梵蒂岡了。」賈斯汀大教長冷笑，他從口袋中掏出手機，按下了一個按鈕。

幾秒之間，天地間傳來一種近似呢喃的低吟，隨後變為固定的震動頻率，聲音愈來愈響、愈來愈大……

綿延的丘陵彼端，冒出一具墨黑色的砲口。接著是履帶和艙蓋，然後是車殼，最後，整輛坦克車都出現了。

「是蠍式偵查戰車。」賽門警覺地大喊：「B計畫！」

「集中、集中！」尼可拉斯立刻號召夥伴們集結起來。

阿娣麗娜駕駛著小貨卡衝向眾人，潔絲敏大喊著敦促他們快點上車，其他人則往來時方向撤回。玫芮迪絲一見苗頭不對，也在尼可拉斯後頭跟著跑。

李歐拔腿與凱特琳並肩狂奔，扯著嗓子問道：「我們有B計畫嗎？」

「A計畫，全身而退。B計畫，戰死方休。」凱特琳喊。

李歐蹙眉。「我比較喜歡A計畫。」

小貨卡驀地緊急煞車，輪胎揚起無數塵埃，像是一陣黃褐色的風暴，然而遠方逼近的沙塵暴更是來勢洶洶。

尼可拉斯率先躍上後車廂，他回過頭，伸手將玫芮迪絲拉上車，賽門、凱特琳和李歐也陸續跳上小貨卡。遠處的聖騎士們陷入僵局，只剩下三人的「天啟」們與史諾對峙。

「本來以為是正邪不兩立，現在教廷自己人鬧意見不合，還找了幫手來，變成三方鼎立了。」尼可拉斯喘氣。

「也許我們可以利用這種情況成功扭轉局勢。」賽門指出。

這時，駕駛的阿娣麗娜氣急敗壞地吼道：「車開不出去，我們被包抄了。」

砲彈擊中凡城西翼所剩不多的古城遺跡時發出轟然巨響，剎那間整面牆傾毀倒塌，塵煙瀰漫四起，教宗等人連忙邊咳嗽邊躲避。

另一發砲彈擊中幾呎遠的巨岩，地表皆為之震撼，飛沙走石隨著衝擊力道向外噴濺，令人無法直視。

「他們還毀了我的魔豆。」潔絲敏怔怔地說。

坦克車接二連三出現，巨大的輪圈輾過魔法植物，摧毀了潔絲敏和阿地麗娜悉心照顧的作品、削弱了她們法器的魔力，方圓百公尺內一片狼藉。

不消片刻，他們便被數十輛坦克車團團包圍，數十支砲口呈U字型，在百餘空尺外正對著小貨卡和凡城。

轉眼間偌大的戰地似乎縮小了，倘若原先像是廣袤無垠的亞馬遜森林，現在就是迷你的搗藥砵，以被壓得稀爛的捕蠅草和豌豆藤為藥材，七原罪則為藥引。他們繞進了死胡同。

緊跟在後的是載有一整車武裝士兵的卡車，卡車像砲彈似地衝進原罪傳人與教廷兩方之間的空地，一個甩尾後猛地停下，車頭正對著車頭，隆隆引擎聲相互較勁，載滿士兵的卡車與小貨卡好似隔空對彼此咆哮比拼，雙方於原地僵持不下。

「現在怎麼辦？隨便亂動就有可能變砲灰。」阿娣麗娜緊抓方向盤，手指因用力過度而泛白。

「先按兵不動，把法器藏好。」李歐說：「也許我們可以跟聖騎士合作。」

「剛剛死亡聖騎士還想把你給拖進地獄耶！」潔絲敏不贊同地表示。

「李歐說得對，眼下最好的方法是個個擊破，敵人的敵人就是朋友。」賽門說。

黃色的風暴漸漸止息，個個都手持步槍的士兵們動作整齊依序下車，他們這才看清楚了，帶頭的首領竟是一年前交手過的穆薩。

「那個王八蛋怎麼還沒死？」玫芮迪絲氣得指著擋風玻璃大罵。

穆薩身穿沙色軍裝，臉上掛著熟悉的自負神情和雷朋太陽眼鏡，地中海一役恍如昨日，卻沒有在他身上留下明顯的傷。

「別來無恙。」穆薩走上前來，露齒而笑說道。

「代我向你死去的老頭問好。」賽門挑釁。

穆薩眼裡短促閃過憤怒，但僅僅是一秒，接下來，他再度展現笑容。「說起來我還得感謝各位呢，多虧你們幫忙，我才能早日繼承父親的軍隊和權位。來來來，你們站錯位置了，各位不是買搖滾區的票，各位是今天挑大樑的演員，請往舞台上走。」

持槍士兵們強迫尼可拉斯等人離開小貨卡，嘶吼著叫他們滾下車，然後又將他們趕向佇立於凡城破敗城牆邊的教宗等人。

在步槍的有效射程下眾人不敢輕舉妄動，他們作投降狀，心不甘情不願地被士兵推著走。這不是好兆頭，尼可拉斯看過恐怖分子處死人質的影片，接下來，穆薩就會要求他們自掘墳墓。

「動手嗎？」玫芮迪絲悄聲問道。

「還不到時候。」李歐低語。

幾分鐘後，原本短兵相接的原罪傳人們和梵蒂岡代表們再次聚首，兩邊不再是對立的正邪雙方，他們全都成了穆薩的囚犯，身分已大不相同，卻同樣灰頭土臉。李歐等人依偎著彼此，佩卓和剩下的聖騎士們護著教宗，由數十名持槍士兵看守，原先壁壘分明的敵對關係立刻被新的局勢發展打破。

穆薩信步走至賈斯汀大教長身旁，兩人並肩而立。

「原來大教長跟恐怖分子是一夥的？」佩卓驚愕地倒吸一口氣。

賈斯汀大教長、麥克斯副教長、史諾、穆薩以及難以數計的士兵是一邊。

教宗、佩卓、戰爭聖騎士、瘟疫聖騎士、死亡聖騎士以及李歐等七人則是另外一邊。

「我侍奉天主幾十年來，在貧苦的地區服務過，也在安逸的地區服務過，見識過基督忠誠的子民也目睹過無信仰者。這七人擁有潔淨的靈魂，而你，賈斯汀大教長，才是撒旦的子民！」教宗怒叱。

「閉嘴，老傢伙。」賈斯汀大教長繼而轉向李歐等人，以不容置喙的語氣要求：「現在交出索亞之書和法器。」

「你們為什麼對索亞之書那麼有興趣？那本書是私人珍藏。」李歐問。

穆薩上前一步，笑道：「根據可蘭經記載，伊甸園就在底格里斯河和幼發拉底河流經之處，我們察訪多年，相信伊甸園原址就在古時候的美索不達米亞文明誕生地點，也就是當今土耳其的安托利亞高原、現在我們的腳下。」

「索亞之書記錄了伊甸園的地圖，只要得到地圖，就可以在伊甸園打造新的聖地，到時候全世界都會向我們俯首稱臣。」賈斯汀大教長說。

「伊甸園不過是聖經中的故事罷了，就算真的曾經存在，現在也早就成為廢墟了。」潔絲敏冷冷地回答。

「無所謂，我們在原址重建伊甸園就好。我的油井年產出量是七千億美金，那可是一筆足以聘僱全世界傭兵的財富。財力不成問題，現在只差某種精神象徵。快把索亞之書拿出來，我們要用地圖比對實際位置。」穆薩語氣強硬地命令。

「門都沒有！」玫芮迪絲的憤怒衝出齒縫。

一名士兵以槍托砸向賽門背部，逼得他雙膝跪地，臉上寫滿痛苦，潔絲敏見狀哀號一聲，隨即被阿娣麗娜拉進懷裡。

「跪下！」穆薩接連伸腳踹向李歐和尼可拉斯。

兩人撲倒後又被粗暴地扯了起來，他們和賽門並排跪著，雙手枕在後腦杓。他們以超乎尋常的毅力挺起胸膛，雖然動作略顯僵硬，再抬頭時已目光如炬。

「敢跟我耍狠？」穆薩從槍套中抽出武器，他歪著頭笑了笑，將槍口往賽門的太陽穴瞄準，一個字一個字地咬牙說道：「索、亞、之、書、在、哪、裡？」

無力感深深衝擊著眾人，甚至瀰漫至教宗和佩卓身上，阿娣麗娜在尼可拉斯身邊哽咽，潔絲敏的眼前彷彿起了濃霧。

「夠了！」凱特琳鼓足力氣高聲喝斥：「我會秀出地圖，只要你放開我的朋友。」

「終於決定要說實話了嗎？」穆薩趾高氣揚地放下槍。

凱特琳做了個深呼吸，然後舉起手腕上的智慧型微電腦腕錶，將錶面朝向牆壁，投影出一幅3D的立體地圖。手錶散逸光線，光影中的伊甸園圖像筆觸精簡卻篤定，像是作者反覆思量後才仔細下筆。

地圖中，兩條奔流的河川彼此接近然後又分開，附近另有一座完美三角形狀的山丘，圖像中央是一名男子與一名女子分享著果實，身旁的樹枝葉繁茂，一條手臂粗的大蛇攀在枝頭，靜靜等候。

「就是這個？」穆薩問。

「對。」凱特琳說。

「說謊的婊子！光憑兩條河、一座山和創世紀裡的故事，也沒有精確的經緯度，要怎麼判斷哪裡是伊甸園？妳少拿GOOGLE來的聖經圖畫唬我！」穆薩勃然大怒，他舉起槍托，便往尼可拉斯後腦杓上招呼。

「混蛋！」好幾個人同時想往前衝，卻又被士兵拉了回來。

「還說這幾個人擁有超人般的強大力量呢，我看只是比較耐打而已。」賈斯汀大教長不屑地說：「還是趕快取走七件法器和索亞之書，按照當初的約定，這批人全部處死，書歸你、法器歸我，另外教宗那個老頭子和他的跟班也趕快處理掉，免得夜長夢多。」

玫芮迪絲驚恐地與凱特琳對看一眼，阿娣麗娜則是將潔絲敏摟得更緊了些。

忽然，潔絲敏啞著嗓子打斷眾人。「我想我知道伊甸園在哪裡。」她說。

「比我想像中的好解決嘛，快說吧。」穆薩滿意地說。

「舊約聖經中的創世紀裡寫道，亞當與夏娃因為被蛇引誘，違背上帝旨意吃下知善惡樹的果子，所以被趕出伊甸園。這是每個人耳熟能詳的故事。」潔絲敏乾咳了幾聲，繼續說道：「但是，你們知道知善惡樹的果子究竟是哪種植物嗎？」

被她這麼一問，眾人面面相覷。尼可拉斯蹙眉，她知道潔絲敏是植物專家，但是不曉得她葫蘆裡賣的是什麼藥。

「沒有人有印象？」潔絲敏問。

「蘋果樹。」穆薩肯定地說。

「錯。」潔絲敏道。

「廢話少說，別繞圈子！」賈斯汀大教長不高興地說。

「別這麼沒耐心，上帝花了七天創造世界，我們只花了不到七分鐘來尋找伊甸園呢。想知道伊甸園在哪裡，當然應該要將所有線索抽絲剝繭、歸納統整，否則你們怎麼曉得我是不是在亂掰呢？」潔絲敏瞪了大教長一眼。

「她說的有道理。繼續。」穆薩說。

「其實啊，知善惡樹根本就不是蘋果樹，所謂的禁果也不是蘋果。後來許多畫家的相關作品中都將禁果畫成紅通通的蘋果，其實根本不是事實。我認為，想找到伊甸園，關鍵就在於找到那棵如地標般的知善惡樹。」潔絲敏賣弄玄虛地說。

穆薩的眉頭糾結，惡狠狠地轉向教宗問道：「老傢伙肯定知道，知善惡樹到底是什麼？」

「梵蒂岡，西斯汀禮拜堂，米開朗基羅的創世紀。」教宗閉上雙眼。

「我想起來了，我見過那幅莉莉斯引誘亞當夏娃的畫作，那棵樹擁有類似桑葉的掌形葉片，顏色相當鮮綠，當時我就覺得眼熟，像是某種再尋常不過的果樹，禁果是無花果，對不對？」

「沒錯，就是無花果。無花果是古時候重要的食物來源，樹葉酷似男性生殖器，又會產生奶狀的樹膠，具有強烈的性象徵。亞當和夏娃吃掉禁果以後才知道自己是裸體，所以採了無花果葉子遮住身體。叫你們的人在附近找找，找到無花果樹，便找到伊甸園。」潔絲敏眼裡閃爍惡意的戲弄。

穆薩聽完潔絲敏的話後陷入沉思，似乎在衡量其中的可信度有幾成。

「妳要我們像傻子一樣在附近找無花果樹？一棵樹怎麼可能活超過兩千年？」賈斯汀大教長破口大罵。

「找找看。」穆薩說。

「什麼？」賈斯汀大教長愣了幾秒，怒氣沖沖地說：「這分明是個騙局，你看不出來嗎？」

「我必須遵從我父親的遺願，找到伊甸園。」穆薩定定地說：「就由紅髮和金髮的那兩個女的開始，」穆薩下巴一努，士兵馬上將玫芮迪絲和凱特琳推了出來。「妳們兩個帶頭找，每過一個小時我就殺一個人，七小時之內沒有找出伊甸園遺址，就只好換我的手下上場了。」

「浪費時間。」賈斯汀大教長鄙夷地說。

「大教長，別忘了你負責挖出情報，我負責提供軍援，你已經做完你的文書工作了，剩下來的就交給軍隊的最高統率吧。」穆薩拍拍胸脯，傲然說道。

「你太無禮了！」賈斯汀大教長怒目而視。

穆薩僅是冷冷地瞟了大教長一眼，士兵們立刻將槍口全指向後者。

接下來的一切都發生在一瞬之間——

像是講好了似的，眾人同時有了動作：凱特琳手刀劈向右側士兵的喉嚨，讓他不支倒地；潔絲敏霎時猛然旋身，膝蓋朝士兵的鼠蹊迎頭痛擊，動作流暢得彷彿進行過無數次練習；阿娣麗娜往他的腳背補上重重一踩，下一秒，玫芮迪絲伸直手肘，掌根砸向士兵的鼻樑。

跪在地上的李歐、尼可拉斯和賽門見狀同時跟進，賽門接連摺倒最近的兩名士兵，西點軍校肯定有近身搏擊訓練課程，而賽門學得很好，壯碩的肌肉群令他的每個動作紮實而到位，敵人根本只是練拳的沙包。原罪傳人們紛紛掏出藏起的法器。

不只這樣，聖騎士們也同步加入戰局。
「保護教宗！」娜塔莎對佩卓說。
在娜塔莎的帶領下，「戰爭」、「瘟疫」聖騎士搶下身旁士兵的槍枝，瞬間瓦解了最靠近的其中幾名武力。
一時之間難分你我，穆薩的士兵們或許是忠心耿耿的軍人，卻不是反應機敏的刑警、武術家、刺客和傭兵，即便身上揹有步槍，過長的槍管在近身搏鬥中反而變成一種累贅，比起靈活的機動性，李歐等人反而更勝一籌。
這時，阿娣麗娜端起銀笛湊向唇邊，奏起鵝媽媽童謠中的《一個精神失常的男人》，悠揚的樂聲在打鬥聲中穿梭，撥弄士兵們的心弦、擾亂他們的心智，霎時間敵方的動作似乎遲疑下來。
「叫他們戴起耳罩！」賈斯汀大教長對穆薩吼道。
穆薩以阿拉伯文朝著士兵們嘶吼，除了拖住原罪傳人們的士兵，其餘過半數遂趁隙往耳朵裡塞東西，然後再迎上來加入戰局。
笛聲中斷，阿娣麗娜呆了半晌，《奇異恩典》的魔法於焉瓦解。尼可拉斯則是心頭浮現一絲恐懼，他的擔憂並非沒有來由，假使賈斯汀大教長知道如何對付銀笛，針對金斧、魔豆、尋人石、魔鏡、匕首和紡錘說不定也有反制的方法。
一陣突如其來的力道將玫芮迪絲撞飛，她在崎嶇路面上翻滾了幾圈，身上多出好幾處擦傷，當她掙扎著起身，下一秒，凱特琳就出現在玫芮迪絲的視線範圍內，一枚子彈在兩人之間炸開，險些擊中玫芮迪絲的腿部，令她喘息著跳開。

攻擊玫芮迪絲的那名士兵身高與凱特琳不相上下，壯碩的肩頭卻有她的兩倍寬，凱特琳眼中毫無懼色，在對方一拳揮來時旋身一踢，踹斷了對方的鼻樑。

「我要你血債血償！」娜塔莎揮舞著雙面刃，往史諾的方向開出一條血路，赫然驚覺李歐也朝著刺青人前來。「滾開，我跟史諾有帳要算！」

「我跟他的恩怨要先結。」李歐擲出尋人石，其中四顆分別在史諾的軀幹上留下深淺不一的傷痕，另外擊中膝蓋的兩顆則讓他摔在地上。

娜塔莎用力一跪，亮晃晃的雙面刃將史諾的掌心一分為二，整齊切斷持銀槌的五指，斷掌頓時鮮血直流。

毫無痛覺的史諾還想起身，李歐及時趕到，他奮力扯下身上的炸藥，在娜塔莎一刀劃破史諾肚皮時順勢纏在他身上，將他變作一顆人肉炸彈。

「幹得好。」李歐喘息著對娜塔莎說。

「你也還可以。」娜塔莎漠然回應。

沒有最糟，只有更糟。這時候，遠處的坦克車也加入了這場混戰，戰車履帶快速運轉起來，隆隆聲中他們開始逼近，近處的士兵們亦於高原上四處尋找掩護並舉槍射擊。

在震耳欲聾的噪音中，槍口與砲口齊發，子彈與砲彈齊飛，飛砂走石成為渾然天成的煙幕。

尼可拉斯解決了眼前的士兵，猛然回頭時卻發現戰況趨於激烈，他們幾乎看不見、聽不見，每個人卻都得應付三倍以上的敵人，無論是體力還是格鬥的能力都備受考驗。

「聖騎士們，住手！」賈斯汀大教長仗著身材優勢，像拎兔子一樣抓住了教宗的後頸，且不知何時手中多出了一把左輪，槍口正瞄準了教宗的前額。「全部聽令於我！」

眼見大教長以基督教的精神領袖為要脅，娜塔莎、「戰爭」以及「瘟疫」聖騎士宛若瞬間凍結。

「穆薩，讓你的人也停下來，千萬別輕舉妄動，若是不聽話，我就讓聖騎士們殺光原罪，毀了法器！」賈斯汀大教長冷笑。

穆薩咬牙切齒地吼了幾句阿拉伯話，士兵們又以無線電相互通報，砲火終歇，坦克車停了下來。

「放過他們吧，看在主的份上，請你解除聖騎士的職務吧，他們是天主的僕人，不是政治鬥爭的工具。」教宗被以不自然的姿勢扭曲，痛苦地說：「戰爭、瘟疫、死亡，你們有選擇回到正常生活的權力，這世上已經不需要更多殉道者。」

「一日聖騎士，終生聖騎士。」娜塔莎固執地說。

李歐古怪地瞄了她一眼。

「既然死亡聖騎士都這麼說了，還有什麼好討論的呢。」賈斯汀大教長沐浴在眾人聚焦的目光裡頭，唾手可得的成功令他彎起嘴角，難掩興奮神色。

然而大教長沒能得意多久，下一刻，麥克斯副教長便舉起另一把槍，對準了賈斯汀大教長的後腦杓。

「放下武器。」麥克斯副教長的聲音平靜沉穩，隱約帶有寒意。

「副教長？」賈斯汀大教長震驚地想要回頭，卻被槍口抵住不放。「你背叛我、還背叛了聖約翰騎士醫療團的理想？」

「請稱呼我為『饑荒』。」麥克斯副教長說：「我是備選聖騎士。」

賈斯汀大教長看了看地上被史諾殺死的亞洲人，又以眼尾餘光瞥了同樣也是亞裔的副教長一眼，剎那間有所頓悟。他苦笑道：「我真不該信任來路不明卻積極進取的孤兒，你竟然連口吃都裝得出來，還裝了二十年。為什麼？」

「教宗還只是神父的時候，將一個在一九九一年皮納土波火山爆發中失去親人的孤兒帶離菲律賓，並且悉心照顧。我親眼見識過原罪貪婪為了求得金礦，動手毀滅整個村落，當時我就發誓，一定要努力阻止動搖世界的各種罪惡，所以當教宗提出希望我潛伏於聖約翰醫療騎士團的要求時，我便一口答應。」麥克斯副教長說：「我一直偷偷送信給教宗，監視著你的一舉一動。」

彷彿點燃了一條隱形的引信，尼可拉斯豁然開朗，他將麥克斯副教長的一席話和索亞之書中的點金術聯想在一起，倘若上一次使用是一九九一年，那麼，已經和現在相隔超過了四分之一個世紀。他忽然想通殺出重圍的辦法。

「我對梵蒂岡的內鬥一點兒興趣都沒有，反正殺光就對了。」穆薩揮揮手，準備下達新的命令。

尼可拉斯朝李歐和賽門使了個眼色，李歐火速將身上捆著炸藥的史諾推向穆薩，邊高聲大喊：「炸彈！炸彈！」

所有人立刻從穆薩和史諾身邊逃開，對即將引爆的炸彈避之惟恐不及。

娜塔莎同一時間奪下史諾手中那把真正的御賜銀槌，在空中劃過一道拋物線，最後落在麥克斯手中。「保護教宗！」她大喊。

怦然巨響來得突然，在士兵們還未能回神之際，穆薩和史諾成為地上黏膩的一團血肉模糊，還有一名來不及跑開的士兵也被炸飛出去。

「阿娣麗娜、潔絲敏，來點天崩地裂的魔法吧。」尼可拉斯抽出背後的金斧，吼道：「凱特，掩護我！」

尼可拉斯在魔鏡的協助下，以超乎尋常的驚人速度衝向坦克車。反觀恐怖分子和坦克車卻因為失去了穆薩的領導而不曉得該怎麼辦，猶如被踩了一腳的蟻丘。

常識告訴尼可拉斯，不鏽鋼的密度是七點九三，坦克鋼板的裝甲合金密度大約在八點九上下，純金的密度則為十九點三二，足足是鋼板的兩倍以上！

士氣大振的尼可拉斯宛如飛簷走壁的山羊，在戰車與戰車之間劈砍，金斧所到之處，裝甲合金全部被點金術的魔法幻化為純金，轉眼間破壞力強大的重甲兵器竟變成了金光閃閃的裝置藝術。

此時此刻，腳下的安托利亞高原也開始搖晃不已，土壤生出蛛網般的細紋，開始向外擴散龜裂。

「地震！」有人哭喊。

潔絲敏的魔法變種植物生出強壯的根，阿娣麗娜的笛聲撼動了凡湖彼端的內姆魯特火山，剎那間天搖地動，土地彷彿裂開大嘴，飢餓地囫圇吞噬地表的所有一切，死活不論。

安托利亞高原之上，最為沉重的坦克車首當其衝。

「玫兒，讓教宗撤退到安全的地方。」李歐從一道裂縫邊緣跳開。

四周根本無路可退，眼尖的玫芮迪絲瞥見凡湖中央的阿克塔瑪島，於是大喊：「聖十字教堂！」

玫芮迪絲奔向教宗和佩卓，說道：「我護送你們到小島上。」

佩卓和玫芮迪絲一人一邊撐起教宗的胳膊，將教宗半推半就地帶往湖邊，麥克斯則揮舞銀槌替他們沿途開道。

「交給妳了。」槍響自耳畔呼嘯而過，麥克斯自岸邊又衝回戰場。

玫芮迪絲試探水溫，然後攙扶教宗走進水裡，冰涼的湖水緩緩浸透眾人的褲管和防彈衣。幸好凡湖是鹽度很高的鹹水湖，泳技再差也不可能沉得下去，只要專心朝目標前進，保持活動狀態，小心別被凍死即可。

拖著兩個人泅水不能說是什麼愉快的經驗，不過玫芮迪絲依然辦到了，許久以後，當戰火的煙硝被遠遠拋在後頭，眾人自礁岩中蹣跚起身，渾身濕透，披頭散髮。

玫芮迪絲在枯草中輕易辨識出聖十字教堂的圓頂，她引領其他人，在砂石路上留下潮溼足跡，經過一小段特別為教堂開闢的坡道後，抵達紅褐色的聖十字教堂。

「你們先在這兒待著吧。」玫芮迪絲囑咐。

「謝謝。」教宗的臉頰紅通通的：「還有，我很抱歉。」

「我一點都不在乎你的道謝或道歉，我只做對得起良心的事。」玫芮迪絲聳肩。

十字型的教堂以紅色砂岩為建材，正午的陽光明豔燦爛，凸顯出石壁上精緻生動的浮雕。儘管歷經千年，牆壁上雕刻的聖經故事依然保存良好，沒有受到經年累月的戰爭波及。

聽說這座教堂是伊斯蘭教聖地，眾人在行經某堵牆時瞥見一幅莉莉斯引誘亞當夏娃的雕刻，畫面中的莉莉斯是一條纏繞於知善惡樹上的蛇，亞當和夏娃則捧著果子，正準備大快朵頤，迎接即將到來的羞恥之心。

幾個小時後，兩種不同的引擎聲出現在遠方，玫芮迪絲拿出望遠鏡觀看，透過鏡片，她能看見小貨卡熟悉的身影在黃土上奔馳，後方跟著一輛八成是原本屬於穆薩的軍用卡車，兩車一前一後，保持幾個車身的固定距離，朝著同樣的方向前來。

小貨卡的駕駛是臉上掛彩的凱特琳，同樣位在前座的還有一臉疲憊的李歐，兩人沒有交談，顯然早就累癱了。因為看不到更深處，玫芮迪絲只能猜測賽門等人坐在後座。

另一卡車司機看樣子似乎是那個女的聖騎士，坐在她旁邊的則是黑色皮膚的非洲裔聖騎士。那黑眼黑髮的兇女人衣服都磨破了，卻還能跟一旁的同伴談天說笑，彷彿剛從砲灰中重獲新生。

「走吧，車子來接啦，我們該回岸上了。」玫芮迪絲喚醒打瞌睡中的教宗和佩卓。

他們和兩輛車幾乎同時抵達距離最近的陸地，玫芮迪絲確認賽門、潔絲敏、李歐、尼可拉斯和阿娣麗娜都平安無事後，隨即投入凱特琳的懷抱接著又掙脫開來。

她走向李歐，教訓道：「老爹，下次別再搞這種私自行動的飛機了！」

「就是說啊，害我們擔心死了。」阿娣麗娜跟著發難。

潔絲敏勾住李歐的手，咬著嘴唇抱怨：「乾爸，要是你發生意外，我們該怎麼辦？」

一群聒噪的年輕女孩像群嘎嘎叫的鵝，把李歐團團包圍，男孩們則在一旁訕笑。

另一方面，教宗與他的聖騎士們也在確認彼此的健康和安危，佩卓發現教宗有點發燒，於是要求聖騎士攙扶教宗登上卡車，急著將他送醫安置。

「就這樣吧。再見。」黑人聖騎士抬頭挺胸，對原罪傳人們點頭致意。

「再見。」李歐回答，他置身女孩們中央，目光卻落在對面那名女的聖騎士身上。

她看著他。

他看著她。

玫芮迪絲覺得很奇怪，李歐的眼神像是詢問，又像是請求，彷彿與那女聖騎士擁有某種不為人知的過往或隱形的連結。「你們認識嗎？」

女聖騎士淒然一笑，沒說什麼，只是教宗的胳膊抓得更緊了些。

最後，這場聖戰的倖存者們全部上了車，一輛朝西，一輛朝東。不知怎的，玫芮迪絲覺得，這似乎是比表面上看起來更複雜的再見。

（全系列・完）

【後記】

衷心感謝各位，陪伴《葉獵童話》系列走過三個年頭：

余文綺　游淑晴　姚明亮　陳衍琳

紀愛玲　趙耿頡　沈信　陳夢玲　吳佩璇

陳智東　喬爵安　胡雲瑛　紀明君　王維卿

劉伊珍　陳怡仁

張慧震

獻上我的祝福　海德薇

釀奇幻41　PG2372

禁獵童話IV：歿世聖戰

作　　者	海德薇
封面插畫	幽　零
責任編輯	喬齊安
圖文排版	周怡辰
封面完稿	蔡瑋筠

出版策劃	釀出版
製作發行	秀威資訊科技股份有限公司 114 台北市內湖區瑞光路76巷65號1樓 電話：+886-2-2796-3638　傳真：+886-2-2796-1377 服務信箱：service@showwe.com.tw http://www.showwe.com.tw
郵政劃撥	19563868　戶名：秀威資訊科技股份有限公司
展售門市	國家書店【松江門市】 104 台北市中山區松江路209號1樓 電話：+886-2-2518-0207　傳真：+886-2-2518-0778
網路訂購	秀威網路書店：https://store.showwe.tw 國家網路書店：https://www.govbooks.com.tw
法律顧問	毛國樑　律師
總 經 銷	聯合發行股份有限公司 231新北市新店區寶橋路235巷6弄6號4F 電話：+886-2-2917-8022　傳真：+886-2-2915-6275

出版日期	2020年2月　BOD一版
定　　價	360元

Printed in Taiwan

國家圖書館出版品預行編目

禁獵童話. IV : 歿世聖戰 / 海德薇著. -- 一版.
-- 臺北市 : 釀出版, 2020.02
面； 公分. --（釀奇幻 ; 41）
BOD版
ISBN 978-986-445-374-0（平裝）

857.57 108022316

讀者回函卡

感謝您購買本書，為提升服務品質，請填妥以下資料，將讀者回函卡直接寄回或傳真本公司，收到您的寶貴意見後，我們會收藏記錄及檢討，謝謝！
如您需要了解本公司最新出版書目、購書優惠或企劃活動，歡迎您上網查詢或下載相關資料：http:// www.showwe.com.tw

您購買的書名：＿＿＿＿＿＿＿＿＿＿＿＿＿＿＿＿＿＿＿＿

出生日期：＿＿＿＿年＿＿＿＿月＿＿＿＿日

學歷：□高中（含）以下　□大專　□研究所（含）以上

職業：□製造業　□金融業　□資訊業　□軍警　□傳播業　□自由業
□服務業　□公務員　□教職　□學生　□家管　□其它＿＿＿

購書地點：□網路書店　□實體書店　□書展　□郵購　□贈閱　□其他

您從何得知本書的消息？
□網路書店　□實體書店　□網路搜尋　□電子報　□書訊　□雜誌
□傳播媒體　□親友推薦　□網站推薦　□部落格　□其他＿＿＿＿＿

您對本書的評價：（請填代號　1.非常滿意　2.滿意　3.尚可　4.再改進）
封面設計＿＿　版面編排＿＿　內容＿＿　文／譯筆＿＿　價格＿＿

讀完書後您覺得：
□很有收穫　□有收穫　□收穫不多　□沒收穫

對我們的建議：＿＿＿＿＿＿＿＿＿＿＿＿＿＿＿＿＿＿＿＿

請貼
郵票

11466
台北市內湖區瑞光路 76 巷 65 號 1 樓
秀威資訊科技股份有限公司 收
BOD 數位出版事業部

(請沿線對折寄回，謝謝！)

姓　　名：＿＿＿＿＿＿＿＿　年齡：＿＿＿＿　性別：□女　□男

郵遞區號：□□□□□

地　　址：＿＿＿＿＿＿＿＿＿＿＿＿＿＿＿＿

聯絡電話：(日)＿＿＿＿＿＿＿＿＿＿(夜)＿＿＿＿＿＿＿＿＿＿

E-mail：＿＿＿＿＿＿＿＿＿＿＿＿＿＿＿＿